KB010681

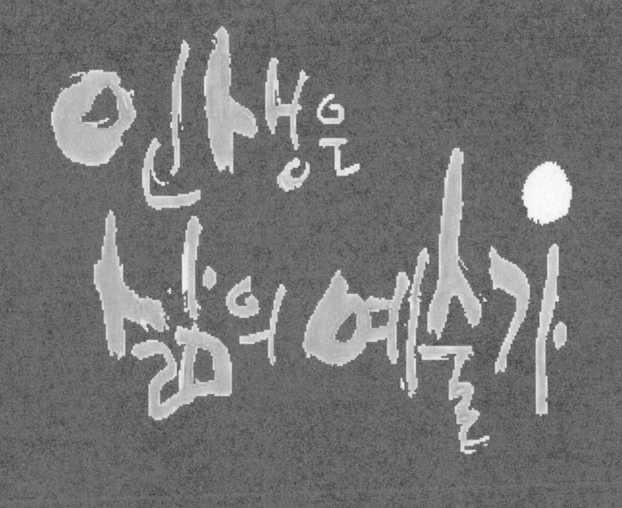
인생은
삶의 예술가

인생은 삶의 예술가

오늘을 사는 지혜
365일

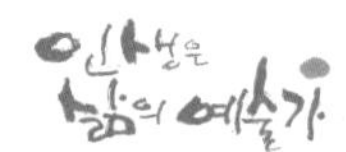

오늘을 사는 지혜
365일

발행 2022년 12월 1일

펴낸이 홍철부
지은이 이강래

펴낸곳 문지사
등록 제 25100-2002-000038호

주소 서울특별시 은평구 갈현로 312
전화 02)386-8451/2
팩스 02)386-8453

ISBN 978-89-8308-585-6 (03810)
정가 18,000원

인생은 삶의 예술가

이 책을 읽기 전에

우리는 이 세상을 살아가면서 얼마나 많은 것을 버렸고, 또 얼마나 많은 것을 잃어가고 있을까요?

이 책의 짧은 글 속에는 웃음과 눈물이 스며 있습니다. 살아오면서 겪은 영광과 좌절의 편린片鱗이 씌어 있고, 살아갈 세월의 꿈이 깔려 있기 때문입니다. 지난 세월의 퇴적물 속에서 보석을 캐는 일도 있고, 다가올 미래의 꿈에 띄우는 주문呪文도 있습니다.

또한 읽고, 생각하고, 배운 것, 누구에게 전하고 싶은 것, 때로는 자신에게 일러주어 삶의 힌트로 간직할 내용도 들어있습니다.

여기에는 감성적인 미사여구美辭麗句보다는 가슴을 치는 작은 삶의 돌멩이들이 더 많이 담겨 있습니다. 실생활에서 생각해봐야 할 문제들, 용기와 희망을 주는 경구警句들, 행동에 어떤 지침이 되는 바로 그것입니다.

우리는 많은 것을 배웠고, 많은 것을 생각했고, 많은 것을 희망했고, 많은 목표를 세운 적이 있습니다. 하지만 지금 우리의 현실은 어떻습니까? 아마도 어느 정도의 성취에 만족해 있거나 더 이상의 희망은 없다고 체념한 분도 계실지 모르겠습니다.

이 책의 내용은 배웠지만, 개념이 화석화된 지식에 대하여, 생각했지만 추억 속에 잠겨 버린 이념에 대하여, 희망했지만 좌절 또는 타협으로 포기해 버린 꿈에 대하여, 목표했지만 세월과 함께 나약해진 패기에 대하여 새로운 상기想起와 자극과 회복의 계기를 가지게 하는 데에 목적이 있습니다.

우리는 자신의 어떤 부분을 소생 육성시키고, 약해진 마음에 격려의 채찍을 가할 필요가 있습니다.

이 책 『인생은 삶의 예술가 오늘을 사는 지혜 365일』은 거창한 데에 목적이 있는 것이 아니라, 아주 작은 것에 더 뜻이 있습니다.

아무쪼록 이 책을 읽고 마음의 산책을 하면서 알찬 인생을 꾸미는 데 도움이 되시기를 바랍니다.

지은이 씀

차례

3월 삶의 꽃다발을

4월 높은 곳을 향해

5월 인생

6월 세상에 어떤 일이 일어난대도

7월 잃은 것과 얻은 것

8월 젊은 날의 초상

9월 오늘만큼은

10월 초원의 빛

11월 빛나는 별

12월 인생의 계절

1월

나는 이런 사람

나는 이런 사람

| 지크 프뢰벨 |

나는 이런 사람으로
이렇게 태어났습니다.
웃고 싶으면 큰 소리로 웃고
나를 사랑하는 사람을 더 사랑합니다.

내가 사랑하는 사람이
만날 때마다 다르더라도
그게 내 탓만은 아닙니다.

나는 이런 사람으로
이렇게 태어났습니다.
하지만 내가 더 이상 뭘 바랄까요.
이런 내 삶의 모습에서 말입니다.

나는 하고 싶은 것을 하도록 태어났습니다.
이제 내 삶을 바꾸는 것은 한 가지도 없습니다.
나는 이런 사람입니다.

1월 1일
나는 내 인생의 승리자

우리가 산다는 것은 끊임없는 싸움의 연속입니다.

살기 위해서는 끊임없이 생존 전쟁을 해야 합니다.

나라가 위기를 맞으면 침략자와 싸워야 하고, 정치적 혼란이 야기되면 부정한 세력과 싸워야 합니다.

그러나 인생의 싸움 중에서 가장 힘든 싸움은 내가 나와 싸우는 싸움입니다. 인간의 승리 중에서 가장 어려운 승리는 내가 나를 이기는 일입니다.

나의 내부에는 내가 항상 싸워야 할 악과 적이 동지처럼 함께 있습니다. 그러므로 위대한 인물들은 자기 자신과 끊임없이 싸운 사람이고, 자기와 싸워서 승리한 사람입니다.

나의 마음속에는 욕망을 무기로 가진 적이 허다하므로, 내가 그들을 정복하든가, 그들이 나를 정복하든가, 나는 나의 이기심과 싸워야 하고, 탐욕과 싸워야 하고, 악의와 싸워야 합니다.

이것들은 모두 나의 내부의 적이요, 내부의 악입니다. 이 내부의 적과 악과 싸워서 이겨야만, 나는 부지런한 사람이 될 수 있고, 용감한 사람이 될 수 있고, 겸손한 사람이 될 수 있고, 진실한 사람이 될 수 있습니다. 그러므로 나와의 싸움을 부지런히 싸운 사람만이 훌륭한 인물이 될 수 있습니다.

내가 나를 이길 때 인생의 승리자가 됩니다.

1월 2일

인생 1번지는 고향

정신적 고향의 상실, 이것이 현대인의 공통된 삶의 모습입니다.

우리의 고향은 언제나 가고 싶은 곳이며, 항상 그리운 곳입니다.

우리의 고단한 심신이 포근히 안길 수 있는 정다운 품 안의 장소입니다.

고향의 산과 들, 집과 넉넉한 뜰 안, 어린 시절 함께 어울려 뛰어놀던 옛 동무들, 마을 입구의 느티나무, 모두 다 정다운 추억이 서리어 있는 아련한 풍경입니다.

그런데 우리는 오늘을 살면서 그 고향을 잃어버렸습니다. 자연도, 마을도, 이웃도, 다 낯선 이방인처럼 느껴질 뿐입니다.

나의 몸과 마음이 편히 쉬고 포근하게 안길 수 있는 정다운 품을 잃어버렸습니다. 산업화, 도시화, 대중화가 심각해질수록 모든 것이 우리에게는 소원해져 있습니다.

문명이 우리의 축복인 줄만 알았는데, 많은 병리病理 현상이 뒤따라 회의적인 감정의 포로가 되었습니다. 문명에 지쳐버린 것입니다.

고향이 없는 사람을 이방인異邦人이라고 합니다. 이방인은 언제나 고독하고 외롭습니다. 이방인의 감정, 이것이 현대인이 갖기 쉬운 마음의 빛깔입니다.

우리는 정신의 구원救援을 원하고 있습니다. 무엇이 구원일까요.

정신의 고향을 갖는 일입니다. 소외된 이방인처럼 살아가는 것이 아니라, 모든 것에 대하여 사랑과 정열과 환희를 느끼며 살아가는 것이 인간다운 삶이기 때문입니다.

삶은 즐거움이라고 느끼면서 살아가는 것, 그것이 구원입니다. 우리는 잃어버린 고향을 찾아야 합니다. 어디서 어떻게 찾느냐, 그것이 현대인의 숙제이며 고뇌입니다.

樂不思蜀낙불사촉
즐거워서 촉을 생각하지 않는다.

1월 3일

최초의 스승은 어머니

'어머니!'

이 말은 가장 고귀한 낱말입니다.

어머니의 눈은 사랑의 빛이고, 어머니의 손은 생명의 손입니다.

어머니의 가슴속에는 자식들 장래의 행복을 염원하는 간절한 기도가 있습니다.

어머니의 입술에는 자식에 대한 사랑의 웃음이 있고, 그 웃음 속에는 놀라운 신비가 깃들어 있습니다.

인간이 이 세상에서 만나는 인생 최초의 스승은 어머니입니다. 한 인간의 성격을 형성하는 데 어머니는 결정적으로 중요한 역할을 갖고 있습니다.

어머니의 웃음에는 신비한 힘이 있습니다.

어머니의 웃음은 어린아이의 불안을 치료합니다.

어머니의 웃음은 어린아이의 공포심을 떨쳐버립니다.

어머니의 웃음은 어린아이의 절망을 씻어버립니다.

어머니의 웃음은 어린아이의 걱정을 떠나보냅니다.

어머니의 얼굴에 따뜻한 웃음의 꽃이 필 때 어린아이는 행복을 느낍니다.

더 성장하여 마음속의 근심과 걱정, 분노와 고독의 찬바람이 일다가도 어머니의 웃음을 대하면 봄볕에 얼음 녹듯이 다 사라져버립니다.

여자는 약하지만, 어머니는 강합니다. 여성이 여성으로 있을 때는 힘이 없지만, 어머니의 자리에 설 때는 지혜와 용기와 사랑과 힘이 생깁니다.

어머니의 웃음을 보지 못하고 자란 어린아이는 불행합니다. 그는 햇빛을 보지 못하고 응달에서 자라난 화초처럼 시들하고 생기가 없습니다. 자식이 없어서 신비한 웃음을 던지지 못하는 여성은 인간으로서 불행합니다.

어머니의 웃음 속에는 신비한 힘이 깃들어 있습니다.

어머니는 이 세상에서 만나는 최초의 스승입니다.

佰愈泣杖백유읍장
한백유가 매를 맞으며 울었다.

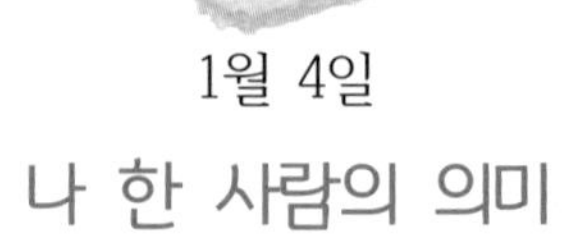

1월 4일
나 한 사람의 의미

무슨 일에 있어서나 나 자신을 기준으로 생각하고 행동하는 경우가 대부분입니다. 세계 평화나 인류 평등을 부르짖는 사람도 그 출발점은 자기 자신입니다.

때로는 혼자 살아야겠다고 세상에서 도피해 보지만, 결국은 현실로 되돌아와 대중 속에 묻혀 다시 뿌리를 내리는 고단한 삶이란 작업을 수행해야 합니다.

삶의 바다에서 로빈슨 크루소처럼 혼자 절망이란 섬에 갇혀 있다면, 단 며칠도 보내기 어려울 것입니다. 이렇듯 인간의 생활은 알게 모르게 서로 도움을 주고받으면서 생활의 터전을 가꾸어 가는 것입니다.

링컨은 한 사람의 의미를 이렇게 말했습니다.

"진정으로 내가 바라는 목적이 있다면, 내가 존재함으로써 이 세상이 더 좋아졌다는 사실을 깨닫는 일이다."

내가 존재함으로써 내 가정, 내 직장, 내 나라가 더욱 향상될 수 있다면, 나는 무엇을 해야 할까, 한 번쯤 생각해 볼 일입니다.

1월 5일

나를 위한 십계명

1. 나를 가장 소중하게 생각한다.
2. 나의 시간을 즐긴다.
3. 나를 다른 사람과 비교하지 않는다.
4. 나의 일에 책임을 진다.
5. 나의 실수를 용서한다.
6. 나를 위한 반성의 시간을 갖는다.
7. 나를 칭찬하고 좋은 점만을 의식한다.
8. 나의 건강을 스스로 돌본다.
9. 나는 반드시 행복해진다고 믿는다.
10. 내가 바라는 인생을 힘차게 살아간다.

明哲保身명철보신

이치에 맞는 도리로 몸을 보전함

1월 6일

목표에 도전

사람이라면 누구나 "아무 일도 하지 않고, 아무 지시도 받지 않고, 아무 목표도 없이 놀며 살 수만 있다면 얼마나 좋을까?" 하는 생각을 해본 적이 있을 것입니다.

일하지 않고도 살아갈 만큼 경제적 여유가 있다고 가정해 봅시다. 그러면 어떤 일이 벌어질까요? 잠이나 실컷 자겠다는 분, 좋아하는 운동이나 하겠다는 분…. 사람마다 희망은 다르겠지만, 그런 일을 계속 한다고 해도 과연 며칠을 지탱할 수 있을까요.

잠은 건강이나 휴식을 위한 것이지, 그 자체가 행복의 목표는 아닙니다. 계속해서 잠만 자면 오히려 식욕도 잃고, 건강도 잃고 지루하여 병이 날 것입니다.

등산이나 운동은 왜 할까요? 하기 싫지만, 건강을 위해서 하는 사람이 있는가 하면 산을 정복하는 기쁨, 실력이 향상되어 경쟁에서 이기는 기쁨, 금메달을 목에 걸고 인기와 명예를 누리고 싶은 욕망, 우리가 하는 일도 등산이나 운동과 마찬가지로 정상을 정복하려면 남보다 더 많은 땀과 노력이 필요합니다.

나태해지는 자신을 채찍질하면서 정상이라는 목표, 금메달이라는 목표를 향하여 매진하는 것처럼 목표에 도전하는 데에서 행복을 찾아야겠습니다.

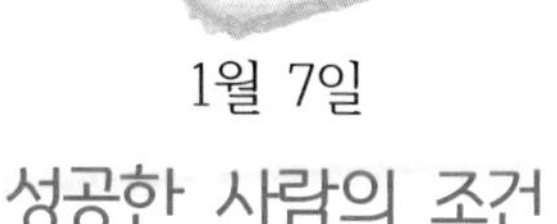

1월 7일

성공한 사람의 조건

성공하기 위해서는 많은 것을 알아야 합니다. 그래서 성공한 사람들은 열심히 배우려고 노력을 기울입니다.

특히 삶의 본질에 대해서, 자기의 잠재력이 어떻게 삶에 공헌할 수 있는가에 대해서, 어떻게 실천할 것인가 끊임없이 모색합니다.

'성실해야 한다.'

이 말은 성공의 절대적인 조건입니다. 여기서 성실해야 한다는 말은 타인에게보다는 자신에게 강조하는 데 더 의미가 있습니다.

성공한 사람은 노력을 아끼지 않습니다. 적극적인 자기 인식은 정직함을 의미합니다. 또한 자기의 잠재력에 대해서, 성실하게 정상에 도달하기 위한 시간과 노력에 정직해야 합니다.

성공한 사람은 이 세상에 절대적인 존재는 없다는 확고한 믿음을 가졌습니다. 어떤 상황에 놓이더라도 넓은 시야를 가지고 균형 있는 안목으로 사물을 바라봅니다. 좋은 방법이 떠오르기 때문입니다.

성공한 사람은 주위 상황을 정확히 파악하고 판단하며 자신이 할 수 있는 일을 최선을 다해 신속히 처리하는 사람입니다. 그러기 위해서는 자신의 특성을 깨닫고 인식하는 능력이 중요합니다.

1월 8일

꿈을 실현시킬 수 있는 방법

경향신문의 「미주알고주알」에 '꿈을 실현시킬 수 있는 방법'이라는 제목의 글이 실려 있었습니다.

한 사람이 파티에 참석했다. 파티가 한창 무르익었을 때, 그는 자기의 마술 솜씨를 보여주겠다며 준비해온 도구를 손님들 앞에서 펼쳤다.

그는 능숙한 솜씨로 빈 보자기 속에서 예쁜 파랑새 한 마리를 꺼내 보였다. 그는 계속해서 카드와 접시를 이용한 몇 가지 재주를 더 보여서 손님들을 즐겁게 했다.

그의 멋진 마술 시범이 끝났을 때 사람들은 열렬한 박수를 보내며 보답했다.

이때 한 부인이 그에게 다가와, 다음 주 자기의 파티에도 참석해 달라고 요청했다. 그는 기꺼이 응했다.

그리고 1주일 후 그 파티에 참석했다. 수인사가 끝나고 흥겨운 파티가 무르익자, 그는 여주인에게 바이올린을 한번 연주해 보겠다고 말했다.

"당신은 마술이 전문 아닌가요?"

"예, 바이올린 연주를 조금은 할 줄 압니다."

그는 이렇게 대답하며 가져온 바이올린을 꺼내 연주를 시작했다. 그런데 그의 연주 솜씨는 놀랄 만했다. 신기에 가까운 그의 연주 솜씨.

연주가 끝나자 모든 참석자가 기립 박수를 보냈다.

이날 바이올린을 연주했던 사람은 20세기 전반을 대표하는 바이올리니스트의 거장 F. 크라이슬러(1875~1962)였다.

무슨 비결로 이렇게 여러 재주를 가졌느냐는 질문에 그는 이렇게 대답했다.

"어떤 일도 원리는 같습니다. 끝없는 관심, 지속적인 노력, 그리고 이루고자 하는 열망입니다. 이렇게 해서 첫 번째 일이 성취되면 자신감을 얻습니다. 그러면 두 번째 일부터는 그 경험까지 살려 전보다 더 쉽게 이뤄집니다. 보기에 전혀 달라 보이는 두 개의 일도 사실은 반드시 서로 깊은 관련이 있습니다. 문제는 첫 번째 일을 완벽하게 처리하는 것이죠."

1월 9일

성장형 인간의 조건

- 꿈, 이상, 목표 : 달성하려는 목적이 없으면 노력의 의미가 없고 열의가 생기지 않는다.
- 건강 : 활동의 원동력이자 행동의 원천이다. 그러므로 건강한 정신과 육체는 성공으로 가는 길을 만든다.
- 일에 대한 열의와 사랑 : 일에 대한 열의와 사랑이 없으면 성과가 오르지 않을 뿐 아니라 보람을 느끼지 못한다.
- 학구열 : 배워 발전하겠다는 정신자세를 갖지 않으면 제자리걸음으로 인생의 낙오자가 된다.
- 인맥 : 많은 사람을, 그것도 나와는 전혀 다른 성격의 소유자나 경험이 풍부한 사람을 통해 그의 지식을 경청하는 바른 자세를 갖는다.
- 적극성 : 불가능을 생각하지 않고 어떻게 하면 가능한가를 적극적으로 찾아낸다.
- 자립심 : 자기의 실력으로 난관을 돌파한다.

1월 10일
삶의 토대

'티끌 모아 태산'이라는 속담은 재물을 비롯한 물질적인 것뿐만 아니라 생활 습관에 대해서도 의미 있는 말입니다.

그래서 하루하루의 행동이 쌓이면 좋은 습관이 되고, 좋은 습관은 성공적인 인생을 만드는 토대가 됩니다.

'하루의 행위가 운명을 만든다'라는 말도 있듯이 매일 조깅을 하여 건강을 유지하는 것도 좋은 예이고, 매일 조금씩 외국어를 공부하여 회화를 유창하게 할 수 있게 되는 것도 같은 방법입니다.

이처럼 우리의 사회생활에는 작은 듯 보이면서도 조금씩 쌓여서 큰 업적이 되는 경우가 많습니다.

우리가 행하는 하루의 조회나 직장의 회의 시간도 귀찮다거나 하찮은 일로 생각하는 사람이 있겠지만, 조깅이나 외국어 공부에 못지않게 일과를 뜻있게 시작해야 하는 귀중한 시간입니다.

꾸준히 계속해서 반복하면 자신감이 붙고 세상을 살아가는 용기를 얻을 수 있습니다.

1월 11일

삶의 조건

미래를 바라보고, 내일을 계획하고, 희망을 꿈꾸는 것은 모두 삶에 필요한 절대적 조건들입니다. 그러나 인간은 미래만 위해서 사는 존재가 아닙니다. 현재라는 시간의 흐름 속에서 삶을 영위하고 있습니다.

시간은 순간순간의 연속입니다. 그러므로 인간은 순간 속에서 살아가는 존재이며, 현재를 경험하는 순간 속에서 의미를 찾는 특별한 존재입니다.

순간은 인간만 느낄 수 있는 의식의 반복을 되풀이하며 관념 속에서 싹트고 꽃핍니다. 의식적 존재인 인간은 현재뿐 아니라 과거도 함께 지니고 있습니다.

또 헤아릴 수 없는 영혼의 깊이를 가지고 비록 눈에 보이지는 않지만, 미래를 향해 부단히 움직이는 흐름의 존재입니다.

우리의 힘으로 헤아릴 수 없는 삶의 신비가 바로 여기에 존재하는 것입니다.

1월 12일

삶의 가치

산이 크다고도, 작다고도 말합니다. 큰 나무라고도, 작은 나무라고도 합니다. 어떤 나라는 크다고, 어떤 나라는 작다고 합니다.

그러나 신 앞에는 큰 것도 없고 작은 것도 없습니다. 영원과 무한의 존재인 신 앞에 설 때 크다면 얼마나 큰가.

모든 존재가 다 저마다 저다운 의미와 빛과 향기를 지니고 있습니다. 큰 꽃만 훌륭하고 작은 꽃은 보잘것없는 것이 아닙니다.

저마다 저다운 존재, 저다운 의미, 저다운 가치, 저다운 향기를 강하게 드러내는 것이 중요합니다. 크기의 문제가 아닙니다. 자기의 존재감을 얼마나 성실하게, 보람있게, 강하게 드러내는가가 중요합니다. 크기는 중요하지 않습니다. 참된가, 거짓인가, 옳은가, 틀렸는가, 곧은가, 굽었는가 그것이 중요합니다.

현대는 모스(mos)의 시대입니다. 큰 것, 대량을 숭배하는 시대입니다. 그러나 양이 아니라 질이 문제입니다. 크면서도 속이 빈 것도 있고 작으면서 알찬 것도 있습니다. 우리는 크고 작음을 논할 일이 아닙니다. 모름지기 진실을, 시비를, 선악을, 바른 일과 사악한 일을, 정의와 불의를 논해야 합니다. 다음은 톨스토이가 한 말입니다.

'오직 신 앞에는 큰 것도 작은 것도 존재하지 않는다. 인생에도 큰 것도 작은 것도 존재하지 않는다. 존재하는 것은 오직 곧은 것과 굽은 것이 있을 따름이다.'

1월 13일

삶을 지배하는 힘

당신이 인생을 변화시킬 수 있는 놀라운 능력을 알지 못하는 것은 마치 뒤뜰에 다이아몬드가 묻혀 있다는 사실을 알지 못하는 것과 같습니다.

평범한 인생을 보내는 사람들이 대부분이고 비참한 삶을 보내는 사람도 적지 않습니다. 그것은 자신이 지닌 능력을 깨닫지 못하고 활용하지 않기 때문입니다.

당신은 자신의 인생과 투쟁하려고 해서는 안 됩니다. 당신의 삶을 다스리도록 노력해야 합니다. 우리는 이 진리를 하루라도 빨리 깨달아야 합니다.

우리가 자신의 인생을 최대한으로 활용하려면 먼저 삶을 이해해야 합니다. 이 놀라운 힘은 누구나 다 활용할 수 있습니다. 거기에는 어떤 특별한 훈련이나 교육이 필요하지 않습니다. 소질도 필요하지 않습니다. 부나 명성도 필요하지 않습니다. 그 놀라운 힘은 신분과 지위를 막론하고 태어날 때부터 가지고 태어납니다.

당신은 이 놀라운 힘을 인정하여 받아들이고 아낌없이 활용해야 합니다. 그리고 하루빨리 성공의 무대에 올라서야 합니다.

1월 14일

삶에는 공식이 없다

나무 한 그루가 자라는 데는 적당한 땅과 공간, 햇볕과 수분이 필요합니다. 그렇듯이 인간이 삶을 영위하는 데에도 생존 조건이 반드시 갖추어져야 합니다.

한편 기회 포착 능력이 부족하면 삶의 길을 잃어버리거나 낙오자로 추락한다는 것을 염두에 두어야 합니다. 설사 좋은 기회를 얻게 되더라도 한순간의 결정적인 선택이 인생의 모든 것을 좌우합니다.

이렇게 삶을 통해 얻어지는 성공과 실패는 자신과의 싸움에서 쟁취한 결과입니다. 그러므로 삶에는 공식이 없습니다.

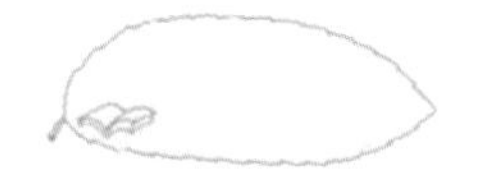

私淑사숙

옛사람의 덕을 자신의 표본으로 삼는 것

1월 15일

지혜로운 이의 삶

지금 유리하다고 해서 교만하지 말고
불리하다고 비굴하지 말라.
무슨 말을 들었다고 가볍게 생각하지 말고
그것이 사실인지 깊이 생각하여
이치가 명확할 때 과감히 행동하라.
벙어리처럼 침묵하고 임금처럼 말하며
얼음처럼 냉정하고 불처럼 뜨거워져라.
태산 같은 자부심을 지니고
때로는 누운 풀처럼 자신을 낮추어라.
역경을 잘 참고
형편이 좋아졌을 때 조심하라.
재물을 오물처럼 볼 줄 알고
터지는 분노를 잘 다스려라.
때로는 마음껏 풍류를 즐기고
사슴처럼 삶을 두려워할 줄도 알고
호랑이처럼 무섭고 사나운 행동을 보여야 한다.

1월 16일

인격의 무게

옛 선비들은 외형상 남루한 옷을 걸치고 있을망정 체통을 지켜야 한다는 자기 관리 의식이 있었고, 보통 사람과는 달라야 한다는 선민 정신을 가지고 있었습니다.

오늘날의 기준으로 보면 무능한 자로 세상의 일과 타협할 줄 모르는 융통성 없는 선비로 보일 것입니다. 그러나 인격의 무게를 더하고, 그것을 지키려고 노력한 사람들이었다는 점은 부인할 수 없습니다.

현대인이 말하는 인격이란 옛사람의 인격과 같을 수는 없겠지만, 몇 가지 공통점은 남아있음을 알 수 있습니다.

1. 부정을 멀리한다. - 부정한 방법으로 부와 명예, 권력을 탐하지 않는 정신을 소유하고 있다.
2. 염치를 안다. - 매사에 조심하고 삼가는 사람은 나약하고 온순하게 보일지라도 인격의 향기를 느끼게 한다.
3. 정의와 의리를 중요시한다. - 자기중심적, 자기 본위로 눈앞의 이익을 좇아 성공은 하였으나 인격의 무게를 느낄 수 없다.
4. 흔들리지 않는 가치관을 지니고 있다. - 뿌리 깊은 나무와 같은 모습으로 의연한 모습을 잃지 않음이 인격체라고 믿고 있다.

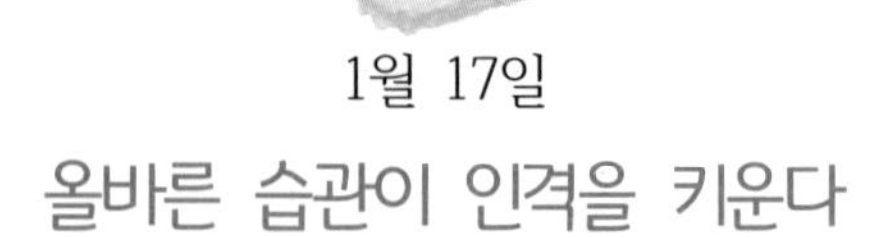

1월 17일

올바른 습관이 인격을 키운다

"나는 타인의 의견에 정면으로 반대한다든지, 내 의견을 단정적으로 표현하는 일은 삼가기로 했다.

예컨대 '확실히', '의심할 바 없이'와 같은 결정적인 말을 사용하는 대신 '제 생각은 이렇습니다만, 그러나…' 하는 식으로 의사를 소통할 것이다.

상대의 잘못이 분명한 경우에도 곧바로 반대하거나 지적하지 않고 '그런 경우도 있겠군요. 그렇지만 이 경우는 좀 사정이 다르다고 생각합니다.' 하고 말머리를 돌리는 식이다.

처음에는 흥분을 자제하기 어려웠지만, 이제는 아주 능숙해졌다. 50여 년간 내게서 독단적인 발언을 들은 사람은 거의 없을 것이다. 제2의 천성이 된 이 방법으로 나는 많은 일을 성취할 수 있었다."

미국의 교육자이며 사회 운동가인 벤저민 프랭클린의 말입니다.

1월 18일

인간관계 십계명

1. 먼저 말을 걸어라. - 즐거운 인사말보다 더 멋진 것은 없다.
2. 미소를 보내라. - 찡그리는 데는 얼굴 근육 72개가 필요하고, 웃는 데는 단 14개가 필요하다.
3. 이름을 불러주라. - 사람의 이름만큼 아름다운 음악은 없다.
4. 친절한 마음으로 대하라. - 친절만큼 가슴을 따뜻하게 하는 것은 없다.
5. 성심성의껏 대하라. - 즐거운 마음으로 일하면 진심이 우러난다.
6. 관대하라. - 비판보다는 칭찬이 대인 관계를 넓게 한다.
7. 관심을 가져라. - 마음만 먹으면 모든 사람과 친해질 수 있다.
8. 감정을 존중하라. - 사랑과 미움은 종이 한 장 차이에서 온다.
9. 의견을 존중하라. - 의견은 세 가지가 있다. 당신의 의견, 상대방의 의견, 가장 올바른 의견.
10. 봉사하라. - 세상에서 가장 가치 있는 삶은 남을 위해 봉사하는 일이다.

1월 19일

밝은 인간관계

누구나 즐겁고 유익한 인간관계를 원합니다. 하지만 현실의 인간관계는 매우 복잡합니다. 나이와 학력이 다르고 입장과 사고방식도 다릅니다.

그러나 그 모든 것을 초월하여 주어진 일을 함께하고 목표를 함께 달성하지 않으면 안 됩니다.

우리는 흔히 외견상으로 사람을 판단하거나 잘못된 선입관으로 판단하여 상대방의 좋은 점은 발견하지 못하고 자기만의 견해가 옳다고 생각하는 일이 많습니다.

하지만 인간관계에 있어서 가장 중요한 것은 다른 사람의 장점이나 아름다운 점을 발견하려고 노력하는 자세입니다.

주위 사람들의 장점이나 아름다움을 발견함으로써 남을 생각하고 남의 입장을 배려하는 올바른 인간으로 성장할 수 있습니다.

인간관계가 좋은 직장생활, 인간관계가 좋은 사회생활은 즐겁고, 협력하게 되어 그것이 곧 인생의 즐거움이 되면서 인간적인 성장도 가져옵니다.

1월 20일

어울리는 사람

남과 잘 사귀는 사람이 있습니다. 사교성이 있는 사람을 말합니다. '인간은 사교적 동물'이라고 한 세네카의 말을 빌리지 않더라도 사교적이건 비사교적이건 인간은 어떤 형태로든 사귐을 통하여 사회 구성원으로서 생활을 영위합니다.

비사교적인 사람은 사람 만나기를 싫어하여 본의 아니게 손해를 입는 일도 있습니다. 물론 사교적인 사람이라고 해서 늘 환영받는 것은 아닙니다. 주책없이 아무 데나 끼어든다는 평을 듣는 사람은 어울리면서도 환영받지 못하는 사람입니다.

논어를 보면 '군자는 화이부동和而不同하고, 소인은 동이불화同而不和한다'는 말이 있습니다. '군자는 어울리되 동화되지 않고 소인은 동화되면서 화합하지 않는다.'라는 뜻입니다.

군자는 진실하게 화합은 할지언정 부화뇌동附和雷同하지 않는 사람이고, 소인은 부화뇌동하면서도 불화를 일삼는 사람을 말합니다. 부화뇌동이란 주체성 없이 남의 일에 휩쓸리는 것이므로 주체성을 잃지 않으면서도 조화를 이루는 것이 군자이고, 주체성 없이 휩쓸려 다니면서도 조화를 이루지 못하는 것이 소인입니다.

이렇듯 잘 어울리면서도 개성을 잃지 않는 마음가짐이 군자의 모습입니다.

1월 21일
인간은 열려 있는 문과 같다

지상의 현상은 하나의 비유에 불과할 뿐입니다.

모든 비유는 영혼을 간직할 준비만 되어 있다면, 그곳을 통해 내부 세계로 들어갈 수 있는 열린 문과 같습니다. 그 내부로 들어가면 당신과 내가 낮과 밤이 하나가 됩니다. 눈으로 볼 수 있는 모든 현상은 하나의 비유이고, 이 비유 속에 정신과 영원한 생명이 있다는 생각을 가지게 합니다.

물론 이 문을 통해서 비밀을 현실로 느끼면서, 아름다운 꿈을 버리고 뒤돌아보지 않는 사람은 아주 적습니다.

知足者富지족자부
만족할 줄 알아야 부자다.

1월 22일

인생의 벤치마킹

벤치마킹이란 말은 원래 '측정 기준'이란 뜻입니다.

벤치마킹 경영은 1979년 미국의 제록스사가 경쟁기업 분석을 한 데서 시작되었습니다.

벤치마크라는 말은 경쟁기업이나 우량기업을 표준으로 삼아 획기적인 경영개선을 하면서 유명해졌습니다. 벤치마킹은 분석, 개선, 계속의 원칙에 의하여 최고를 지향하는 것입니다.

손자병법의 '적을 알고 나를 알면 백 번을 싸워도 백 번 다 이긴다'라는 원리가 분석의 원리이자 출발점입니다.

벤치마킹은 최고 수준의 기준을 가지는 데 뜻이 있습니다.

기업뿐만 아니라 개인도 벤치마킹은 가능합니다.

어떤 기업에서는 각 개인이 각자의 벤치마킹의 본을 정해서 희망하는 인간상을 추구하도록 권장하고 있습니다.

1월 23일
낚시는 기다림의 예술

낚시의 고전으로 알려진 『조어대전釣魚大典』을 쓴 월튼은 '낚시는 수학 같은 것이다. 완전히 정복할 수 없기 때문이다.'라고 했고, S. 존슨은 '낚싯대는 한쪽에 낚싯바늘을 달고, 다른 한쪽 끝에 바보를 단 막대기이다.'라고 말했습니다.

낚시꾼은 바보라는 소리를 들어도 변명하지 않습니다. 낚시를 모르는 사람들이 하는 말임을 알기 때문입니다.

낚시꾼들이 즐겨하는 격언이 있습니다.

"기다릴 줄 알라." – 낚시란 때가 올 때까지 기다리는 것이다.

"밑밥을 아끼지 말라." - 쉬지 말고 미끼를 자주 갈아서 고기들이 그곳에는 먹을 것이 있다는 것을 알게 하라.

"기회를 놓치지 말라." - 고기가 물었을 때를 놓치면 고기는 미끼만 따먹고 도망간다.

"잡히지 않을 때는 주위 경관을 보며 운치를 즐겨라."

철학자 신일철申一澈 교수의 '기다리는 정'이란 글에 이런 대목이 있습니다.

"따분한 기다림에도 지치는 일이 없다는 점에서 낚시에는 절망이 없다. 비록 오늘 공쳤어도 내일이 있고, 언젠가는 고무신짝 같은 붕어가 오리라는 기대를 끝내 버리지 않는 점에서 낚시는 '희망의 예술'이라 이름할 수 있으리라."

1월 24일

일의 즐거움

직장은 일하는 곳입니다.

'일'을 한자어로 쓰면 노동勞動이라는 단어가 됩니다. 노동의 '노'라는 한자에는 '피곤하다', '힘을 쓰다'라는 뜻이 있어서 노동은 곧, '피곤하게 움직인다.', '힘을 쓰며 움직인다.'라는 말이 되기도 합니다. 말뜻 그대로만 보면 어둡고 싫은 면만 상기됩니다.

그러나 마음가짐에 따라서 일은 즐거움의 원천이 되기도 합니다. 마지못해서 적당히 일하고 급료만 많이 받으려는 불순한 노동에는 피로나 많은 사고가 생긴다는 통계도 있습니다.

그러나 일의 의의를 알고 자신의 의지로 일하고 노력하는 가운데 일의 보람과 생의 보람을 찾으려는 사람도 얼마든지 있습니다.

다음의 '인간다운 인간'이란 시를 음미해 보시기 바랍니다.

'마지못해 일하는 사람, 그는 소나 말과 무엇이 다른가.
지시받은 일만 하는 사람, 그는 죄수와 무엇이 다른가.
스스로 생각하고 일하는 사람, 그는 인간다운 사람이다.
오늘 살아 있는 은혜에 감사하며 가만히 앉아 있을 수 없는
마음의 화산이 일의 모습으로 분출되는 사람,
그가 모든 사람 중에 으뜸이 되는 사람이다.'

1월 25일

하루 15분

하루 15분씩만 책을 읽어도 일 년에 스무 권을 읽게 된다는 계산이 나온다고 합니다.

하루 15분만 읽어도 적지 않은 독서량이 됩니다만, 하루에 두 시간씩 규칙적으로 독서를 해서 아주 유식해진 사람이 있습니다.

중국의 모택동도 때와 장소를 가리지 않을 만큼 유명한 독서가였습니다. 미국 상원의원 중에 학교 공부는 별로 못했으면서도 모르는 것이 없을 만큼 유식하고 판단이 정확하여, 한 젊은이가 도대체 그 비결이 무엇이냐고 물었습니다.

그러자 상원의원은 이렇게 말했다고 합니다.

"나는 열여덟 살 때부터 하루 두 시간씩 독서하기로 결심했지. 차를 탈 때나 누구를 기다릴 때나 심지어 여행 중에도 닥치는 대로 읽었지. 신문이나 잡지는 물론이고 명작 소설이나 시도 읽었고, 성경도 읽었고, 정치 평론도 읽었지. 그렇게 했더니 자연히 모든 걸 알게 되더군…. 젊은이, 자네도 나처럼 해보게. 틀림없이 유식해질 테니까."

알맞은 시간을 정해서 하루에 단 얼마라도 읽는 습관을 갖는 것도 좋은 독서 방법이 아닐까 생각합니다. 독서만이 아니라, 어떤 일이든 계속해서 연마하면 남보다 앞선 경지에 도달할 수 있습니다.

1월 26일
형설의 공

어느 날 손강孫康이 차윤車胤을 찾아갔더니, 하인이 출타 중이라고 아뢰었습니다.

"어디를 가셨는지 아느냐?"

"반딧불을 잡으러 가셨습니다."

며칠 후 차윤이 답례로 손강의 집을 방문하였습니다. 그때 손강은 하늘을 멍하니 올려다보고 있었습니다.

"대감, 지금쯤 독서 삼매경에 빠져 계신 줄 알았더니 무엇을 그리 쳐다보십니까?"

"날씨를 가늠해 보는 중입니다."

"날씨는 왜요?"

"눈이 언제쯤 올까 궁금해서요."

위의 글은 '형설의 공'으로 유명한 손강과 차윤의 이야기로 가난한 두 사람은 반딧불 빛으로 공부를 하고(차윤), 쌓인 눈빛으로 공부를 해서(손강) 훗날 높은 벼슬에 올랐다는 고사입니다.

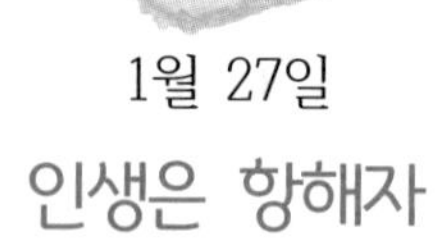

1월 27일

인생은 항해자

배가 빨리 항해하려면 질풍을 만나야 합니다. 그러나 배를 목적지에 정확히 대려면 나침판이 필요합니다. 바람이 정열이라면 나침판은 이성에 해당합니다. 나침판은 그 방향을 올바로 제시하고 바람은 배를 힘차게 밀어줍니다.

이성은 냉철해야 합니다. 침착하게 비판하고 정확하게 판단하고 인생의 방향을 똑바로 가리켜야 합니다. 그러나 이성만으로는 전진할 수 없습니다. 인생 안에서 충돌하고 앞으로 달리게 하는 추진력이 정열입니다. 정열은 불같이 뜨거워야 하고 쉴새 없이 타야 합니다. 그러나 정열만으로는 인생을 바로 살아갈 수 없습니다. 정열에 방향을 주고 때로는 제동을 걸고, 때로는 가감하는 것이 인생입니다.

이성이 없는 정열은 뜨겁지만, 맹목적으로 되기 쉽고 정열 없는 이성은 냉철하지만, 박력이 없습니다.

새가 날려면 두 날개가 균형을 이루어야 합니다. 바로 걸으려면 두 다리의 길이가 같아야 합니다.

이성과 정열이 조화를 이룰 때 비로소 인생을 바르게 아름답게 살 수 있습니다. 이성이 인생의 빛이라면 정열은 인생의 열입니다. 빛은 밝아야 하고 열은 뜨거워야 합니다. 이성의 밝은 빛과 정열의 뜨거운 열이 혼연일체의 조화를 이룰 때 우리의 삶은 행복의 항구에 닿을 수 있습니다.

1월 28일
소년은 늙기 쉽고, 학문은 이루기 어렵다

젊을 때는 세월의 빠름을 느끼지 못하다가 나이가 들면서 '이제까지 나는 무엇을 했던가?' 하는 회한의 염을 품는 이들이 많습니다.

그래서 '소년은 늙기 쉽고, 학문은 이루기 어렵다少年易老學難成.'라는 논어의 말씀이나 '젊었을 때 노력하지 않으면 늙어서 후회와 슬픔을 맛보리라少年不努力, 老大徒傷悲.' 하는 고문진보古文眞寶의 말을 되새겨보게 됩니다.

젊을 때의 노력은 나이 들어서 하는 노력보다 시간적으로도 유리하고, 젊다는 장점이 있어 대개는 성과도 빨리 나타납니다. 업종에 따라 다르겠지만, 흔히 성공할 수 있는 나이는 스물다섯 살에서 마흔 살까지라고 합니다.

開卷有得개권유득
책을 펴고 글을 읽어라.

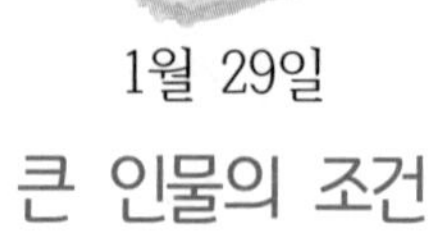

1월 29일

큰 인물의 조건

큰 인물은 여덟 가지 조건을 갖추어야 한다는 격언이 있습니다.

첫째, 욕심이 적은 소욕小慾

둘째, 만족함을 아는 자족自足

셋째, 고요하게 안정된 적정寂靜

넷째, 삿됨과 번뇌를 여의는 원뢰遠賴

다섯째, 부지런히 노력하는 정진精進

여섯째, 마음이 산란하지 않는 선정禪定

일곱째, 일체를 아는 지혜智慧

여덟째, 세상사에 거리낌이 없는 무애無碍

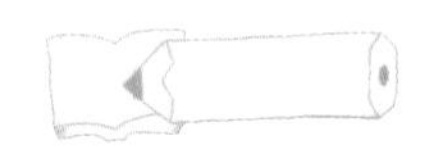

肝膽相照간담상조

마음을 터놓고 숨김없이 사귐

1월 30일

인생 시간표

사람의 나이를 아침 일곱 시부터 밤 열한 시까지의 하루의 일과 시간과 서로 대비해 보면 다음과 같습니다.

- 15세는 오전 10시 30분
- 20세는 오전 11시 34분
- 25세는 오후 0시 42분
- 30세는 오후 1시 51분
- 35세는 오후 3시 00분
- 40세는 오후 4시 8분
- 45세는 오후 5시 16분
- 50세는 오후 6시 25분
- 55세는 오후 7시 34분
- 60세는 오후 8시 42분
- 65세는 오후 9시 51분
- 70세는 오후 11시 00분에 해당한다는 것입니다.

심리학자 레슬리 웨더헤드 박사의 계산법입니다.

1월 31일
왕복 차표가 없는 인생

'인생에는 왕복 차표가 없다. 한 번 떠나면 돌아올 수 없다.'

'인생을 다시 시작할 수 있다면……'

'그때 그 시절로 다시 돌아갈 수만 있다면….'

하고 한탄하는 사람이 있지만, 지나간 인생은 수정이 불가합니다.

잘못 쓴 문장을 고쳐 쓰듯 추고 또는 퇴고를 할 수 있다면, 잘못된 활자를 찾아내듯 자기의 삶을 교정할 수만 있다면, 누구나 멋진 인생을 다시 꾸밀 수 있을 것입니다. 그러나 우리가 태어날 때 받은 인생이란 차표는 한 번 떠나면 돌아올 수 없는 길을, 죽음이란 종점까지만 태워다 줍니다.

'실패가 적은 인생, 후회가 없는 인생'을 살려면 얼마나 일찍 자기의 삶에 충고나 수정을 가하고 어떻게 교정을 바르게 보느냐는 노력에 달려 있다고 할 것입니다.

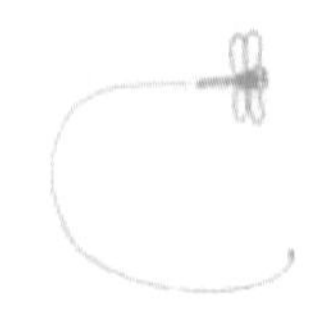

日暮途遠일모도원

날은 저물고 길은 멀다.

2월

인생은 하나의 거울

인생은 하나의 거울

| 매를린 브리스지

세상에는 영원히 변하지 않는 마음과
굴복하지 않는 정신이 있다
순수하고 진실한 영혼들도 있다
그러므로 자신이 가진 최상의 것을 세상에 주면
최상의 것이 너에게 다시 돌아올 것이다.

마음의 씨앗을 세상에 뿌리는 일이
지금은 헛되게 보일지라도
언제인가는 열매를 거두게 될 것이다.

부자이든 가난한 사람이든
삶은 다만 하나의 거울로
우리의 존재와 행동을 비춰줄 뿐이다
자신이 가진 최상의 것을 세상에 주면
최상의 것이 꼭 너에게 보답할 것이다.

2월 1일

폭풍이 지난 들판에도 꽃은 핀다

폭풍이 온 땅을 휘몰아칠 때, 나뭇잎은 꺾이고 풀은 상처를 입습니다. 지진이 일어나도 땅이 갈라지고 집이 무너질 때, 모든 것은 다 끝장이 나는 것 같은 아수라장으로 변합니다.

그러나 폭풍이 지나가면 상처 입은 나무에서도 아름다운 꽃이 피어납니다. 지진이 가라앉으면 황폐해진 땅에서도 맑은 샘물이 솟아나기도 합니다.

파괴의 힘도 크지만, 건설의 힘은 더 크고 희망적입니다. 죽음의 힘도 무섭지만, 생명의 힘은 더욱 왕성합니다. 폐허에서 파릇파릇 돋아나는 새싹을 볼 때 우리는 생명의 의지, 생명의 힘이 강하고 무서움에 새삼스럽게 놀라게 됩니다. 그것은 경이로움입니다.

절망은 없습니다. 오직 희망만 있을 뿐입니다.

인간의 생명은 죽음이니 파괴니 하는 큰 힘에 압도되어 절망에 빠지는 수도 있습니다. 그러나 생명은 절망을 뚫고 희망을 찾습니다. 칠전팔기七顚八起하는 것이 생의 의지입니다. 넘어지면 다시 일어나고 눌리면 또 고개를 쳐들어 마치 잡초처럼 강인한 힘을 가지고 저항하고 전진하는 것이 생명의 본질입니다.

우리는 언제나 가슴 속에 희망의 등불을 켜야 합니다. 우리는 절망의 철학을 배울 것이 아니라 희망의 철학을 배워야 합니다.

2월 2일

오늘을 내 인생 최후의 날로 산다

하루하루를 인생 최초의 날이자, 최후의 날로 산다는 것은 자기 인생을 성실과 정열과 감동으로 살아가는 모습입니다.

오늘이 내 인생 최초의 날이라고 생각하면 자신의 원대한 희망과 많은 기대와 진지한 기적과 충실감 속에서 하루를 시작하게 될 것입니다. 모든 것이 새롭고 모든 것이 중요한 의미를 갖게 됩니다. 한편 실수하지 않으려고 매사에 조심할 것이며, 잘하려고 온갖 노력을 기울이게 될 것입니다.

오늘이 내 인생 최후의 날이라고 생각하면, 우리는 빈틈없는 마음과 절실한 감정과 최선의 노력을 다해서 살게 될 것입니다. 또한 자신의 인생을 열렬히 사랑할 것입니다. 모든 일에서 깊은 의미를 찾고 일 분 일 초를 헛되이 낭비하지 않을 것입니다.

많은 사람은 자기의 인생이 마치 영원히 계속될 것 같은 마음으로 살아갑니다. 오늘은 내 인생에서 처음이자 마지막 날입니다. 절대로 두 번 있을 수 없습니다. 내일은 내일이지 결코, 오늘이 아닙니다.

우리는 하루하루를 내 인생 최초의 날이자, 최후의 날인 것처럼 성실과 열정을 다해서 살아야 합니다.

2월 3일

인생은 혼자서 가는 길

헤르만 헤세만큼 우리나라의 젊은이들에게 많이 알려진 작가도 흔치 않을 것입니다.

동양 사상에 조예가 깊고, 그림과 음악을 매우 사랑하였으며, 영혼의 자유와 청춘의 고뇌와 서정적 정서를 바탕으로 한 그의 문학은 젊은이들의 마음을 사로잡았습니다.

독일의 대표적 작가로 노벨문학상을 받았습니다. 그는 한 구절 한 구절이 인생의 길이라는 이런 시도 썼습니다.

세상에는 크고 작은 길이/ 너무나 많다./ 그러나 도착지는 모두 다 같다./ 말을 타고 갈 수도 있고. 차로 갈 수도 있고 / 둘이서 아니면, 셋이서 갈 수도 있다./ 그러나 마지막 한 걸음은 혼자서 가야 한다.

물론 부모와 처자가 있고, 친구와 애인도 있고, 또 뜻을 같이하는 동료도 있을 것입니다. 그런 우리는 서로 도움을 주고받으며 살아갑니다. 그러나 결국은 내 발로 서고 내 힘으로 살고 내 길을 혼자 걸어가야 합니다. 우리 앞에는 여러 갈래의 길이 있습니다. 자기 의지로 길을 선택하고 능력과 책임하에 그 길을 가야 합니다. 이러한 자각과 결심이 생길 때, 우리는 비로소 꿋꿋이 서서 힘차게 인생을 살아갈 수 있습니다.

2월 4일
걷는 자만이 앞으로 나갈 수 있다

처음 시작하는 일에는 실패가 따르기 마련입니다. 그렇다고 실패를 두려워해서는 아무 일도 할 수 없습니다.

아기가 기기 시작하면 서기를 바라고, 서면 걷기를 바라는 것이 부모의 마음입니다. 몇 번씩 넘어지면서 걷는 법을 배우고, 드디어 뛰는 모습을 보면 감동합니다.

'인간은 이렇게 성장하는구나.'
하는 소박한 진리를 어린아이를 통해 깨닫게 됩니다.

영국의 소설가 올리버 골든 스미스는 이렇게 말했습니다.

"가장 영광된 삶은 한 번도 실패하지 않는 삶이 아니라 넘어질 때마다 다시 일어서는 신념이다."

일곱 번 넘어졌다가도 여덟 번 일어나는 오뚝이처럼 되어야 인간은 굳세지고 불굴의 성공을 할 수 있다는 것입니다.

실패의 원인 가운데 대부분은 자만, 교만, 태만, 유비무환의 결여, 자신을 견제하지 못하는 데 있습니다. 그러나 실패했더라도 바로 일어설 수 있는 의지와 용기를 성공의 디딤돌로 삼는 지혜가 필요합니다.

2월 5일

하루 한 번쯤은 위를 보며 걷자

두 어깨를 활짝 펴고 고개를 높이 들어라. 하루에 한 번쯤은 위를 보며 걷자. 그러면 한 그루의 나무나 최소한 눈높이만큼의 푸른 하늘만 염원할 필요는 없다. 어떤 방법으로도 우리는 밝은 태양의 빛을 자유로이 누릴 수 있지 않겠는가.

매일 아침 한순간만이라도 하늘을 올려다보는 일상의 습관을 갖도록 하라. 그러면 당신은 신선한 대기를 마음껏 호흡할 수 있는 만족감을 느낄 것이다.

이러한 마음가짐으로 하루를 맞이하고 보낼 때, 당신은 그 나름의 모습으로 자기만의 특별한 광채를 지니고 있다는 사실을 깨닫게 될 것이다.

사소한 것을 소유함으로써 즐거움을 얻을 수 있다는 겸손한 생각은 삶의 지평을 여는 한순간의 행복이다.

당신의 삶이란 갈채 없는 무대에서 무엇을 연출할 것인가 잠시 망설여보는 하루를 마감하는 시간의 표정과 같다.

2월 6일

가난으로 위안받는 삶은 행복하다

삶에 지친 피로한 사람들을 만납니다. 오후에는 더 많은 사람을 만나게 됩니다. 그런데 아침부터 피로한 사람들도 있습니다. 많은 사람은 종일 피로한 다리를 이끌고 있습니다.

이같이 인간은 매일 노고를 되풀이하면서 행진하고 있습니다. 살아간다는 것은 수고의 연속일 뿐 아니라 어떤 놀람도 즐거움도 없이 흘러가 버립니다.

어제는 오늘과 똑같은 바퀴의 사슬에 불과합니다. 그리하여 사람들은 피로에 지쳐 겨우겨우 행진해 가고 있습니다. 확실히 너무나 많은 노동은 감당하기 어려운 삶의 무게입니다.

힘에 겨운 일에는 기쁨이 없습니다. 또한 너무나 큰 노고는 사람을 불행한 마음으로 몰아갑니다.

이럴 때 주위 사람들을 관찰하는 것은 또 다른 자기를 발견하는 가장 좋은 방법입니다. 부자나 유력자를 좇아가지 않는 것이 좋다면 많은 환멸을 피할 수 있습니다. 오히려 덜 알려진 사람들과 함께하면 그들은 우리에게 위안과 빛을 줄 것입니다.

2월 7일
참인간은 앞일을 걱정하지 않는다

'처연凄然하여 가을 같고, 난연煖然하여 봄과 같다.'

가을이 되어 쓸쓸해지면 사람의 마음도 따라서 쓸쓸해집니다. 봄이 되어 따뜻해지면 사람의 마음 역시 봄같이 따뜻해집니다. 그러므로 사람이 기뻐하는 것이나 화를 내는 것이나 슬퍼하는 것이나 즐거워하는 것 모두 자연의 변화와 통하게 됩니다. 이런 사람을 가리켜 장자莊子는 진인眞人이라고 말합니다.

어쨌든 범인범부凡人凡夫는 나쁜 짓을 해본 적도 없고 특별히 마음을 상하게 한 적이 없다고 해도 웬일인지 과거가 후회되고 또 앞날이 걱정됩니다

『논어』에 '소인은 항상 척척戚戚하다.'라고 했는데, 마음의 평화를 얻지 못한 자는 항상 신경만 쓴다는 뜻입니다. 그런데 장자가 말한 것처럼 자연의 물결과 더불어 마음을 같이 한다면, 그럴 필요가 전혀 없습니다.

그래서 장자는, '지인至人이 마음을 쓰는 데는 거울과 같다. 미리 앞일을 걱정하지 않는다.'라고 말합니다.

이는 지난 과거의 일을 후회하지 말고, 미리 장래의 일을 걱정하지 말라는 매우 훌륭한 교훈입니다.

2월 8일
진인眞人

세상에서 가장 으뜸가는 진인眞人의 모습은 용모가 쓸쓸하고 이마가 넓다고 합니다. 이 표현이 어떤 뜻인지는 잘 모르나 아무튼 장자가 생각하는 인간의 모습을 말합니다.

"옛 진인들은 잠을 자도 꿈을 꾸지 않으며, 잠에서 깨어나도 근심 걱정이 없다."라고 했는데, 이는 매우 훌륭한 명언입니다.

잠을 잘 때 우리는 여러 가지 악몽에 시달립니다. 이런 꿈을 전혀 꾸지 않는다면 깰 때도 틀림없이 개운한 기분으로 일어날 수 있을 것입니다.

그래서 공자도 '낙이망우樂以忘憂'라고 하여 즐거우면 근심을 잊는다고 했습니다. 역시 진인은 근심 걱정이 적다는 걸 말하고 있습니다.

그리고 또 장자는 진인이란 항상 시류의 흐름이나 자연의 운행運行에 따르는 자라고 했으며, 그 점이 보통 사람과 가장 크게 다르다고 주장합니다.

2월 9일
위기를 극복한 용기

4만6천 톤의 거대한 유람선 타이타닉호가 빙산에 부딪혀 침몰하던 때의 이야기입니다. 배에 타고 있던 사람은 2천2백 명이지만, 16척의 구명보트에는 5분의 1밖에 태울 수 없었습니다.

우선 아이들과 여자들을 태웠습니다. 공포와 불안 속에서 서로 살겠다고 밀고 당기고, 어떤 사람은 물에 빠져 죽기도 해서 그야말로 아비규환을 이루었습니다.

이때 어디선가 한 여성의 노랫소리가 들려왔습니다. 한 곡을 끝내더니 큰소리로 외쳤습니다.

"여러분, 침착하게 행동하고 다 함께 노래를 부릅시다."

또 한 곡을 부르고 나서,

"지금 구조선이 오고 있습니다. 세 시간 후면 날이 밝습니다. 모두 자리에 앉아서 힘차게 노래를 부릅시다."

누구나 아는 민요를 또 부르기 시작하자, 유람선 전체의 합창이 되었습니다. 그렇게 4시간을 보내자, 구조선이 왔습니다. 이때 구조된 사람은 675명이었습니다. 그 젊은 여성이 누구인지, 이름이 무엇인지 아무도 모릅니다. 그러나 그 침착함과 용기는 모든 사람의 가슴에 남아있습니다.

2월 10일
항상 마음 써야 할 생각

'볼 때는 명明을 생각하고, 들을 때는 청聽을 생각하며, 색色은 온溫을 생각하고, 모는 공을 생각하며, 언言은 충忠을 생각하고, 사事는 경敬을 생각하며, 의심스러울 때는 문問을 생각하고, 분할 때는 난難을 생각하며, 득得을 보면 의義를 생각하라.'

1. 시각에 있어서는 명민할 것
2. 청각에 있어서는 예민할 것
3. 표정에 있어서는 부드러울 것
4. 태도에서 있어서는 성실할 것
5. 발언에 있어서는 충실할 것
6. 행동에 있어서는 신중할 것
7. 의심스러운 일이 있을 때는 자세히 살펴볼 것
8. 감정에 이끌려 미혹되지 말 것
9. 이득을 보면 반드시 의를 잊지 말 것

2월 11일

꿈꾸는 자가 세상을 바꾼다

부자를 꿈꾸는 사람이라면 세계가 빠르게 변하고 있다는 사실을 이해하려 노력해야 합니다.

즉 세계가 발전할수록 새로운 아이디어와 생산수단을 요구하고, 나아가서는 새로운 지도자, 새로운 발명, 참신한 교육법, 마케팅 혁신, 새로운 서적과 문화, 지금까지 없었던 텔레비전 프로그램, 새로운 영화 소재가 필요하다는 사실을 알아야 하고 그에 대처해야 합니다.

이러한 새롭고, 좀 더 좋은 것에 대한 요구가 뒷받침되어야 비로소 승리를 쟁취할 수 있는 바탕이 마련된다는 것을 염두에 두고 이 세상 사람들이 무엇을 기다리는지 알아야 목표를 명확히 세울 수 있습니다. 이러한 것들이 모여야 비로소 '불타는 욕망'도 가질 수 있습니다.

에디슨은 전등을 발명하는 꿈을 꾸었습니다. 그러나 그 꿈을 실현하기까지 얼마나 많은 실패를 거듭했던가! 그러함에도 에디슨은 결코 자신의 꿈을 포기하지 않았습니다. 현실에 기반을 둔 꿈을 꾸는 사람은 절대 단념하지 않습니다.

라이트 형제는 하늘을 나는 기계를 만드는 꿈을 꾸었습니다. 그 꿈이 지금 신나는 비행기 여행을 가능하게 했습니다. 라이트 형제의 꿈은 그야말로 건전하고 힘찬 것이었습니다.

2월 12일

인간의 그릇

어느 날 마호메트가 낮잠을 자다가 눈을 떠 보니 고양이 한 마리가 자기 옷자락 위에서 자고 있었습니다.

마호메트는 손짓으로 제자를 불러 가위를 가져오라고 하더니 옷자락을 잘라 고양이를 그대로 자게 하고는 조용히 자리에서 일어났다고 합니다.

인간의 그릇을 알게 하는 것은 사랑과 관용과 타인에 대한 배려가 얼마나 큰가에 따라 다릅니다. 자기 것만 챙기는 사람, 남을 이해하지 못하는 사람이 큰 인물이 된 예는 거의 없습니다.

國士無雙국사무쌍

나라 안에 둘도 없는 인물

2월 13일
인간이란 상품

배 안에는 장사꾼들이 대부분이었습니다. 그들 가운데 어울리지 않는 학자가 타고 있어서 모든 시선이 그에게로 쏠렸습니다.

"당신은 어떤 물건을 팝니까?"

"내 물건은 이 세상에서 가장 귀한 상품이지요."

달랑 가방 하나 든 그가 귀중한 물건을 지니고 있노라고 큰소리치자 믿기지 않았습니다.

배는 항해를 계속하고 학자가 피로에 못 이겨 잠든 사이에 그의 가방을 뒤져 보았습니다. 그러나 가방 속에는 책 몇 권에 사용하지 않은 종이만 가득한지라 정신이상자가 아닌가 하고 비웃었습니다.

오랜 항해를 하는 동안 망망대해에 폭풍이 계속되더니 파도가 거칠어지자 끝내 배는 난파당했습니다. 승객들 모두 목숨만 겨우 건져 가까스로 육지에 닿았습니다.

한편 그곳 마을에서는 주민들이 모여 중요한 일을 논의하고 있었습니다. 학자가 옆에서 지켜보고 있다가 자기의 생각을 말하자, 동네 사람들은 그의 지식이 뛰어남을 알고 아주 융숭하게 대접하였습니다.

그때야 이 모습을 본 장사꾼들은 무릎을 치며 말했습니다.

"역시 당신은 훌륭한 사람입니다. 우리는 모두 풍랑에 상품을 잃었지만, 당신은 상품을 잃어버릴 염려가 없었다는 것을 알겠습니다."

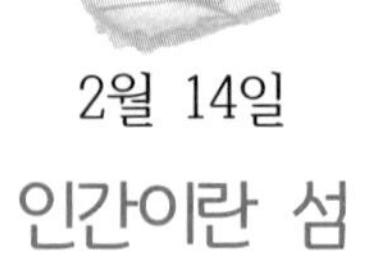

2월 14일
인간이란 섬

린드버그 여사가 쓴 『바다의 선물』이란 책에 다음과 같은 내용의 글귀가 우리의 마음에 작은 감동을 줍니다.

'인간은 모두 섬인데, 같은 바다에 있다.'

린드버그 여사는 최초로 대서양 횡단 비행에 성공한 비행사 린드버그의 부인으로, 그녀가 쓴 『바다의 선물』은 한때 베스트셀러가 된 수필집입니다.

한적한 섬의 바닷가에서 휴가를 보내며, 단조로운 일상에서 구두끈을 매는 일, 조개 줍는 일 등 아주 사소한 시간의 파편들을 담담하게 관조하는 내용으로 많은 사람에게 삶의 의미를 부여하고 있습니다.

'섬이란 얼마나 아름다운 곳인가, 내가 지금 존재하고 공상하고 있는 공간적인 섬도 좋다. 몇 마일이고 계속되는 바다에 둘러싸인, 섬과 육지를 연결하는 다리도 전화도 없이 섬은 세계와 인간 생활로부터 떨어져 있다. 또 시간적인 의미의 섬도 좋다. 우리 인간은 모두 섬인데, 단지 하나의 같은 바다에 있다고 생각한다.'

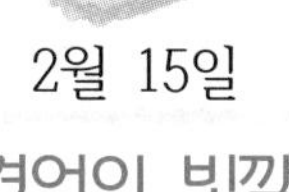

2월 15일

격언의 빛깔

미국의 철학자 존 듀이가 90세가 되던 해에 젊은 후배 학자와 나눈 이야기를 소개해 봅니다.

젊은 학자는 철학을 업신여기듯 빈정거렸습니다.

"그따위 말장난이 뭐가 좋단 말입니까? 도대체 그게 무슨 소용이 있지요?"

그러자 노철학자는 조용히 말했습니다.

"그건 말일세, 우리가 산을 오르게 하니까 좋은 걸세."

"산을 오르다니요? 그게 내 인생에 무슨 도움이 된단 말입니까?"

여전히 젊은이는 불평하듯 말했습니다. 그러자 존 듀이는 젊은이의 무릎에 손을 가볍게 얹으며 말해주었습니다.

"산을 오르면 올라가야 할 다른 산이 있다는 걸 알게 되지. 그래서 내려와서는 다음 산을 오르게 되고, 다시 올라가야 할 또 다른 산이 있다는 걸 알게 되는 걸세. 만일 자네가 올라가야 할 산을 보려고 계속해서 산을 오르지 않는다면, 이미 자네의 인생은 끝이라네."

이 비유가 등산 이야기가 아님을 이해하실 것입니다.

2월 16일
인간에게 축복을

제우스신은 동물들을 만들어 세상 곳곳에 풀어놓고, 이들에게 필요에 따라 몸에 알맞은 것들을 선물로 주었습니다. 새에게는 광활한 하늘을 자유롭게 날 수 있는 날개를, 황소와 염소에게는 싸울 때 적을 방어하고 공격할 수 있는 견고하고 날카로운 뿔을, 또 추위에 떨지 않고 생명을 보호할 수 있는 깃과 털을 주었습니다.

이 광경을 지켜보던 인간은 며칠을 기다렸으나 아무것도 주지 않자, 이에 화가 나 퉁명스럽게 제우스신에게 불평했습니다.

"왜 인간에게는 아무런 선물도 주시지 않습니까?"

제우스신은 가벼운 미소를 머금고, "정말 어리석구나! 내가 인간을 특별히 생각하고 준 것이 있는데 아직 모르고 있구나. 나는 너에게 짐승들의 것에 비할 바가 아닌 걸 주었지."라고 말했습니다.

"터무니없는 소리 마십시오. 저는 당신에게 받은 게 아무것도 없습니다."

"그럼 말해주지. 눈에는 보이지 않는 것이어서 깨닫지 못할 거야. 다만 마음속에 들어가서 짐승보다 힘이 세고 날개를 가진 새보다 빠른 것이 있다. 바로 이것을 이성이라고 한다. 만물의 우두머리가 되는 데 절대적으로 필요한 것이니라."

비로소 인간은 자신의 선물이 값지고 소중한 것임을 깨닫고 부끄러운 듯 고개를 숙였습니다.

2월 17일

진정한 용기

독일의 유명한 정치가 비스마르크는 철혈재상이라는 별명만큼이나 독일 부흥에 큰 공을 세운 인물입니다.

철혈이란 쇠와 피 즉, 무기와 병사를 뜻하지만, “오늘날의 독일은 다수결로 개선할 수 없다. 오직 쇠와 피로써 해야 한다.”라는 유명한 말을 남겼습니다.

이 비스마르크가 정치 초년생일 때, 왕이 내린 중요한 임무를 그 자리에서 수락하자,

“이런 일을 거침없이 받아들이다니 용기가 있군.”

하고 프리드리히 대왕이 말했습니다.

그러자 비스마르크가 대답했습니다.

“폐하께서 명령 내리실 용기가 있으시면, 저에게는 복종할 용기가 있사옵니다.”

윈스턴 처칠도 말했습니다.

“돈을 잃는 것은 적게 잃는 것이다. 그러나 명예를 잃는 것은 크게 잃는 것이다. 용기를 잃는 것은 인생의 모든 것을 잃는 것이나 다름없다.”

이렇듯 역사를 만든 사람들에게는 남과는 다른 강한 용기와 열의가 있었음을 알 수 있습니다.

2월 18일

작은 지혜

달도 별도 뜨지 않은 깜깜한 밤, 호젓한 골목길을 한 사내가 걸어가고 있었습니다.

그때 반대편에서 등불을 켜 든 사람이 마주 걸어왔습니다. 그는 앞을 못 보는 장님이었습니다. 이에 이상하게 생각한 사내는 장님에게 말을 건넸습니다.

"여보시오, 당신은 앞을 못 보는 것 같은데, 등불은 왜 들고 다니십니까?"

그러자 장님은 태연하게 대답했습니다.

"눈 뜬 사람들에게 내가 걸어가고 있다는 사실을 알도록 하는 것이지요."

殺身成仁살신성인

자기의 몸을 희생하여 인을 이룸

2월 19일
인과응보

아주 솜씨 있는 재단사가 있었습니다.

어느 날 그는 장물을 가지고 있다고 하여 2년 형을 선고받았습니다. 그러자 시장이 그를 만나러 갔습니다. 왜냐하면 그는 도시에서 가장 솜씨 좋은 재단사였기 때문입니다.

온 도시의 시민들이 그의 실수를 용서하였습니다. 그리고 시장도 재단사를 사랑했습니다. 시장이 그를 만나러 감옥으로 갔을 때, 재단사는 여전히 바느질하고 있었습니다.

그는 낡은 승복을 수선하는 중이었습니다. 그가 감옥에서 할 수 있는 최선의 일이었습니다.

시장이 물었습니다.

"그래 무슨 바느질을 하고 있는가?"

그러자 재단사가 말했습니다.

"예, 인과응보를 깁고 있습지요."

2월 20일

중용中庸

양생養生이라 함은 육체를 기르는 보통의 뜻을 가진 양생의 도道를 말합니다. 그와는 별도로 '위선爲善하되 이름名譽에 가까이하지 말며, 위악僞惡 도형形에 가까이해서는 안 된다.'라는 말이 있습니다.

즉 착한 일을 해도 명예를 바랄 정도로 해서는 안 되며, 또한 악한 일을 한다 해도 형벌을 받을 정도까지 해서는 안 된다는 것입니다.

그러면 어떻게 해야 하는가?

'연독이위경緣督以爲經하다.'

이렇게 하면, '보신保身이 되고 생을 바르게 하며, 천수天壽를 다 할 수 있다.'라고 맺고 있습니다.

연기서 '연독이위경'이라 함은 무슨 일이나 더도 말고 덜도 아닌 중용을 지킨다는 뜻으로, 위에서도 말했듯이 착한 일을 해도 명예를 얻을 정도로는 하지 말고, 비록 악한 일은 한다 해도 벌을 받을 정도까지는 하지 말라는 뜻입니다.

2월 21일
6연六然

인생살이의 여러 국면에서 지켜야 할 마음가짐을 '6연六然'이란 말로 다음과 같이 요약해 봅니다.

자처초연自處超然 : 자기 자신에 대하여 초연하며 속세의 일에 구애받지 않는다.

처인애연處人藹然 : 남과 사귐에 있어서 상대를 즐겁게 하고 기분을 좋게 한다.

유사참연有事斬然 : 무슨 일이 있을 때는 꾸물대지 않고 명쾌하게 처리한다.

무사징연無事澄然 : 아무 일이 없을 때는 물처럼 맑은 마음을 갖는다.

득의담연得意澹然 : 일이 잘 진행되는 때일수록 조용하고 안정된 자세를 잃지 않는다.

실의태연失意泰然 : 실의에 빠졌을 때일수록 태연자약한 모습을 유지한다.

2월 22일

욕망이란 그릇

욕망은 채워지는 법이 없습니다. 그것은 본성으로 채워지는 것이 아닙니다. 그러나 아주 작은 욕망은 채워질 수 있습니다. 하지만, 또 다른 몇천이나 되는 욕망이 생겨납니다.

욕망이라는 것은 한 번 그것을 쫓았다 하면 결코 멈출 수 없는 무지개와 같습니다. 그러나 당신이 이를 이해하게 되면, 바로 지금이라도 욕망을 멈출 수 있습니다.

淸談청담
명예와 이권을 떠난 얘기

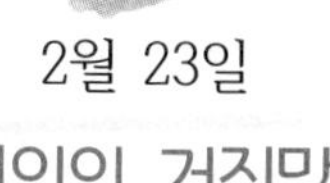

2월 23일
선의의 거짓말

한 농부가 임종을 맞았습니다. 농사를 천직으로 알고 살아온 그는 자식들에게도 농사를 짓게 하려고 했습니다. 그러나 아무리 생각해보아도 자식들은 농사에 성의가 없는 것 같았습니다.

그래서 그는 죽음을 앞두고 마지막으로 자기의 소원을 자식들에게 들려주기로 마음먹었습니다.

물론 농부의 소원은 자기의 뒤를 이어 자식들이 열심히 땅을 일구는 농사일이었습니다. 하지만 무조건 땅이나 파라고 하면 따라줄 것 같지 않아 농부는 자식들에게 말했습니다.

"지금부터 너희들은 잘 듣거라. 만일 내가 죽거든 포도밭에 묻어둔 것을 찾도록 해라. 잘 찾아보면 그 밭에서 너희들이 평생 먹고살 보물이 나올 것이다."

이런 유언을 남기고 숨을 거둔 아버지의 말을 쫓아 자식들은 포도밭을 열심히 파헤쳤습니다. 이렇게 보물을 찾아 밭을 파헤친 대가로 그해부터 아버지 때보다도 몇 배나 더 많은 풍성한 수확을 걷을 수 있었습니다.

2월 24일
진실과 거짓

어떤 제자가 스승에게 물었습니다.

"진실과 거짓은 얼마나 먼 거리입니까?"

그러자 스승이 대답했습니다.

"그야, 한 뼘도 안 되지."

제자는 깜짝 놀라며 다시 물었습니다.

"이해할 수가 없습니다. 한 뼘도 안 되다니요? 무슨 말씀입니까?"

스승이 나직한 음성으로 말했습니다.

"귀와 눈의 거리가 곧 거짓과 진실의 거리다. 그대가 귀로 듣는 모든 것이 바로 거짓이다. 그러므로 듣는 것은 거짓이요, 보는 것은 진실이라는 뜻이다."

子虛烏有자허오유
거짓말, 엉터리여서 아무것도 아닌 것

2월 25일

이율배반

태조 이성계와 그의 스승 무학대사가 마주 앉았습니다.

"대사의 얼굴은 꼭 돼지 같습니다."

"전하의 얼굴은 부처님 같으십니다."

무학대사의 대답에 왕은 비위가 거슬렸습니다.

"대사, 농담하자는데 아부를 하면 어찌하오."

"아부가 아니옵니다."

"아부가 아니라고? 나를 부처님 같다고 추켜세우지 않았소?"

"전하! 돼지 눈에는 돼지만 보이고, 부처의 눈에는 부처만 보이는 법입니다."

股肱之臣고굉지신
넓적다리와 팔뚝과 같은 신하

2월 26일

돈으로 살 수 없는 것들

- 침대는 살 수 있지만, 숙면은 살 수 없습니다.
- 책은 살 수 있지만, 지혜는 살 수 없습니다.
- 음식은 살 수 있지만, 식욕은 살 수 없습니다.
- 보석은 살 수 있지만, 아름다움은 살 수 없습니다.
- 선물은 살 수 있지만, 마음은 살 수 없습니다.
- 집은 살 수 있지만, 가정은 살 수 없습니다.
- 약은 살 수 있지만, 건강은 살 수 없습니다.
- 사치품은 살 수 있지만, 교양은 살 수 없습니다.
- 불상은 살 수 있지만, 부처님은 살 수 없습니다.
- 교회는 살 수 있지만, 천국은 살 수 없습니다.

偃鼠之望언서지망

쥐는 강물을 배 하나 가득 밖에 못 마시는 것처럼 사람도 분수에 만족하라.

2월 27일

몸을 닦는 것은 비누, 마음을 닦아내는 것은 눈물

살아있어도 즐거움이 없는 세 종류의 인생이 있습니다.

'첫째 남의 동정으로 사는 사람, 둘째 아내에게 속박당하고 있는 사람, 셋째 육체에 고통을 느끼는 사람이다.'

'인간의 몸을 씻어주는 것은 비누이고, 마음의 때를 닦아내는 것은 눈물이다.'라는 아름다운 속담도 있습니다.

'천당 한편에는 기도가 무엇인지 모르는 사람도 있지만, 평소 올 것이라고 믿었던 사람들을 위한 자리도 있다.'

'기쁨, 슬픔, 분노, 울음을 모르는 사람은 즐거움도 모른다. 밤이 없으면 밝은 낮도 없다는 것을 모르는 사람이다.'

'감정대로 우는 것을 부끄러워하는 사람은 기쁨을 나타낼 때도 진정으로 기뻐하지 않고 기쁜 척할 뿐이다.'

'마음껏 울고 나면 마음이 맑아진다. 마치 목욕한 뒤 느껴지는 상쾌함처럼, 신은 인간의 메마른 영혼에 단비를 내리듯 눈물을 주셨다. 감정대로 울고 나면 기다렸던 비가 내려 대지를 적셔주듯 우리 마음에도 움이 트고 신록의 싱그러움이 만들어진다.'

오늘날과 같이 과학과 문명이 발달한 사회에서 기계의 노예가 되어 위험에 빠진 것은 눈물을 부끄럽고 무익한 것으로 여기게 된 때문입니다. 인간은 감정의 동물이므로 울고 싶을 때 울어야 합니다. 아름다운 눈물은 자신을 가꾸는 정서의 비雨입니다.

2월 28일

인간의 여섯 가지 결점

1. 자기의 이익을 위해 타인의 희생을 강요하는 행위
2. 어떤 일은 도저히 성취할 수 없다고 기피 하는 행위
3. 사소한 애착으로 기호를 끊어 버리지 못하는 나약함
4. 변화나 수정이 필요한 일에 걱정만 하는 불안감
5. 마음의 수양이나 자기 계발을 게을리하는 안일함
6. 자기 의견이나 행동이 옳다고 내세우는 안하무인의 품성

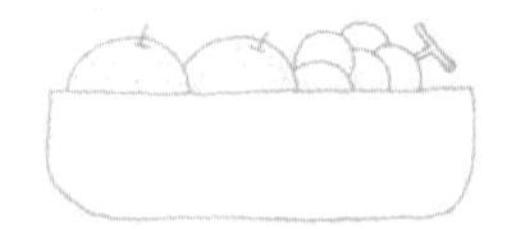

實事求是실사구시

일을 참답게 하여 옳은 것을 찾음

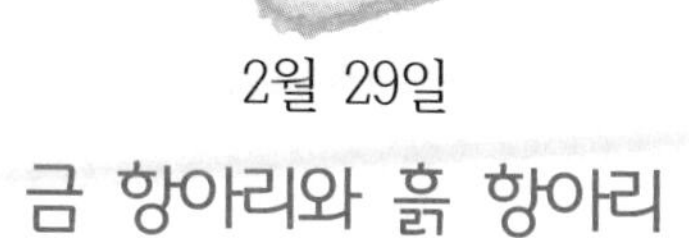

2월 29일

금 항아리와 흙 항아리

가난뱅이도 우물에 가고
부자도 우물에 간다.
부자는 금 항아리를 들고
가난뱅이는 흙 항아리를 들고.
그들은 똑같이 항아리를 가지고 간다.
그들은 똑같은 물을 긷는다.
그리고 그들은 똑같은 물로 항아리를 채운다.

張三李四장삼이사
장 씨의 셋째 아들과 이 씨의 넷째아들

3월

삶의 꽃다발을

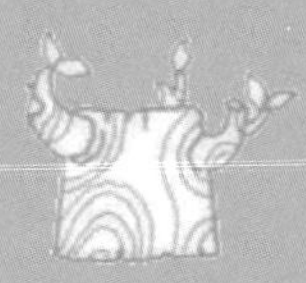

3월

삶의 꽃다발을

| 롱사르 |

꽃다발을 엮어서
보내는 이 꽃송이
지금은 한껏 피었지만
내일에는 덧없이 지고 말 것을.

그대여 잊지 마라
꽃같이 아름다운 그대도
세월이 지나면 시들어
꽃처럼 덧없이 지고 말 것을.

세월은 간다. 세월은 떠난다
우리도 간다. 흘러서 떠난다
그리하여 세월은 가고
우리는 땅에 묻힌다.

불타는 사람도 죽은 뒤에는
다정한 말을 나눌 상대도 없어지려니
내 꽃, 그대여
마지막 사랑의 노래를 부르자.

3월 1일

행복은 마음의 꽃

누구나 다 행복하기를 원합니다.

나는 행복을 원하지 않는다고 말하는 사람이 있다면, 그는 자기 자신을 속이는 사람입니다.

어떻게 하면 행복해질 수 있으며, 행복에 도달하는 지혜와 기술이 무엇이냐에 대한 대답은 지극히 평범합니다.

행복에 관한 진리를 웅변해 주는 말이 있습니다.

『자유론』의 저자 존 스튜어트 밀의 말을 인용하여 대답해 보겠습니다.

'행복을 얻는 유일한 길은 행복을 인생의 목적으로 하지 않고 다른 목표를 인생의 목적으로 삼을 때 찾아온다.'

행복을 자기 인생의 직접 목적으로 삼지 말고 행복보다 높은 목표를 두고 헌신하는 것이 바람직하다는 말입니다.

행복 이외에 어떤 목적을 두고 나를 잊고 헌신할 때, 꽃의 향기가 따르듯이 우리의 생활이 건강해지고 행복의 빛이 찾아듭니다.

이 일은 행복에 도움이 될까, 저 일은 행복을 방해하지 않을까, 합리적으로 계산하며, 그것을 추구하기보다는 인생의 높은 이상이나 보람 있는 가치에 자기 자신을 몰두하는 것이 행복에 도달하는 확실한 길입니다. 그러면 반드시 행복이 다정한 친구처럼 찾아올 것입니다.

3월 2일
마음의 고향

나의 모습, 그 마음의 고향을 알아야 합니다. 그것은 인간 지혜의 근본입니다. 그러나 자기의 모습을 아는 것만으로는 부족합니다. 본래의 자기 마음의 고향을 찾아야 합니다.

내가 나를 아는 것과 나 자신이 되는 것과는 큰 거리가 있습니다. 우리는 나 자신을 아는 데서 한 걸음 더 나아가서 나 자신이 되어야 합니다. 아는 것과 되는 것은 다릅니다. 본래의 나 자신으로 돌아가야 마음의 고향에 다다르게 됩니다.

어떤 모습이 본래의 자기인가?

나다운 나, 진실한 자기, 거짓 없는 자기가 본래의 나의 모습입니다.

우리는 본래의 자기를 잃어버리고 살아가기 쉽습니다. 나답지 않은 나로 전락하기 쉬운 존재이기 때문입니다. 이때 마음의 고향을 잃어버리게 됩니다. 꾸미는 나, 거짓된 나, 불성실한 나, 작고 이기적인 내가 되어서는 안 됩니다. 그것은 나의 타락한 형태이며 모습입니다. 이기심 때문에, 교만 때문에, 물욕 때문에 향락 때문에, 우리는 본래의 자기 자신을 상실하고 피상적으로 마음의 고향을 잃은 난민으로 살아가게 됩니다.

그러므로 전락한 나를 본래의 자기로 돌아가게 하는 나 자신을 깨닫게 될 때 진정한 자기 삶의 모습이 있고 마음의 고향에 안주하게 됩니다.

3월 3일
마음으로 빌면 꽃이 핀다

'마음으로 빌면 꽃이 핀다.'
괴로울 때
어머니는 언제나 말씀하셨다
이 말을
나는 언제부터인가
외우게 되었다
그리고 그때마다
나의 꽃이 이상하게도
하나하나
피어있었다.

이 시를 쓴 사람은 일본의 사카무라 신민이라는 작가입니다. 이 작품으로 전국 각지는 물론, 해외에까지 시비詩碑가 세워졌는데, 무려 3백 기가 넘는다고 합니다.

진실한 마음으로, 겸허한 마음으로 기도하듯이 마음으로 빌면 원하는 것이 꽃으로 피어난다는 아름다운 시입니다.

3월 4일
마음의 창

'일체유심조一切唯心造'

이 세상의 모든 것이 마음가짐에 달렸다는 뜻으로 불경에 나오는 말입니다.

분명히 이 세상의 모든 일은 우리의 마음가짐에 따라서 변화무쌍하게 만들어집니다. 즉 우리가 어떤 마음을 가지고 세상을 보느냐에 따라 크게 달라진다는 것입니다.

비관의 안경을 쓰고 이 세상을 바라보면 모든 것이 다 슬프게만 보입니다. 생의 즐거움보다 죽음의 허무함만 돋보입니다. 만나는 기쁨에 앞서 이별하는 슬픔을 생각하게 됩니다.

낙관의 안경을 쓰고 이 세상을 바라보면 모든 일이 즐겁기만 합니다. 아침의 투명한 하늘도 기쁨의 대상이고 빛나는 태양도 기쁨입니다. 굶주리지 않고 건강한 육체도 기쁨이며, 곁에 사랑하는 친구가 있고, 가족이 있고, 해야 할 일이 있고, 나라가 있는 것도 인생의 기쁨입니다.

감사하는 마음으로 세상을 바라보면 모든 것이 고맙기만 합니다. 그러나 불만의 마음으로 대하면 일체가 불만의 대상입니다.

우리의 마음가짐에 따라서 이 세상이 천국이 될 수도 있고 지옥이 될 수도 있습니다. 세상의 모든 것은 마음이 지배합니다.

3월 5일

눈을 감으면 나를 볼 수 있다

우리는 눈을 떠야만 앞을 볼 수 있습니다. 눈을 감으면 아무것도 볼 수 없습니다. 육안肉眼은 확실히 그렇습니다.

그러나 인간에게는 마음의 눈, 즉 심안心眼이 있습니다. 심안은 육안과는 다릅니다.

눈을 감으면 외계의 사물이 나를 괴롭히지 않습니다. 눈을 감으면 마음이 고요해집니다. 정신이 통일되고 마음을 집중할 수 있습니다. 어떤 문제에 정신을 쏟을 수 있습니다.

깊은 생각에 잠길 때는 누구나 눈을 감습니다. 진지한 생각, 골똘한 생각, 바른 사고思考를 하려고 할 때는 저절로 눈이 감깁니다.

눈을 감고 생각을 가다듬으면 사물의 옳은 도리가 눈에 보이고 바로 깨달음을 얻을 수 있습니다.

간디는 그의 자서전에서, '감옥에 들어가서 어두운 감방에 혼자 있게 되자, 자기의 할 일이 무엇인지 분명히 깨닫게 되고, 조국(인도)의 진로가 무엇인지를 바로 알게 되었다.'라고 썼습니다. 간디는 감옥에 갇혔을 때, 모든 것이 분명히 보이고 밝게 깨달았습니다.

우리는 가끔 혼자 조용히 눈감는 시간을 가져야 합니다. 나를 알고 남을 살피고 나와 남과의 관계를 분명히 알고 나의 설 자리가 어디며, 나의 할 일이 무엇인지 깨닫기 위해 자주 눈을 감아야 합니다. 그러면 모든 것이 밝게 보이고, 나를 볼 수 있습니다.

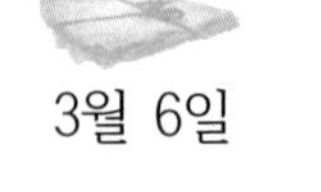

3월 6일
인생의 3가지 유혹

영국의 경험 철학자로 유명한 프랜시스 베이컨은 유혹에는 세 가지가 있다고 말합니다.

"인간에게는 세 가지 유혹이 있다. 거친 육체의 욕망, 저 잘났다고 거들먹거리는 교만, 졸렬하고 불손한 이기심, 이 세 가지가 그것이다.

이로 인하여 모든 불행이 과거에서 미래까지 영원히 인류의 무거운 짐이 되는 것이다. 이 세상에 이 세 가지, 육욕과 교만과 이기심이 없었다면 완전한 질서가 지배하였을 것이다.

이러한 무서운 병, 누구나 마음속에 지닌 이 유혹의 싹에 대하여 우리가 취해야 할 방법은 무엇일까? 그것은 각자가 닦아야 할 자기 수양밖에 없다.

인간의 마음이란 때로는 가장 완성된 상태에 있으며, 또 한편 가장 부패한 상태에 있다. 그러므로 좋은 마음가짐을 지니고 있을 때 그 상태를 유지하면서 악한 유혹을 몰아내야 한다."

즉 참다운 인생이란 유혹과 싸워나가는 과정이라고 해도 과언이 아닐 것입니다.

3월 7일

밝은 성격

어떤 사람이 자기 아들을 업고 언덕길을 오르고 있었습니다.

"너도 꽤 무거워졌구나."

하고 아버지가 숨이 차 말하자,

"아버지, 인내와 노력이 인간을 만드는 거예요. 조금만 참으세요."

하고, 어린 주제에 가당찮은 '명언'을 일러드리는 것이었습니다.

아버지는 너털웃음을 웃으며 끝까지 업고 갔다고 합니다.

그 똑똑한 꼬마의 이름은 앤드루 카네기였습니다. 강철왕으로 성공한 뒤에도 그가 항상 인용하는 격언이 있었습니다.

"밝은 성격은 어떤 재산보다 귀중한 것이다. 성격이란 것은 키울 수 있는 것으로서 인간의 마음도 몸과 마찬가지로 그늘에서 햇빛 비치는 곳으로 옮겨가지 않으면 안 된다는 점을 항상 기억해 두어야 한다. 곤란한 경우를 당한 때에도 가능한 한 웃어넘겨야 한다. 조금이라도 생각할 줄 아는 인간이라면 누구나 그렇게 할 수 있는 것이다."

3월 8일

최선의 것

에이브러햄 링컨의 유명한 말이 전해지고 있습니다.

"나는 내가 할 수 있는 최선의 것을 실행하고, 언제나 그 상태를 지속하려고 노력한다."

링컨은 스물두 살에 처음 사업에 실패한 이래, 거의 매년 실패의 고배를 마셔야 했습니다. 한 번도 제대로 성공하지 못하고 수도 없이 선거에 출마했지만, 번번이 낙선을 거듭하였습니다.

쉰한 살이 되어서야 대통령에 당선되고 재선까지 하기에 이르렀습니다. 링컨은 청년 시절도 중년 시절도 고난의 연속이었지만 좌절하지 않고 끝까지 그 '최선의 것'에 도전했기 때문에 목표를 달성할 수 있었습니다.

성공한 사람들의 얘기를 듣고 보면 모든 것이 그럴듯하고 또 그렇게 될 수밖에 없었다고 생각되는 점도 많은 건 사실입니다. 그러나 사람은 태어날 때 누구나 평등했으나 살아가면서 진로나 그 결과가 달라집니다.

하루하루를 성실하고 적극적인 자세로 임한다면 성공의 기회는 누구에게나 주어진다는 신념이 무엇보다 중요하다 하겠습니다.

3월 9일
친구는 인생의 그림자

'누구도 잃어버린 친구를 대신할 수는 없다.

옛 동료를 만들어 낼 수도 없다. 그렇게 많은 공동의 추억, 함께 겪었던 위험한 순간들, 불화와 화해, 마음의 동요….

세상의 어느 것도 이와 같은 귀중한 경험들과 견줄 수는 없다. 누구도 이런 우정의 흔적들을 다시 만들어 내지는 못한다.

덧없는 인생살이에서 친구들은 나에게서 하나하나 그들의 그림자를 끌고 가버린다. 그런 그 후부터는 늙음에 대한 남모르는 회한이 우리의 슬픔 속에 섞여드는 것이다.'

생텍쥐페리가 쓴 글에 나오는 말입니다. 책임감, 친구에 대한 자부심, 그에 대한 사랑의 의미를 새삼 느끼게 해줍니다.

이렇듯 친구는 내 삶의 그림자이며, 나를 증명하는 존재의 이정표이기도 합니다.

知音지음
마음이 통하는 친구

3월 10일
동반자

영국의 한 신문사가 현상 광고를 냈습니다.

'런던까지 가장 빨리 가는 법을 가르쳐 주는 분에게 후사하겠음.'

많은 사람이 응모했습니다.

영예의 대상은 '런던까지 함께 가는 좋은 동반자를 갖는 것'이라는 대답이었다고 합니다.

"과연 명답이구나!"
하는 감탄이 절로 나옵니다.

동행자 또는 동반자라는 말은 함께 가는 사람, 함께 하는 사람이라는 뜻이지만, 좋은 동반자란 친구일 수도 있고, 애인일 수도 있고, 배우자일 수도 있습니다.

사실 함께 있으면 즐겁고 시간 가는 줄 모르는 사람, 힘든 일도 고되게 느껴지지 않고 서로 격려가 되어주는 사람, 때로는 밀어주고 끌어주는 사람, 그런 동반자가 곁에 있으면 런던까지가 아니라 지구 끝까지도 빨리 갈 수 있을 것입니다. 그런 사람이 곁에 있을 때 인생은 그야말로 장밋빛으로 빛나게 됩니다.

가정이건 직장이건 좋은 동반자가 있을 때 밝고 건강한 분위기가 됩니다.

3월 11일

어울림

숲을 스치는 바람과 개울을 흐르는 물소리도 마음을 고요히 하고 들으면 음악이 됩니다.

풀 위에 내리는 안개와 호수 가운데 비친 구름, 이런 것들도 마음을 한가롭게 하고 가장 아름다운 문장이 됩니다.

사람들은 거문고와 피리 소리만 음악인 줄 압니다. 종이 위에 붓으로 쓴 것만이 문장이라고 여깁니다. 그러나 그것은 크게 잘못된 생각입니다.

자연에서 얻은 음악과 문장을 볼 줄 아는 눈과 귀가 없다면 눈동자를 움직이는 인형과 다를 바 없습니다.

琴瑟相和금슬상화
거문고와 비파의 음이 화합하다.

3월 12일

물이 맑으면

'물이 너무 맑으면 물고기가 없고, 사람이 너무 살피면 무리輩가 없다.'라고 합니다.

증류수처럼 물이 너무 맑으면 먹이도 없고 산소도 없습니다. 또 풀이나 돌이 없으면 숨을 곳도 없고 알을 낳을 곳도 마땅치 않겠지요. '청수무어淸水無魚' 또는 '수청水淸이면 무대어無大魚'라고도 합니다. 이 말은 사람이 결백할 정도로 너무 맑고 깨끗하면 사람이 모이지 않는다는 뜻으로 사용하는 말입니다.

맑고 고결한 것이 흠이라고 할 수는 없겠습니다만, 때로는 도道가 지나쳐서 포용력이나 인간미를 잃어버려 그릇이 작은 사람이 되는 예도 있기에 문제입니다.

혼자만 고고하고 깨끗하고 대단하다고 생각하다 보면 다른 사람은 모두 모자라고 불결한 사람으로 보이게 마련이지요. 그래서 남을 평가할 때 지나치게 비판적이거나 원리 원칙만 적용하려는 경향까지 나타냅니다.

사람은 누구도 완전한 100점짜리가 없습니다. 스스로 100점이라고 생각하는 그 결벽성이 결점이 되는 것입니다. 개성이나 고결함을 가지고도 포용력과 유연성을 가지는 것이 인간미 넘치는 '맑은 물'이 아닐는지요.

3월 13일

나무의 지혜

노자가 제자들과 숲을 지나갈 때, 수백 명이나 되는 목수들이 나무를 베고 있었습니다. 궁궐을 짓기 위해서였습니다.

숲의 나무가 몽땅 벌채될 위기에 놓여 있는데, 딱 한 그루만 우람한 가지를 거느리고 서 있었습니다.

큰 나무였습니다. 수천이나 되는 나뭇가지 – 사람이 일만 명가량 앉을 수 있을 만큼 나무는 크게 그늘을 드리우고 있었습니다.

노자는 제자들에게 숲의 나무를 모두 베어 내는데, 그 큰 나무가 베어지지 않은 이유를 알아 오라고 했습니다.

목수들이 전한 이야기로는,

"이 나무는 도무지 쓸모가 없기 때문이지요. 가지마다 옹이가 너무 많이 박혀 있어요. 곧게 뻗은 가지가 하나도 없어요. 그래서 기둥으로 쓰지 못합니다. 가구를 짤 수도 없답니다."

그러자 노자는 제자들을 둘러보며 말했습니다.

"하지만 저 늙은 나무가 살아남은 지혜를 배워야 하느니라."

3월 14일

자연의 기적

“창문 밖에 나무 한 그루가 서 있는데, 늘 줄기가 안쪽으로 뻗어 있다. 나는 겨울을 보내고 여름이 오면, 이 나무의 성장에 관심을 두고 바라보기를 즐긴다. 왜냐하면 나무에서 삶의 모습을 발견하기 때문이다. 낙엽마저 다 잃어버린 헐벗은 나뭇가지는 회색의 움으로 고요히 봄을 기다리며 머지않아 겨울을 인내로 견뎌온 생명의 결정체인 갈색의 조그마한 싹으로 눈을 떠서 꽃이 포기를 이루어 무성한 여름을 보내고, 가을이 되면 불그레한 열매로 익을 것이다. 그러면 열매마다 새 생명의 싹이 간직되고, 이 싹에서 또다시 열매로 탄생하여 종자가 생기고, 나무로 자라날 것이다. 여러 세대를 두고 이렇게 무한히 반복될 것이다. 이처럼 평범한 일은 없겠지만, 놀라운 변화도 없을 것이다. 나무가 하는 일처럼 모든 생명은 영원히 되풀이된다. 그것은 자연의 기적이며 비밀이다.”

노벨문학상을 받은 독일의 작가 헤르만 헤세의 글입니다.

3월 15일

생존의 법칙

어느 날 장자莊子는 밤나무 숲으로 사냥을 나갔습니다.

그때 처음 보는 커다란 새 한 마리가 유유히 날고 있었습니다.

그 새는 장자가 활로 자기를 겨냥하고 있는 줄 모르는지 장자 쪽으로 더 가까이 날아오더니 나뭇가지 위에 앉았습니다. 찬찬히 살펴보니 그 새는 사마귀를 노리고 있었습니다.

한편 사마귀는 자기를 덮치려는 새를 보지 못하고 앞발을 쳐들고 뭔가를 노려보고 있습니다. 그래서 그 사마귀가 노리는 걸 살펴보니 매미가 서늘한 그늘에서 멋들어지게 울고 있었습니다.

이 모습을 본 순간 장자는 비로소 크게 한숨지었습니다.

"어허, 어리석도다. 세상의 모든 것은 눈앞의 욕심 때문에 자기를 잊고 있구나. 이것이 만물의 참모습인가."

螳螂拒轍당랑거철
사마귀가 수레바퀴를 막는다.

3월 16일

채근담

인생을 살아가는 데 생활의 지침이 되는 가르침을 모은 책이 여럿 있는데, 그중 채근담은 400년쯤 전 중국 명나라 때 자성自誠 홍응명洪應明이 쓴 책입니다.

'채근'이란 나물菜과 뿌리根로 생활할 만큼 가난한 때를 말합니다. 그러한 어려운 처지를 극복한 사람만 성공을 할 수 있다는 뜻이 담겨 있습니다.

이 책에는 공맹사상, 노장사상, 불교사상을 융합한 처세훈 360개가 내용으로 되어 있습니다.

공맹사상은 공자와 맹자의 사상, 즉 유교 사상을 말합니다.

유교는 학문을 닦아서 사회에 공헌하는 사람이 되라는 엘리트 지상주의라고 할 수 있습니다. 노장사상은 노자와 장자의 사상, 즉 도교의 사상을 말합니다. 도교는 무위, 자연을 강조하며 유유자적하라는 내용이 담겨 있습니다. 이렇게 유교와 도교의 사상에 불교를 더 들여 와 마음을 닦으라고 합니다.

이 세 가지 사상을 융합한 책이 바로 채근담입니다.

3월 17일

여섯 가지 잘못

중국 청나라 말기의 금난생이 쓴 『격언연벽格言聯璧』이란 책에는 우리가 범하기 쉬운 '여섯 가지 잘못'을 지적하고 있습니다.

1. 사치하는 것을 행복이라는 잘못
2. 남을 속이는 것을 머리가 좋다고 생각하는 잘못
3. 탐욕으로 재물을 모으는 것을 수완으로 생각하는 잘못
4. 용기 없음을 안전하게 지키는 것이라고 여기는 잘못
5. 싸움을 좋아하면서 자기가 용기 있다고 생각하는 잘못
6. 위에 선 자가 질책만 일삼으면서 위엄 있다고 생각하는 잘못

사실 우리는 무엇이 잘못인지 깨닫지 못하고 살아가는 경우가 많습니다. 금난생의 지적처럼 자기의 잘못을 깨닫고 인격을 도야하는 밑거름으로 삼으면 세상을 살아가는 데 많은 도움이 될 것입니다.

3월 18일

좋은 말의 효과

어리석은 사람들은 지혜로운 사람들에 대한 열등감에서 벗어나고자 거친 말과 험담을 일삼는 경향이 있습니다.

거친 말은 날카로운 칼과 같고 탐욕은 독약이며 노여움은 사나운 불꽃이고 무지함은 더 없는 어둠입니다.

그러므로 옳은 인생의 길로 인도하는 데는 진실한 말이 최고이며, 이 세상의 모든 불빛 가운데 진실의 등불이 최고이며, 세상의 모든 병을 치료하는 약 중에 진실한 말이라는 약이 으뜸입니다.

자신과 남을 위하여, 그리고 돈과 향락을 위하여 거짓을 말하지 않으면 그것이 곧 깨달음에 이르는 길입니다.

一言居士일언거사
무슨 일에든지 한마디 하지 않으면 직성이 풀리지 않는 성품의 사람

3월 19일

지금 곧 말하라

동양 사람들은 감정 표현이 약한 편입니다. 이심전심以心傳心이라든지, 무소식이 희소식이라는 식으로 표현하지 않아도 알아들어야 한다고 생각합니다.

다음의 시는 '지금 곧 말하라'라는 무명 시인의 글입니다.

따뜻한 말 한마디
고백하고픈 사랑의 말 한마디
잊어버릴 때까지 기다리지 말고
오늘 곧 속삭이라.

말하지 못한 따뜻한 말 한마디
부치지 않은 편지
오랫동안 잊고 있었던 소식
다하지 못한 사랑.

이것들이 많은 가슴을 찢어지게 하고
이것들이 사랑하는 사람들을 기다리게 한다
어서 그들에게 주라. 필요로 하는 이들에게
너무 늦어버리기 전에.

3월 20일
자기반성

희랍의 철학자이며 수학자였던 피타고라스는 '피타고라스의 정의'를 발견한 것으로 유명합니다. 그는 위대한 스승으로도 이름을 날린 교육자이기도 합니다. 피타고라스는 제자들에게 매일 밤 그날의 일과를 되돌아보고, 다음 사항들을 점검해보도록 했습니다.

'오늘의 공부는 과연 성공적으로 끝마쳤는가?'

'더 배울 것은 없었는가?'

'게으름을 피운 일은 없었는가?'

이처럼 매일 매일을 반성하게 하여 훗날 모두 훌륭한 인재가 되었다는 것입니다.

채근담에도 반성하지 않는 게으름 때문에 자기의 삶을 망치는 일이 많다고 지적합니다.

종교가 루터는 매일 수염을 깎듯 마음을 다듬지 않으면 자기 성장을 이룰 수 없다고 가르칩니다.

'하루에 세 번 반성하라'라고 하는 일일삼성一日三省이나 '내 몸을 세 번 돌아보라'라고 한 옛 성현의 말씀은 자신을 반성하고 개선하는 마음의 자세를 일깨워주어 바른 인생의 길로 인도하고 있습니다.

3월 21일
생각의 차이

노벨상을 받은 인도의 시인 타고르가 어느 날 배를 타고 갠지스강을 건널 때였습니다.

바람 한 점 없이 고요한 수면, 새소리조차 들리지 않는 정지된 듯한 풍경이 삼라만상을 잠재운 듯하였습니다. 해는 서쪽 하늘에 기울고 아름다운 하늘빛이 강물 위에 아스라이 잠겨 있었습니다.

그때 돌연 물고기 한 마리가 배 위를 펄쩍 뛰어넘어 고요를 깨며 강 건너편으로 사라졌습니다. 그러자 석양빛을 담은 강물에 황금빛 파문이 번졌습니다.

타고르는 감탄하며 중얼거렸습니다.

"아, 이것이 자연이로구나!"

고요한 가운데 미묘한 움직임의 아름다움에 매료된 것입니다.

그런데 뱃사람이 한마디 했습니다.

"아깝군. 물고기가 배 안에 떨어졌더라면 좋았을 텐데."

3월 22일

엉킨 실 풀기

'엉킨 실을 풀려면 장님에게 맡겨라.'
라는 말이 있습니다.

눈이 성한 사람도 힘든데 앞을 못 보는 장님이 어떻게 엉킨 실을 풀 수 있는가 의아해할 것은 당연합니다. 그러나 그들은 아무런 선입관 없이 가닥을 더듬어보다가 실마리를 찾아 잘 풀 수 있다고 합니다.

한 분야에서의 오랜 경험이 고정관념이나 편견을 만들기도 하고, 이러한 편견과 고정관념이 관점의 범위를 저해하는 요소가 되기도 합니다.

학식이 있는 사람들, 과거의 어느 일에 경험이 있는 사람들은 자기의 과거 경험, 학식을 바탕으로 울타리부터 칩니다. 그리하여 그는 항상 그 울타리 안에서만 사고할 뿐 벗어나려 노력하지 않게 됩니다. 그래서 선입관의 지배를 받게 되는 것입니다.

그러기에 일의 성질이 고도의 전문적인 기술이나 지식을 요구하지 않는 때에는 비전문가의 의견에도 귀를 기울여야 합니다. 왜냐하면 선입관에 구애받지 않고 장님이 엉킨 실을 풀 듯이 건전한 상식으로 좋은 해결안을 제시할 수 있기 때문입니다.

3월 23일

창과 거울

도덕 시간이었습니다.

"선생님, 어른들의 세계는 참 이상합니다. 가난한 사람들은 서로 도와주는데, 부자들은 여유가 있으면서도 돕지를 않습니다. 어째서 그렇죠?"

"창밖에 무엇이 보이지."

"아이들이 뛰어놀고 한쪽에선 싸움질하고 있습니다."

"그래? 그럼 거울 속에는 무엇이 보이느냐?"

"제 얼굴밖에 보이질 않습니다."

"그럴 것이다. 창이나 거울은 똑같은 유리로 되어 있다. 한데 거울은 수은을 칠하여 자기 모습밖에 보이지 않는 것이다. 내 말의 뜻을 이해할 수 있겠느냐?"

天道無親 常與善人천도무친상여선인

하늘의 뜻은 특별히 누구를 돕는 것이 아니고 항상 착한 사람을 돕는다.

3월 24일
작은 구멍

'작은 비용이라도 줄여라. 물이 새는 작은 구멍이 거대한 배를 침몰시킨다.'(프랭클린)

누구나 낭비라는 말은 싫어합니다. 그러나 자기도 모르게 낭비하는 때도 많습니다. 어떤 사람은 낭비나 과소비라는 것을 알면서도 습관적으로 돈을 함부로 쓰는 사람도 있습니다.

어떤 때는 무심코 돈을 쓰고 보면 낭비인 경우도 있습니다. '벌기는 어렵고, 쓰기는 쉽다.'라는 말이 있듯이 자칫 방심하면 낭비가 되고 맙니다. 개인이건, 직장이건, 국가건 결과는 마찬가지입니다. 작은 낭비가 모여서 큰 손실이 됩니다. 그러나 여기서 말씀드리는 작은 구멍이란 비용의 문제에만 국한되는 것은 아닙니다.

한비자韓非子는 '천장千丈의 제방도 개미구멍 하나로 무너진다.'라고 해서 무슨 일에서건, 아무리 작은 일이라도 소홀히 해서는 안 된다는 것을 강조했습니다. 누구나 큰 구멍은 겁을 내고 무리를 해서라도 막으려고 할 것입니다.

유비무환有備無患이라는 말은 미리 충분히 준비하고 대비하면 훗날의 화근이 없어진다는 뜻이지요. 그렇다면 우리의 주변에는 어떤 구멍이 뚫려있을까요?

3월 25일

책은 영혼의 스승

영국의 성직자 제레미 코리아는 이렇게 말했습니다.

"책은 젊은이에게 삶의 반려자로, 노인에게는 휴식을 가져다주는 오락과 같다. 고독할 때 마음의 지주가 되고, 고통의 짐을 덜어주기도 한다. 뜻대로 안 되는 인간관계나 다툼을 슬기롭게 해결해 주는 명약이다."

또 리처드 베리는 『책사랑』이란 글을 통해 그의 견해를 밝히고 있습니다.

"책은 회초리나 막대기도 갖고 있지 않고, 고함도 치지 않는 영혼의 스승이다. 언제 어느 때 만나고 싶으면 자유롭게 만날 수 있는 다정한 친구와 같다.

잠을 자지 않기 때문에 언제든 상의하고 질문할 수 있다. 책은 아무것도 감추지 않고 정직하게 가르쳐 준다. 책이 말하는 것을 오해하여도 책은 아무런 불평도 하지 않는다. 내가 무식해도 책은 비웃지 않는다."

3월 26일

벽돌 한 장

토머스 칼라일은 수천 페이지에 달하는 『프랑스 혁명사』의 원고를 탈고한 후 이웃에 사는 존 스튜어트 밀에게 읽어보라고 주었습니다.

그런데 며칠 후 스튜어트 밀이 창백한 얼굴로 칼라일을 찾아왔습니다. 스튜어트 밀의 하녀가 그 원고를 난롯불을 지피기 위해 불쏘시개로 써버렸음을 알자, 칼라일은 제정신이 아니었습니다. 2년간이나 심혈을 기울인 그 결과가 그만 재가 된 것이었습니다.

그러던 어느 날이었습니다. 한 석공이 작은 벽돌을 하나하나 쌓아서 높고 긴 벽을 만드는 장면을 본 순간 그의 마음에는 새로운 용기가 솟아났습니다.

그는 다시 시작하기로 결심했습니다.

"나는 오늘 꼭 한 페이지만 쓸 것이다. 예전에도 한 페이지부터 시작하지 않았던가!"

그는 그 즉시 한 페이지부터 다시 써나가기 시작했고, 없어진 처음 원고보다 더 잘 쓰려고 아주 천천히 진행했다고 합니다.

벽돌 하나하나가 쌓여서 만리장성이 되었고, 하루하루가 모여서 삶의 실적이 되고, 인생이 됩니다. 지금 곧 우리 인생의 벽돌 한 장을 놓는 것, 그것은 새로운 시작이자 도전이라 할 것입니다.

3월 27일

이심전심

빈센트 반 고흐가 프랑스에서 생활할 때의 이야기입니다.

저녁 무렵 고흐는 바닷가에 자리 잡은 작업실에서 창밖을 내다보고 있었습니다. 바다 저편 하늘로 태양이 서서히 모습을 감추고 있었습니다. 그 광경을 고즈넉이 바라보던 고흐는 캔버스를 펼쳐놓고 아름다운 석양을 그리기 시작했습니다.

옆에서는 그의 제자가 엷게 지는 저녁노을 풍경과 스승이 연출해 내는 그림을 번갈아 바라보며 그 아름다움에 취해 숨을 몰아쉬며 탄성을 쏟아냅니다. 그리고는 자신도 스승을 따라 그림을 그리기 시작했습니다. 그런데 제자가 갑자기 붓을 내려놓으며 고흐에게 말했습니다.

"선생님, 잠깐 집에 다녀오겠습니다."

그림에 열중하던 고흐가 붓을 잠시 멈추고 고개를 돌렸습니다.

"아니, 그림을 그리다 말고 별안간 집에는 왜 간다는 건가?"

"지금 곧 집으로 가서 가족들에게 이 아름다운 저녁노을을 보라고 말해주고 싶습니다."

그의 목소리는 벅찬 감동 때문인지 가볍게 떨고 있었습니다. 그러자 고흐가 웃음 띤 얼굴로 말했습니다.

"그럴 필요가 없을 것 같네. 그곳에도 저녁노을이 지고 있을 테니 자네가 말해주지 않아도 볼 수 있을 걸세."

제자는 더욱 진지하게 말했습니다.

"아닙니다, 선생님. 제가 오랫동안 이 해변에서 살아왔지만, 선생님이 오시기 전까지는 이처럼 아름다운 노을을 단 한 번도 본 적이 없습니다."

以心傳心이심전심
마음에서 마음으로 뜻이 통함

3월 28일

그대에게 축복을

미국의 어떤 젊은이가 매일 통근 열차를 타고 출근을 하였는데, 경사진 언덕을 오를 때면 기차의 속력이 떨어져 철로 옆에 있는 집 안이 들여다보였습니다.

그런데 어떤 집에 나이 많은 부인이 항상 침대에 누워있는 모습이 보였습니다. 젊은이는 그 부인의 이름과 주소를 알아서 병이 회복되기를 비는 카드 한 장을 보냈습니다.

보내는 사람의 이름은 그냥 '매일 언덕의 철길을 지나다니는 젊은이로부터'라고 썼습니다.

그런 일이 있고 난 후 몇 주일이 지나고 나서 집 안을 살펴보니, 방은 비어 있고 창가에는 램프 불이 밝게 켜져 있었는데, '그대에게 축복을!'이라고 크게 쓴 종이 한 장이 붙어있었습니다.

누구를 돕거나 축복을 주는 것은 쉬운 일이 아닙니다. 더욱이 전혀 모르는 사람을 돕는 것은 더욱 어려운 일입니다. 그렇지만 세상에는 어떤 대가도 바라지 않고 그저 따뜻한 마음을 나눔으로써 세상을 아름답게 하는 사람도 있습니다.

3월 29일
『사흘만 볼 수 있다면』

세계적인 월간잡지 『리더스 다이제스트』가 '20세기 최고의 수필' 중 하나로 선정한 헬렌 켈러의 작품 『사흘만 볼 수 있다면 (Three Days to See)』이라는 글은 이렇게 시작됩니다.

'보지 못하는 나는 촉감만으로도 나뭇잎 하나하나의 섬세한 균형을 느낄 수 있다…. 봄이면 혹시 겨울잠에서 깨어나는 자연의 첫 징조, 새순이라도 만져질까 살며시 나뭇가지를 쓰다듬어 본다. 아주 재수가 좋으면 노래하는 새의 행복한 전율을 느끼기도 한다.

때로는 손으로 느끼는 이 모든 것을 눈으로 볼 수 있으면 하는 갈망에 사로잡힌다. 촉감만으로도 이렇게 큰 기쁨을 느낄 수 있는데, 눈으로 보는 이 세상은 얼마나 아름다울까. 그래서 꼭 사흘만이라도 볼 수 있다면 무엇이 제일 보고 싶을지 생각해 본다.

첫날은 친절과 우정으로 내 삶을 가치 있게 해준 사람들의 얼굴을 보고 싶다…. 그리고 남이 읽어주는 것을 듣기만 했던, 내게 삶의 가장 깊숙한 영혼을 전해준 책들을 보고 싶다. 오후에는 오랫동안 숲속을 거닐어 보겠다. 찬란한 노을을 볼 수 있다면, 그날 밤 나는 아마 잠들지 못할 것이다….'

3월 30일
빛깔의 값

어느 미국인이 피카소가 그린 초상화를 갖고 싶어 했습니다. 그는 피카소가 어마어마한 값을 요구하리라는 것을 알고 있었으며, 그도 그만큼의 돈을 낼 수 있는 능력이 있었습니다. 그는 거의 재벌에 가까운 사람이었습니다. 그래서 그들은 처음부터 그림의 가격을 정하지 않았습니다.

피카소는 주문대로 그의 초상화를 그렸고, 초상화가 완성되었을 때 피카소는 정말 엄청난 액수를 요구했습니다.

미국인은 깜짝 놀랐습니다. 그와 같은 작은 초상화, 몇 가지의 색깔만 칠해진 캔버스에 그렇게 많은 값을 요구할 줄 몰랐습니다.

놀라지 마십시오. 피카소가 요구한 금액은 1만 달러였습니다.

미국인이 말했습니다.

"너무 비싼 것 같습니다. 어디에 1만 달러의 가치가 있습니까?"

그러자 피카소가 말했습니다.

"당신의 눈에는 무엇이 보입니까?"

부자가 대답했습니다.

"내 눈에 보이는 것은 캔버스와 몇 가지의 색깔뿐입니다."

"좋습니다. 그러면 1만 달러를, 아니 당신이 원하는 만큼만 내십시오."

그러자 그가 말했습니다.

"오천 달러를 드리겠습니다."

그가 오천 달러를 주었을 때 피카소는 초상화가 아니라 캔버스와 몇 가지 물감을 건네면서 이렇게 말했습니다.

"자, 가져가십시오. 이것이 당신이 바라는 것이오."

초상화는 캔버스와 몇 가지 색깔 이상의 어떤 것의 조화입니다. 그것은 하나의 아름다운 조화의 결정체입니다. 피카소가 그림을 그릴 때 물감의 빛깔은 조화를 이루어 생명을 나타내는 것입니다. 그러므로 그 값은 캔버스와 물감의 값이 아니라, 그 값은 물감과 캔버스가 이루어 낸 조화의 값이었습니다.

賈大夫之士가대부지사
아내를 웃게 한 활 솜씨

3월 31일
산다는 것은 꿈의 항해

'우리는 왜 사는가, 산다는 것은 무엇인가, 산다는 것이 무슨 의미와 가치가 있는가.'

우리가 산다는 것은 꿈꾸는 것이며, 꿈이 있다는 것은 희망이 있다는 것입니다. 또한 이상을 갖는다는 것이며, 비전을 지닌다는 것이고 목표가 있다는 것입니다. 사람은 앞날에 꿈이 있을 때 생활의 활력소가 생기고 사는 데 발랄한 의욕이 솟구칩니다. 꿈을 잃을 때 우리의 행동에는 활기가 없고 생활에는 권태가 시작됩니다.

존재의 의미는 꿈을 갖고 살아가는 데 있습니다.

현명하다는 것은 꿈을 갖는 일입니다. 높은 이상을 세우고 그것을 실현하기 위해 분투, 노력할 때 우리는 사는 보람과 의미를 발견하게 됩니다. 현대인의 비극은 꿈을 상실한 데 있습니다.

현대인의 허무주의는 꿈의 상실에서 찾아볼 수 있습니다. 꿈은 현실이 아닙니다. 꿈은 현실을 이상에 결부시키는 가교이며, 현실에 활력소를 주는 원천입니다.

산다는 것은 꿈의 항해입니다. 꿈이 없다는 것은 죽은 것이나 다름없습니다. 시인이나 철학자, 사상가는 우리에게 꿈을 안겨주는 사람입니다.

과연 지금의 나는 꿈을 갖고 있는가, 자신에게 물어보는 반성의 시간을 가져야 합니다.

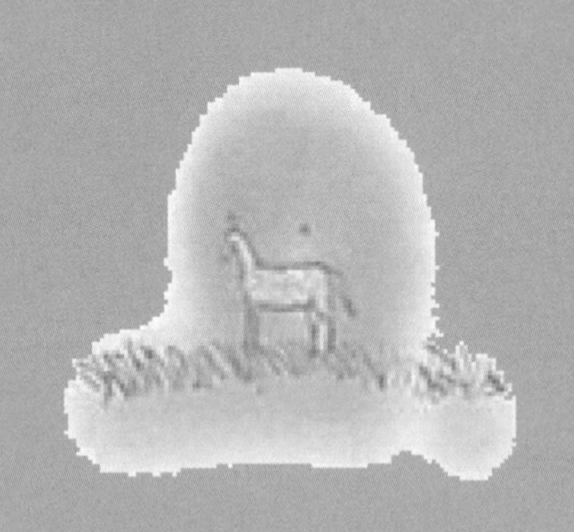

4월

높은 곳을 향해

높은 곳을 향해

| 브라우닝 |

위대한 사람이 단번에 그와 같이
높은 곳에 뛰어오른 것은 아니다.

동료들이 단잠을 잘 때
그는 깨어서 일에 몰두한 것이다.
인생의 묘미는 자고 쉬는 데 있는 것이 아니라
한 걸음 한 걸음 앞으로 나아가는 데 있다.

무덤에 들어가면 얼마든지 자고 쉴 수 있다
자고 쉬는 것은 그때 가서 실컷 하자
살아 있는 동안은 생명체답게 열심히 활동하자
잠을 줄이고 한 걸음이라도 더 빨리 더 많이 내딛자.

높은 곳을 향해
위대한 곳을 향해.

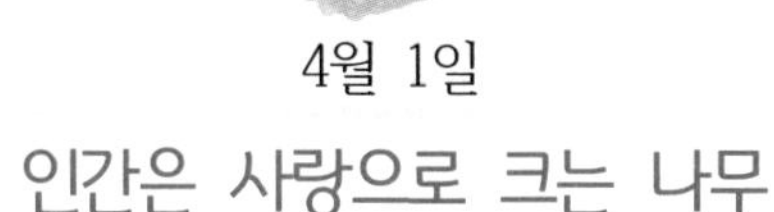

4월 1일
인간은 사랑으로 크는 나무

사물마다 나름의 주성분이 있습니다. 우리 인체는 화학적으로 계산해 볼 때 물과 단백질과 탄수화물 등이 주성분입니다.

그러나 인간을 정신적, 인격적으로 보면 사랑이 주성분을 이루고 있다는 것을 알 수 있습니다. 인간은 빵만으로 생명을 유지하기 위해 사는 존재가 아니라 사랑으로 사는 특별한 존재입니다.

우리는 부모와 자식 간, 형제, 애인끼리의 사랑, 동포에, 믿음에, 자연에 대한 사랑 등 여러 종류의 사랑을 지니고 있습니다.

그중에서 가장 중요한 것은 사람 간의 사랑입니다. 사랑하는 부모와 처자와 애인과 친구가 없을 때 우리는 인생을 살 용기와 힘을 잃게 됩니다. 사랑이 없는 인생은 허무하고 무의미합니다.

나를 사랑해주는 이도 없고, 내가 사랑할 사람도 없을 때, 우리는 살 필요와 보람을 잃게 됩니다. 우리의 육체는 밥을 먹고 살지만, 인생은 사랑을 먹고삽니다. 밥은 육체의 양식은 될 수 있지만, 정신의 양식, 마음의 양식은 될 수 없습니다. 밥보다 중요한 것이 정신적 양식입니다. 소외와 허무와 고독을 느끼면 사람의 마음과 인격은 심한 병에 걸리게 되고 정신은 영양불량에 균형을 잃게 됩니다. 사랑을 느끼지 못하기 때문에 그러한 질병을 만나게 됩니다.

인간의 주성분은 사랑입니다. 우리는 다양한 사랑의 양식을 골고루 가질 때 사랑으로 크는 나무가 됩니다.

4월 2일

고통과 슬픔으로 꽃 피우는 인생

천국에는 예술이 없다고 합니다. 그것은 고통과 슬픔이 없기 때문입니다. 그러나 인간이 사는 세상에 많은 예술가가 있는 것은 고통과 슬픔 때문입니다.

예술은 고민의 상징이며 표현의 대상입니다. 위대한 예술가들의 생애를 보면 많은 고통과 슬픔의 숲을 거닐었습니다.

행복은 평범한 속인들의 바람입니다. 위대한 예술가는 행복을 원해서는 안 됩니다. 온실에서 가꾸어진 꽃은 향기도 약하고 생명력도 약합니다. 그러나 황량한 벌판에서 거센 비바람을 맞고 성장한 꽃은 생명력과 향기가 강합니다.

예술가의 위대한 점은 고통과 슬픔을 예술 창조의 원천으로 삼는데 있습니다. 하지만 보통의 사람들은 고통과 슬픔을 인생의 파괴와 손상으로 삼을 뿐입니다. 고통과 슬픔 때문에 타락하고 상처를 받습니다. 그러나 예술가는 전혀 다른 생애를 수놓습니다.

베토벤의 위대한 예술은 그의 고통과 슬픔의 산물입니다. 그가 만일 행복하게 살았다면 인간의 심금을 울리는 많은 교향곡은 탄생하지 않았을 것입니다.

우리는 인생의 슬픔과 고통을 당할 때 예술가와 같은 정신과 태도로 맞아야 합니다. 이렇듯 우리는 고통과 슬픔으로 자기의 삶을 꽃피우는 원예가가 되어야 합니다.

4월 3일
한 송이 들꽃에서 천국을 본다

'하나의 모래알에서 지구를, 한 송이의 들꽃에서 천국을 본다.'

영국의 시인 윌리엄 블레이크가 신비로운 세계를 직관으로 묘사한 노래로, 모래 한 알에서도 세계를 생각하고 있는 것을 알 수 있습니다. 작은 모래알이라도 똑같은 것은 없습니다. 저마다 나름의 모양과 크기와 광채와 개성이 있습니다. 이를테면 나름의 독자적인 자아自我를 가지고 있습니다. 어느 철학자의 말처럼 그것은 하나의 소우주입니다. 대자연이 대우주라면 모래알은 작은 소우주입니다. 우리는 작은 모래알에서 하나의 세계를 느끼고 발견할 수 있습니다.

한 송이의 들꽃에서 우리는 천국을 발견합니다.

'천국은 맑고 아름답고 평화로운 질서의 세계입니다. 들에 핀 한 송이의 조그마한 꽃을 보라.'

비록 시인의 직관력이 아니라도 우리는 거기서 천국의 평화와 아름다움과 질서와 깨끗함을 느낄 수 있습니다. 자연은 거짓이 없습니다. 꽃에는 속임수와 허위와 가식과 허영이 없습니다. 자연스럽게 자라서 자기의 생명과 아름다움을 표현합니다. 소박하고 꾸밈이 없어 그 존재가 아름다움이며 곧 평화입니다.

천국에 가 본 사람은 없습니다. 만일 천국이 있다면 아름답고 평화로운 세계일 것입니다. 우리는 이름도 모르는 들꽃에서 천국의 아름다움을 발견할 수 있습니다. 그곳이 마음의 천국입니다.

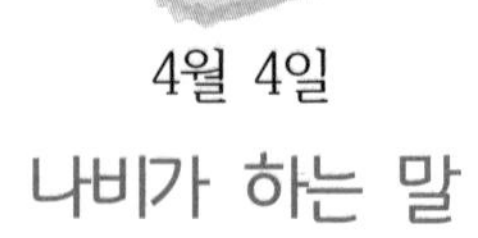

4월 4일

나비가 하는 말

향기를 뽑기 위해 꽃을 학살하고
향수 냄새를 뿌리면서
사람들은 꽃을 사랑한다고 말합니다.
사람들은 꽃병이라는 것을 만들어
꽃을 꽂아두기 위해 싹둑 자르면서
꽃을 사랑한다고 말합니다.

때로 우리는 꽃에서 벌과 만나는 일이 있지만
우리는 싸우지 않고 꽃을 사랑하는데
사람들은 꽃가지를 꺾어 가지려고 다투면서
꽃을 사랑하는 마음을 자랑합니다.
사람들은 열매 맺는 일은 조금도 도와주지 않으면서
익기가 무섭게 열매를 탐합니다.

꽃이 말없이 웃는 건 우리를 사랑하기 때문입니다.
우리는 있는 그대로 사랑하면서 열매 맺기를 도와줍니다.
우리는 사랑한다는 말 이상으로 말없이 사랑합니다.

4월 5일
희망은 인내의 꽃

요즘 우리나라 젊은이들은 너무 어둡고 음울한 시간을 보내고 있습니다. 그들의 벅찬 희망에 가슴을 부풀리며 마음껏 일할 수 있는 직장이 그리 많지 않은 것이 현실입니다.

그러나 상기해 보기 바랍니다. 어느 시대에도 그 나름의 어려움은 있었습니다. 성공한 사람들도 가정의 고민, 건강상의 고민, 직업이 주는 어려움, 그 밖에 여러 가지 불면의 밤에 시달리면서 실패하고 패배하는 아픔도 겪어야 했으며, 그 고뇌의 밑바닥에서 자기 자신을 강하게 단련하고 이겨냈음을 우리는 알고 있습니다.

우리 인간을 아름답고 깊이 있는 인격자로 육성하는 데는 시련밖에 없습니다. 따라서 주위 환경이 나쁘고 나라의 경제와 정치가 잘못되었다고 비난만 할 것 아니라, 스스로 나쁜 환경 속으로 용감하게 뛰어들어 어디가 어떻게 잘못된 것인가를 파악해서 그 장애물을 제거하고 다시 시작하는 단계까지 끈기 있게 매달리는 성실성과 노력을 가질 때 사회와 나라의 희망이 보입니다.

4월 6일

씨앗의 의미

감옥의 벽과 창살 틈에 씨앗 하나가 날아와 싹을 틔운 희망을 담은 이야기가 있습니다.

함께 있는 죄수들은 별 볼 일 없다는 듯이 시큰둥했지만, 한 죄수는 물을 주고 정성껏 보살피며 생명의 존엄성을 깨닫고 씨앗을 키우는 데 보람을 느꼈다고 합니다.

이 세상을 천국이라고 생각하느냐, 지옥이라고 생각하느냐는 마음속에 어떤 씨앗을 키우느냐에 달려 있습니다.

枯樹回生고수회생

고목 나무에도 꽃이 핀다.

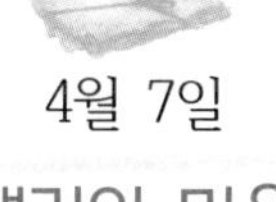

4월 7일
뿌리의 마음

한 정원사가 있었습니다.

누구도 그 사람처럼 갖가지 종류의 꽃들을 훌륭하게 피워낼 수 없었습니다. 그는 세상의 꽃들을 아름답게 피우기 위해 사는 사람 같았습니다.

어느 날 그에게 물어보았습니다.

"아름다운 꽃을 피우는 비결이 뭡니까?"

그가 대답했습니다.

"다름 아니라, 난 뿌리에 더 신경을 씁니다. 그게 비결입니다!"

"무슨 뜻입니까?"

그는 말했습니다.

"꽃을 계속 잘라내는 것이지요. 난 나뭇가지에 별 목적 없이 피어난 꽃봉오리를 그냥 놔두지 않는다는 뜻입니다. 만약에 한 나무에 꽃이 많이 피면 몇 송이만 남겨놓고 다 잘라버리지요. 그러한 작업을 거치면 뿌리는 점점 건강해집니다. 수십 송이의 꽃을 한 송이로 모은 것처럼 크고 아름다운 꽃을 피웁니다. 결국은 뿌리의 마음이 꽃입니다. 이게 바로 비결입니다."

4월 8일
대지의 욕망

반 고흐는 별에 닿을 만큼 커다란 나무를 그렸습니다. 태양과 달은 아주 작게, 그리고 나무는 크게 그렸습니다. 나무들은 점점 더 높아져서 별에 닿았습니다.

어떤 이가 물었습니다.

"당신 미쳤소? 어디서 그런 나무를 보았습니까? 태양과 달은 그렇게 작고 나무들은 왜 그렇게 크오?"

그러자 고흐가 말했습니다.

"나무를 바라볼 때면 나는 언제나 하늘에 가 닿으려는 대지의 욕망을 봅니다. 나무는 하늘에 가 닿으려는 대지의 욕망이오. 이것은 대지의 야심이지요. 대지가 할 수 없는 것을 나는 내 그림으로 할 수가 있지요. 바로 이것이 내가 나무를 보는 방법입니다. 하늘에 닿으려는 대지의 욕망이 바로 그것입니다."

4월 9일

미소의 빛

한 스님이 부모 없는 아이들을 거두어 살고 있었습니다.

그중에 항상 생글생글 웃는 아이가 있었습니다.

"얘야, 네 웃는 얼굴은 어쩌면 그리 밝으냐?"

"고맙습니다."

"이럴 땐 고맙다고 하는 게 아니야. 내가 오히려 고맙다고 해야지. 네가 웃는 얼굴을 보면 세상이 즐겁고 아름답게 느껴지니까 말이다. 너는 '고맙다'라고 하지 말고, '별말씀을요(천만에요).' 하고 답하도록 해라."

破顔一笑파안일소
얼굴을 활짝 펴고 웃는 모습

4월 10일

웃음은 삶의 전도사

사람들을 잘 웃기기로 유명한 올리버 허포드라는 사람이 있었습니다. 이 사람에게 어떤 부인이 점잖게 물었습니다.

"사람을 웃기는 일 말고, 해보고 싶은 일은 없으신지요?"

"물론 있지요. 언제든지 해보고 싶은 일이…."

"아, 그러시군요. 무슨 일이신데요?"

"돌아가는 선풍기에 달걀을 넣어서 한 번 깨뜨려 보고 싶습니다."

웃음만큼 인생을 윤택하게 하는 것도 드뭅니다. 웃음은 인생에 즐거움을 더할 뿐 아니라, 건강에도 도움을 주는 것으로 알려져 있습니다.

사람이 웃으면 내장의 긴장을 풀어주는 것과 동시에 내장의 운동이 되기도 한다는 것입니다. 그래서 웃음은 웃는 사람 본인의 마음과 몸 모두에 좋은 영향을 주는 셈이 됩니다. 그러나 어찌 본인만의 즐거움으로 그치겠습니까?

입의 양 끝을 위로 치켜올리면 웃는 표정이 됩니다. 웃는 표정에 웃음소리를 보태면 웃음이 됩니다.

4월 11일
꽃길

옛날에는 동네 공동 우물에서 물을 길어다 먹었습니다. 그때 한 머슴이 아침마다 물지게를 지고 우물물을 길어 날랐습니다.

머슴이 사는 집과 우물 사이의 거리가 꽤 멀어 한참을 가야 했습니다. 그러나 머슴은 하루도 빠짐없이 물지게를 지고 우물과 집을 오가며 물을 길어 날랐습니다.

그러던 어느 날 물동이에 작은 금이 갔습니다. 그 틈새로 물이 조금씩 새어 나왔습니다. 그러나 머슴은 물동이에서 물이 새는 것을 아는지 모르는지 물을 길어 날랐습니다.

어느 때부터인가 머슴이 오가는 길에 아름다운 작은 꽃들이 피어나기 시작했습니다. 그러자 얼마 지나지 않아 길은 예쁜 꽃길이 되었습니다. 그 길을 오가는 사람들은 행복한 마음이 되었습니다.

어느 날 물동이가 새는 것을 본 주인 대감이 머슴을 불러 묻습니다.

"네가 쓰는 물동이에서 물이 새는구나. 애써 물을 길어 나르는 데 더 힘이 들겠구나."

그러자 머슴은 밝은 표정으로 말했습니다.

"대감님! 소인도 물동이에서 물이 샌다는 것을 잘 알고 있습니다. 그래서 길가에 꽃씨를 뿌려 놓았습죠. 길가에 예쁜 꽃들이 핀 것을 못 보신 것 같습니다. 제가 금이 간 물동이로 물을 길으러 다니면서 저절로 조금씩 물을 뿌려주게 되니 예쁜 꽃들이 자랐지요.

그 꽃들을 보고 걷노라면 힘든 줄도 모른답니다."

대감의 얼굴에 웃음이 피어났습니다. 이른 아침의 예쁜 꽃길이 떠올랐던 것입니다.

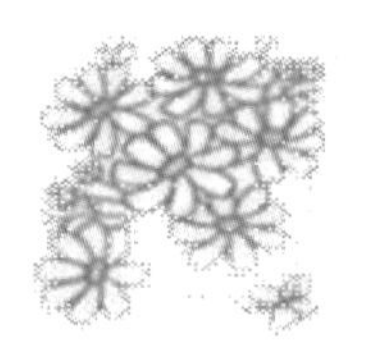

君子三樂군자삼락

군자에게는 세 가지 즐거움이 있다.

4월 12일

어떤 미소

어떤 한 남자가 자신의 승용차로 자살하려고 차를 급히 몰았습니다. 고속도로를 맹렬한 속도로 달리다가 큰 바위와 맞닥뜨리거나 벼랑이나 강으로 날아들 생각을 했던 것입니다.

시내의 교차로에서 빨간 신호에 걸려 기다리는데 제대로 신호를 보지 못한 다른 차가 바로 자기 차 앞에서 급정거하였습니다. 그 차를 운전하던 아가씨가 얼굴을 붉히며 미소를 보냈습니다. 이윽고 신호가 바뀌고 길이 다시 풀려 차들은 서로 제 갈 길로 가기 시작했습니다.

고속도로를 달리는 중에도 그 아가씨의 미소가 계속 머리에 떠올랐습니다.

"이런 쓸모없는 인간에게도 미소를 보내는 사람이 있다니!"

그 남자의 마음은 흔들리기 시작했습니다.

"어쩌면 이 세상은 살만한 가치가 있을지도 모른다!"

남자는 차를 돌려 시내로 돌아와 자기를 치료하던 정신과 의사에게 전화를 걸었습니다.

"어떤 여성의 미소가 저에게 살아야 할 이유를 깨우쳐 주었습니다. 이제부터는 선생님의 치료가 필요치 않게 되었습니다."

정신과 의사도 구제하지 못한 그 남자의 마음과 생명을 가벼운 미소 하나가 구원했던 것입니다.

4월 13일
마음의 감옥

어느 장교의 젊은 아내가 남편의 전출지로 이사했습니다.

사막 한가운데 있는 주변 마을에는 문화시설이 하나도 없고 메마른 먼지만 날렸습니다.

게다가 주민이라고는 군인을 빼고는 인디언과 멕시코인뿐이었습니다. 사택이 부대 안에 있기에 감옥이나 다름없었습니다.

"더는 못 참겠어요. 그이와 이혼하고 새출발하고 싶어요."
하고 어머니에게 편지를 썼습니다.

그러자 어머니로부터 답장이 왔습니다.

"죄수 두 사람이 감방에 갇혀 있었단다. 한 사람은 창살을 보면서 감방이 좁다고 했고, 한 사람은 창 너머로 밤하늘을 올려다보면서 '별이 참 많구나.' 했단다. 그 감옥이 바로 네가 있는 집이라고 생각해보아라."

登泰小天등태소천
태산에 오르면 천하가 작게 보인다.

4월 14일

겨 묻은 개

영국의 어느 빵집에서 일어난 일입니다.

이 빵집에는 매일 아침 버터를 납품하는 농부가 있었는데 아무래도 정량이 미달인 것 같았습니다.

그래서 버터를 저울에 달아보았더니 아닌 게 아니라 버터마다 조금씩 정량이 미달이었습니다.

결국 빵집 주인은 이 농부를 상대로 고소했고 농부는 재판정에 서게 되었습니다.

심문하던 재판관은 깜짝 놀랐습니다. 이 농부에게는 젖소 몇 마리가 있는데 저울이 없었습니다. 그래서 매일 빵집에서 갖다 먹는 빵의 무게를 기준으로 하여 버터를 잘랐던 것입니다.

결국 빵집 주인이 얕은 상술로 좀 더 이익을 남기려고 정량을 속인 것이 밝혀졌습니다. 자기 잘못을 탓하지 않고 남의 잘못만 들추어내는 꼴이 된 것입니다.

'똥 묻은 개가 겨 묻은 개' 나무란다는 말을 되새겨 볼 일입니다.

4월 15일

친절의 값

누더기를 입은 한 소년이 매일 여섯 시면 어느 가게 앞을 지나가곤 했습니다.

가게 주인을 보면 그 소년은 늘 인사를 했습니다.

별다른 말을 나눈 적도 없습니다. 다만 서로 웃으며 인사를 나누었습니다.

얼마 후 놀라운 일이 일어났습니다.

그 소년에게 남겨진 막대한 유산이 생겼습니다.

가게 주인이 세상을 떠나며 소년에게 남겨준 것입니다.

麻姑搔痒마고소양

생각대로 되어서 돌보아주는 보살핌이 구석구석까지 미침

4월 16일

자기 인생에 도전하는 사람

한 번밖에 없는 인생을 어떻게 살아야 하는가를 자기 나름의 생각대로 정리한 것을 인생관이라고 합니다.

새삼 인생관을 설명하지 않더라도, 누구나 자기 나름대로 인생에 대한 견해를 가지고 있고 무의식적으로 그 견해에 따라 하루하루의 삶을 보내고 있습니다.

그러나 하루를 살아갈 바에는 적당히 인생을 보낼 것이 아니라 자기 나름대로 정리한 것을 확립해서, 그 이후의 인생은 이것을 기준으로 해서 판단하고, 인생관도 조금씩 개선하여 발전시켜 나가는 것이 바람직합니다.

인생관에 관해서는 수많은 책이 씌어 있어, 그 일부조차도 이 좁은 지면에서는 제대로 소개할 할 수 없을 정도이지만, 인생관을 대략 분류할 수는 있으리라고 생각합니다.

인생관을 크게 분류해 보면 다음 세 가지로 나눌 수 있습니다.

첫째는, 낙천적 적극적 인생관입니다. 무슨 일이 닥치든 밝게 생각하여, 인생은 살아볼 만한 가치가 있다고 굳은 신념을 갖고 노력하면 반드시 그만한 보람이 있다고 생각하는 것입니다.

둘째는, 비극적 소극적 인생관으로 무슨 일이건 어둡고 나쁘게만 해석하고, 나의 삶은 나빠진다고 생각하며, 아무리 노력해도 자기에게는 좋은 일이 없다고 첫째와 정반대로 생각하는 것입니다.

셋째는, 위의 두 가지 중의 그 어느 쪽도 아닌 중간치기 인생관으로, 앞의 두 가지만큼 깊이 생각하지 않는 즉흥적인 인생관이라고 할 수 있겠습니다.

그중 어느 것을 택하든 자유지만, 기왕이면 첫째의 낙천적 적극적 인생관을 가지는 것이 좋습니다. 무슨 일이건 좋게 해석하고, 어떤 역경에 부딪혀도 반드시 조금 지나면 좋은 때가 돌아올 것이라고 믿는 인생관을 가지는 편이 행복하겠지요.

樂山樂水요산요수
산을 좋아하고 물을 좋아함

4월 17일

내일이 없다면

“내일, 세계의 종말이 온다고 해도 나는 오늘 사과나무를 심겠다.” 라고 한 스피노자의 말은 너무나 유명합니다. 그러나 만일 내일이 아니라 오늘 세계의 종말이 온다면, 우리는 지금 무엇을 해야 할까요.

‘친구들과 술이나 실컷 마시겠다. 가지고 있는 돈을 전부 쇼핑하는 데 쓰겠다. 식구들과 맛있는 음식을 배불리 먹겠다. 애인을 만나겠다. 자선사업을 하겠다. 기도하겠다. 마지막으로 효도를 하겠다….’

이 정도의 희망은 고사하고 너무 막막하여 정신 이상이 되는 사람도 있을지 모르겠습니다.

흔히들 내일이면 어떻게 되겠지 하는 막연한 생각을 하면서 뒤로 미루는 일이 많습니다. 그러나 내일이 없다고 생각하고 보면 뜻있는 일을 하겠다는 사람과 과소비와 퇴폐적인 일을 하겠다는 사람으로 나뉠 것입니다. 그리고 하고 싶었던 일을 어제까지 마치지 못한 사람은 통한의 눈물을 흘릴지도 모릅니다.

그래서 클라라는 사람은 이런 말을 했습니다.

“내일은 어떻게 되겠지 하는 생각은 바보짓이다. 오늘조차도 이미 너무 늦은 것이다. 어제까지 일을 끝낸 사람이 현명한 것이다.”

4월 18일

삶의 향기

톨스토이가 길을 가는데 거지가 나타나서 적선을 구했습니다.

톨스토이는 적선할 생각으로 호주머니를 뒤졌지만, 돈이 한 푼도 없었습니다.

난처해진 톨스토이가 말했습니다.

"형제여요, 용서해주게. 돈이 있다면 정말 주었을 걸세."

거지는 얼굴에 미소를 띠며 말했습니다.

"선생님은 벌써 많은 것을 주셨습니다. 저를 형제라고 불러주셨으니까요."

老婆心切노파심절

남을 위해서 과도하게 마음을 쓰는 것

4월 19일

인생은 한낮의 꿈

어느 화창한 봄날, 장자莊者는 양지바른 창가 작은 책상 앞에 앉아 있었습니다. 어느 사이엔가 잠들어 자신이 나비가 되었습니다. 그러자 나비는 장자가 되고, 장자가 나비가 되었다는 생각은 완전히 사라져버렸습니다.

그런 현상 속에서 시간이 지나 눈을 뜨자, 그 나비는 어느새 생전의 장자로 돌아와 있었습니다. 비로소 깨달은 바이지만, 도대체 어찌 된 일인가?

장자가 나비가 된 것일까? 아니면 나비가 장자가 된 것일까? 아무래도 그 점을 알 수 없었습니다.

인간은 꿈을 꾸는 동안만은 그 사실을 모릅니다. 그래서 꿈속에서, 또 한편으로는 그 꿈을 통해 길흉을 점치기도 합니다.

드디어 잠에서 깨어나 그것이 꿈이었음을 깨닫는 순간, 인간 모두는 비로소 이 세상이 하나의 큰 꿈이라는 사실을 깨닫게 됩니다.

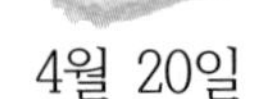

4월 20일
생전에 자기 장례식을 본 사람

미국 플로리다의 아이보리 미젤 목사는 64세가 되는 생일날, 교회에서 자기의 장례식을 집전했습니다. 장례식장에는 추도문을 읽을 사람과 향기로운 꽃과 촛불이 있었습니다.

예배 안내문에는, '이번 예배는 장례예배입니다. 이 예배의 목적은 내가 죽고 나면 내가 들을 수 없을 추도사나 내가 맡을 수 없을 꽃향기, 내가 볼 수 없을 친구들에게 둘러싸여 있기보다는 이것이 좋으리라고 생각했기 때문입니다.'라고 인쇄되어 있었습니다.

식이 끝나자, 이렇게 말했습니다.

"아주 멋졌어. 기대했던 것보다 아주 멋졌어."

일본 후쿠오카의 마루다카 고가네 씨는 친구 20여 명을 초대하여 자기의 장례식을 치렀습니다. 스님 두 분이 독경하는 완벽한 장례식이었습니다. 왜 이런 일을 하느냐고 묻자, 이렇게 답했습니다.

"내가 죽으면 친한 친구들은 내 장례식에 참석하겠지요. 나는 그 우정을 지금 보고 싶은 겁니다."

식이 끝나고 성대한 잔치가 벌어졌습니다.

'슬픔에 겨운' 문상객들은 먹고 마시고 즐겁게 놀았습니다.

고故 고가네 씨는 장례식을 끝내고 만족스럽게 말했습니다.

"지금부터 나는 나 자신을 잊고, 오직 사업에 열중하고, 세상을 위해 일할 겁니다."

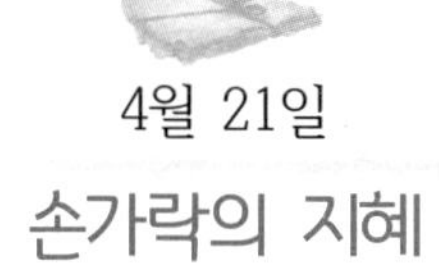

4월 21일

손가락의 지혜

아버지와 아들이 송아지를 외양간에 가두려고 하였습니다.

아들은 앞에서 잡아당기고 아버지는 뒤에서 엉덩이를 밀었으나 송아지는 떼를 쓰듯 한 발도 옮겨 놓으려 하지 않았습니다.

이 광경을 물끄러미 지켜보던 하녀가 자기 손가락을 송아지 입에 물려 빨리더니 살살 달래서 힘 안 들이고 외양간으로 끌고 들어갔습니다.

狡免三窟교토삼굴
슬기 있는 토끼는 굴을 셋 만든다.

4월 22일

조화造花

이웃에 은퇴한 늙은 철학 교수가 살고 있었습니다. 사람들은 그가 약간 정신이 이상하다고 생각하였습니다. 사실 은퇴한 철학 교수는 그렇게 여겨지게 마련입니다.

하지만 현명한 사람은 그에 대해서 아무런 판단도 내리지 않았습니다. 그런데 어느 날, 그에 대해서 생각을 해보아야 할 작은 일이 벌어졌습니다.

마침 지나다 보니, 그가 꽃밭에 물을 주고 있는데, 밑이 빠진 물동이였기 때문입니다. 당연히 물은 없었습니다. 그는 그냥 화초에 물을 주는 시늉만 하고 있었던 것입니다.

그래서 이렇게 물어보았습니다.

"교수님, 지금 무얼 하시오? 물동이의 밑이 빠지지 않았소."

"알고 있습니다. 하지만 별 상관없습니다. 이 화초들은 모두 다 조화거든요."

4월 23일
돈의 가치

옛날에 돈을 유난히 사랑하는 사람이 있었습니다. 그는 자기의 모든 재산을 팔아서 돈으로 바꾼 다음, 남몰래 땅속에 묻었습니다. 그리고는 매일 밤 그 돈을 묻어둔 곳을 바라보는 일로 즐거움을 삼았습니다.

이러한 행동을 이상하게 생각하고 지켜본 사람이 그 땅속에 보물이 묻혀 있다는 사실을 알게 되었습니다.

어느 날 기회를 틈타서 주인 몰래 돈을 모두 꺼내 가지고 도망쳐 버렸습니다.

하룻밤 사이에 돈이 없어진 사실을 안 그 사람은 땅을 치며 통곡하였습니다.

이 광경을 본 이웃 사람이 까닭을 물었습니다. 그는 어떤 도움이라도 될까 싶어서 자초지종을 말해주었습니다.

사연을 듣고 난 이웃 사람은 위로의 말을 해주었습니다.

"그렇게 슬퍼할 일은 아닌 것 같소. 당신이 돈을 가지고 있었다고는 하나 실제로 돈을 가졌던 것은 아니잖소. 그러니까 돈 대신 원하는 액수만큼 돌을 땅속 깊숙이 묻고, 그만큼 가진 것이라 여기면 될 것이오. 왜냐하면 당신은 전에 돈을 가졌으면서도 쓸 줄 몰랐으니 돈은 있으나 마나 했던 거요."

4월 24일

너와 나 사이

중국 우화에 이런 이야기가 있습니다.

발이 입에게 말했습니다.

"너는 항상 나를 존경해야 해. 너를 먹이려고 나는 피곤한 줄 모르고 종일 뛰어다니고 있으니까 말이야!"

그러자 입이 말했습니다.

"그렇게 뽐낼 것 없어. 내가 굶어버리면 너는 어떻게 뛰어다니지."

이솝 우화에 이런 이야기도 있습니다.

소가 무거운 짐을 수레에 싣고 힘겹게 끌고 있습니다.

이때 수레바퀴가 계속하여 삐거덕 덜컹거리며 소리를 냈습니다.

소가 뒤돌아보며 바퀴에서게 말했습니다.

"이봐, 왜 그렇게 시끄럽게 굴지. 짐바리를 끌고 있는 건 나야. 소리를 질러야 할 것은 네가 아니라, 바로 나란 말이야."

이 우화를 조금만 생각해보면 서로가 도움을 주고받는 관계임을 알 수 있을 것입니다.

4월 25일
깔끔한 사람

가정집이건 점포건 입구에 들어서면 주인의 사람됨을 알 수 있다고 합니다.

점포의 경우라면 점포 앞, 사무실, 창고 등이 어수선한 경우 주인이나 점원의 자세를 알 수 있습니다. 일이 많아서 정돈할 시간이 없다기보다 그 점포 사람들의 절도 없고 게으른 성격이 그렇게 나타나는 것입니다.

싹싹하고 재빨리 일을 처리하는 사람이라면, 이것은 누구 담당, 저것은 누구 담당이라고 서로 미루지 않고 직접 처리합니다.

먼저 보고 느낀 사람이 즉시 정돈해 놓으면 시간도 그다지 걸리지 않습니다. 나중에 한꺼번에 정돈하려니까 일이 많아집니다. 뒤처리가 좋지 않은 곳은 일도 제대로 처리되어 있지 않고 시간도 더 많이 허비하게 됩니다.

일을 신속하고 깔끔하게 하려면 뒤처리를 잘하여 다음 일의 준비를 해 두어야 합니다. 얼굴이나 몸가짐에는 신경을 쓰면서도 주위의 환경 정리에 무신경한 사람도 많기 때문입니다.

4월 26일

나보다 더 불편한 사람

손이 없는 장애 아이가 있었습니다. 아버지는 아이의 성격이 늘 걱정되었습니다.

"얘야, 너보다 더 불편한 사람도 있단다. 걱정한다고 해서 손이 생기는 것도 아니지 않느냐. 애들하고 좀 어울려 놀려무나."

설득했지만 아무 소용이 없었습니다.

어느 날 아버지는 아이를 데리고 성당에 갔습니다.

그때 마주 걸어오는 신부님을 보니 양쪽 팔의 옷소매가 흐늘흐늘 흔들리고 있었습니다.

"어서 오너라, 얘야. 나는 어릴 때 두 팔을 모두 잃었단다. 그러니 나는 네 마음을 안단다."

그러자 아이는 신부님의 가슴에 안기며 눈에 눈물을 글썽였습니다.

兼愛겸애
누구에게나 평등한 사랑

4월 27일
잘사는 친구, 못사는 친구

옛날옛적에 잘사는 사람 못사는 사람이 있었습니다. 하루는 못사는 사람이 잘사는 친구를 찾아가 잘사는 비결을 물었습니다. 그러자 잘사는 친구는 못사는 친구를 데리고 산 위로 올라가서는 높은 소나무 가지 위에 매달려 있으라고 하였습니다. 말로 가르쳐 주면 될 텐데 왜 이런 짓을 시키나 싶어 의아해하면서도 못사는 친구는 소나무를 타고 높이 올라가 가지에 매달려 아래를 내려다보았습니다.

높은 가지에 매달려서 보면 어디 금덩어리나 돈뭉치를 감춰 놓은 곳이 보일 줄 알았는데, 아무것도 보이지 않고 팔만 아팠습니다. 아픔이 점점 심해져 당장이라도 손을 놓고 싶었으나 아래로 떨어지면 팔다리 하나쯤은 분명히 성치 못할 것 같았습니다.

급기야 매달려 있던 친구는 불평하기 시작했습니다. 잘사는 친구는 그제야 매달린 친구를 내려오게 하여 진땀이 흥건히 밴 손을 펴 보이게 하며 돈 버는 방법을 설명해 주었습니다.

"방법이란 다른 게 아닐세. 자네가 지금 떨어지지 않으려고 나뭇가지를 필사적으로 움켜쥐고 있었던 것처럼 수중에 들어오는 것이 있으면 진땀이 나도록 꼭 쥐고 절대로 놓지 않으면 되네."

이를 실천한 친구는 나중에 잘사는 친구보다 더 큰 부자가 되었다고 합니다.

4월 28일
부부의 삶

한 남자가 아내와 함께 철도 건널목을 건너려는 순간, 아내의 발이 삐끗하더니 철길 사이에 끼었습니다. 발을 빼려고 해도 빠지지 않습니다. 그때 기차가 모퉁이를 돌아오는 것이 보였습니다.

남편이 다급하게 빼려고 할수록 상처만 나고 빠지지 않았습니다. 기차 브레이크 잡는 소리가 끼익하고 들렸지만, 거리상 도저히 무사할 수 없었습니다. 아내가 "여보, 빨리 피하세요!" 하고 소리쳤습니다.

남편은 자기 몸을 기차 쪽으로 돌리며 아내를 껴안았습니다.

"여보 빨리 피하라니까요!"

"여보, 나는 당신과 함께 있겠소."

그때 기차가 굉음을 내며 두 사람 위를 지나갔습니다.

십자군 전쟁 때, 한 영국 병사가 이슬람군에 잡혔습니다. 그 병사는 고향에 사랑하는 아내가 있으니 제발 살려 달라고 애원했습니다. 이슬람군의 대장은 비웃으면서, 아내는 곧 자네를 잊고 다른 사람과 결혼할 것이라 말하고, 또 심술궂게 "만일 자네의 아내가 사랑의 증거로 오른팔을 잘라서 보내온다면 살려주겠네."라고 말했습니다. 그의 아내는 그 말을 전해 듣자 즉각 팔을 베어 보냈습니다. 지금도 영국의 한 사원에 오른팔이 없는 그 여인의 동상이 있다고 합니다.

4월 29일

행운

어떤 거지가 다 낡은 지갑을 들고 다니며 구걸을 하고 있었습니다. 그는 자신의 신세를 한탄하면서 중얼거렸습니다.

"이 집 주인은 훌륭한 사업가로 오래전에 큰 부자가 되었지. 거기서 멈췄다면 좋았을 것을, 그랬으면 여생을 편안히 보낼 수 있었을 텐데…. 그런데 그는 외국과 무역을 하려고 배를 만들어 바다로 나갔지. 더 많은 돈을 벌려고 말이야. 하지만 큰 폭풍에 배는 뒤집히고 그의 재산은 모두 파도가 삼켜버렸지. 그의 꿈은 모두 바닷속에 가라앉아 버렸어. 생과 사는 찰나의 순간과도 같지 않은가. 어째서 사람들은 온 세상을 얻을 때까지 만족할 줄을 모르나. 나 같으면 먹고 입을 것만 충분하다면 더 이상의 것은 바라지 않을 텐데."

그 순간 행운의 여신이 거지 앞에 나타났습니다. 여신이 거지에게 말했습니다.

"네 지갑을 열어라. 내가 금화를 부어주련다. 단, 지갑 속에 떨어지는 것은 금화가 될 것이지만, 땅에 떨어지는 것은 돌이 될 것이다."

"아이고, 고맙습니다. 여신님!"

거지는 머리를 조아리며 황급히 지갑을 벌렸습니다.

"네 지갑은 너무 낡았으니, 꽉 채우면 안 된다."

행운의 여신은 말을 끝냄과 동시에 금화를 그의 지갑 안으로 쏟았습니다. 지갑은 무거워지기 시작했습니다.

"만족하느냐?"

"아직요."

"저런, 지갑이 찢어지려 하지 않느냐?"

"아직 괜찮습니다."

거지의 손이 떨리기 시작했습니다.

"너는 이미 큰 부자가 되었다. 이봐! 지갑이 터지겠구나."

"조금만 더 주십쇼, 조금만 더!"

금화 몇 닢이 더 떨어지자, 그만 낡은 지갑은 찢어져 버렸습니다. 금화들은 거침없이 땅에 쏟아져 모두 돌이 되었습니다.

그러자 행운의 여신은 안타깝다는 듯 혀를 차며 사라졌습니다. 거지는 찢어진 빈 지갑을 들고 허탈한 모습으로 서 있었습니다.

富貴浮雲부귀부운
부귀는 뜬구름과 같다.

4월 30일
한 권의 책이 만든 마을

복잡한 도시의 생활을 싫어하는 은자가 숲속에서 혼자 살고 있었습니다.

어느 날 친구가 찾아와 책 한 권을 선물로 주고 돌아갔습니다. 은자는 그 책을 책상 위에 놓아두었습니다.

그런데 쥐가 그 책을 갉아 먹기 시작했습니다. 은자는 쥐를 쫓아버리기 위해 고양이를 구해 왔습니다. 하지만 고양이를 키우려면 우유가 필요했습니다. 그래서 은자는 암소를 키우기로 작정했습니다.

하지만 혼자서 암소를 키우기에는 너무 벅차서 하인을 구해야 했습니다. 한편 하인에게는 집이 필요했으므로 이번에는 집 한 채를 따로 지어 주었습니다.

얼마 후에 하인이 결혼하자, 아내와 아이들이 생겼고, 그 하인의 가족과 친구들의 왕래가 이어지자, 한 채 두 채 집이 늘어가기 시작했습니다. 그로부터 10여 년의 세월이 흐르자, 적막하던 숲속에 아담한 마을이 생겨났습니다.

어느 날 은자는 산 아래의 마을을 굽어보다가 문득, 지난날 세상으로부터 떨어져 살던 자신의 생활이 떠올랐습니다. 그리고는 어쩌다가 이런 형편에까지 이르게 됐는지 생각해보았습니다.

'한 권의 책이 작은 마을을 이루었구나!'

5월

인생

인생

| 샬럿 브론테 |

인생은 사람들의 말처럼
어둡기만 한 것은 아니랍니다
아침에 내린 비는
화창한 오후를 선물하지요.

때로는 어두운 구름이 끼지만
모두 금방 지나간답니다
소나기가 와서 장미가 핀다면
소나기 내리는 것을 슬퍼할 이유가 없지요
인생의 즐거운 순간은 그리 길지 않습니다
고마운 마음으로 그 시간을 즐기세요.

가끔 죽음이 끼어들어
제일 좋은 이를 데리고 간다고 한들 어때요
슬픔이 승리하여
희망을 짓누르는 것 같으면 또 어때요.

5월 1일

물은 우주의 철학자

'물에서 배워라. 물은 생명의 소리며, 존재의 소리며, 영원히 생성하는 자의 소리다.'

이 말은 노벨문학상 수상 작가 헤르만 헤세의 물 예찬론입니다.

쉬지 않고 흘러가는 강물, 더러운 것을 깨끗이 씻어주는 맑은 물, 깊은 산속의 바위틈에서 솟구치는 샘물, 망망대해의 출렁거리는 푸른 물. 물은 우리에게 많은 것을 가르칩니다.

이렇듯 물은 자연의 위대한 철학자입니다. 그러므로 지혜로운 사람은 물에서 많은 것을 배웁니다.

일찍이 노자老子는 상선여수上善如水라고 했습니다. 또 공자孔子는 강가에 서서 유유히 흘러가는 강물을 바라보며 '아아, 가는 자도 이와 같도다. 밤이건 낮이건 쉬지 않는다.'라고 외쳤습니다.

인생은 물과 같이 흘러갑니다. 역사도 물과 같이 흘러가고, 모든 존재도 물처럼 흘러갑니다. 물은 생명의 소리요, 영원히 생성하는 자의 소리입니다. 지혜의 눈, 통찰의 눈, 이해의 눈을 가지고 자연 만물을 가만히 바라보면 우리의 스승이 아닌 게 없습니다. 만물이 우리를 가르치고 있습니다.

어떤 사람은 물에서 겸손을 배우고, 어떤 사람은 처음부터 끝까지 변함없는 시종여일始終如一의 정신을 배웁니다.

헤르만 헤세는 그의 작품 『싯다르타』에서 '기다리는 것, 인내하는 것, 귀를 기울이는 것을 그는 강에서 배웠다.'라고 했습니다.

우리는 기다릴 줄 알아야 합니다. 우리는 인내할 줄 알아야 합니다. 그것은 우리 인생의 소중한 지혜입니다.

물은 소리와 빛깔과 운동의 언어로 우리에게 깊은 지혜를 가르치는 우주의 철학자입니다.

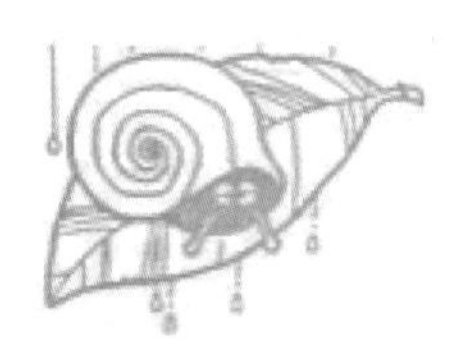

曲水流觴곡수유상
흐르는 물에 잔을 띄운다.

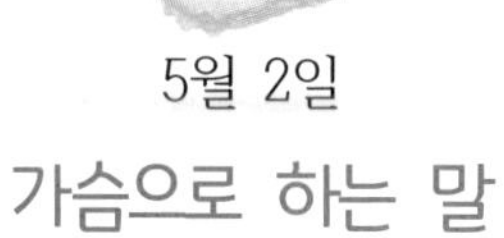

5월 2일
가슴으로 하는 말

우리를 감동케 하는 말과 행동은 가슴 깊은 곳에서 우러나오는 것입니다. 입에서 나오는 말, 머리에서 나오는 말은 우리에게 깊은 감동을 자아내지 못합니다. 뱃속의 말, 폐부에서 솟구치는 소리, 가슴에서 쏟아내는 말이 우리에게 큰 감명과 힘을 줍니다.

가슴속에서 나오는 말은 정성에서 나오며, 생명의 가장 깊은 곳에서 나오며 고귀한 인격의 진리에서 나옵니다.

가슴은 인간 생명의 뿌리입니다. 여기에 폐가 있고 심장이 있습니다. 심장이 멎으면 생명이 끊어지고 폐가 썩으면 사람의 숨은 끊어져 죽습니다.

가슴은 인간에서 가장 아름다운 것, 진실한 것, 깊은 것, 생명 가진 것을 상징합니다.

가슴속에서 나오는 말이 우리를 감동케 합니다. 그러므로 남을 감동케 하려면 나의 가슴을 바로잡아야 합니다.

우리의 가슴을 맑게, 참되게, 넓게, 크게 하는 수련을 해야 합니다. 그런 연후에라야 깊은 말씀이 나올 수 있습니다.

입에 발린 소리, 재치 있는 말, 얕은 지식에서 나오는 이야기들은 물거품과 같습니다.

우리는 자기의 가슴을 정화하는 삶의 공부부터 해야 아름다운 가슴의 말을 할 수 있습니다.

5월 3일

침묵은 웅변

우리는 말해야 할 때가 있고, 침묵해야 할 때가 있습니다. 마땅히 말해야 할 때 말하지 않고 침묵을 지키는 것은 인격의 수치입니다. 대개 그것은 용기의 부족에서 나오는 인격의 약점입니다.

말해야 할 때 말하고, 침묵해야 할 때 침묵하는 것이 인격의 지혜입니다. 그것에는 지성과 용기가 필요합니다. 지금이 말할 때인지 침묵해야 할 때인지를 우리는 깨달아야 합니다.

많은 사람은 말해야 할 때 침묵하고 침묵해야 할 때 말합니다. 그리하여 그 말이 죽은 말이 되고, 그 침묵은 무의미한 침묵이 됩니다. 침묵은 금이요, 웅변은 은이라고 일찍이 철학자 칼라일은 말했습니다.

침묵할 때 침묵하는 것은 금입니다. 그러나 침묵해야 할 때 말하는 것은 은으로 전락합니다.

또 말해야 할 때 말하면 그 말은 금이 됩니다. 그러나 말해야 할 때 침묵하면 그 침묵은 은이 됩니다.

이렇듯 때와 상황에 따라 침묵은 금이 되고 은도 됩니다. 또 말은 금도 되고 은도 됩니다.

우리는 말해야 할 때는 말하고 침묵해야 할 때는 침묵해야 합니다. 그것이 인격의 가치입니다.

5월 4일

침묵의 숲을 산책하는 삶

'웅변은 은이요. 침묵은 금이다.'

이 말은 인생의 진리를 뜻하는 명언입니다.

오늘날은 말이 너무 많은 시대입니다. 무의미한 이야기, 쓸데없는 설전, 저속한 잡담, 남을 헐뜯는 비방, 라디오의 소음, 텔레비전의 광고, 이러한 소리의 홍수에 휩쓸려 우리는 자주적 사고, 냉철한 비판, 깊은 반성의 습관과 능력을 잃어가고 있습니다.

우리에게는 침묵이 필요합니다. 누구든지 하루 24시간 중에서 20분 정도 침묵하는 시간을 가져야 합니다. 각자의 마음을 가다듬고 심신을 밝게, 평화롭게, 깊이 하기 위해서 고요한 시간이 필요합니다.

침묵의 숲을 거닐면 아름다운 생각이 떠오릅니다. 침묵의 방에서는 맑고 깊은 구상이 탄생합니다. 조용한 강가나 해변을 걷고, 한적한 공원을 산책하며, 산속 오솔길을 거닐며, 밤이면 혼자 별을 바라보는 시간이 우리에게는 필요합니다. 이러한 자기 계발은 비생산적이면서 가장 생산적인 시간입니다.

간디는 월요일을 '침묵의 날'로 정하고, 누구와도 만나거나 대화를 나누지 않았습니다. 혼자 깊은 묵상과 조용한 사색에 잠겨 자신을 살피고 남을 배려하는 마음의 안식을 가졌습니다.

그의 위대한 사상과 인격은 이러한 침묵 속에서 형성되었습니다. 이렇듯 침묵은 위대한 것을 생산하는 귀중한 요소입니다.

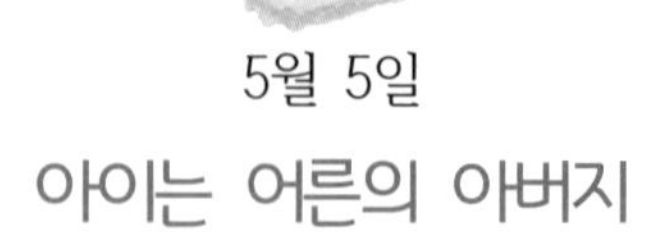

5월 5일
아이는 어른의 아버지

영국의 시인 워즈워스의 시에 '아이는 어른의 아버지'라는 것이 있습니다. 주객主客이 전도된 이 표현에 어리둥절할 분도 많으시겠습니다만, 이 시의 해석에 대한 의견이 분분한 것도 사실입니다.

어떤 분이 어떤 식으로 해석을 했든 간에, 아이는 어른의 아버지가 될 수 있고, 우리의 미래가 걸려 있는 존재이기도 합니다.

아미엘의 글에 이런 것이 있습니다.

"어린아이들의 존재는 땅 위에서 가장 빛나는 혜택이다. 죄악에 물들지 않은 어린아이들의 생명체는 한없이 고귀한 것이다. 그래서 우리는 어린아이들을 사랑하지 않을 수 없다. 우리는 어린아이들을 통해 아름다움을 발견하고 행복을 느낄 수 있다. 어린아이들 틈에서만 우리는 지상에서 천국의 그림자를 엿볼 수 있다."

아이들은 무한한 가능성 그 자체입니다. 그 가능성을 실현할 수 있도록 그 아이들을 때로는 끌어주고, 때로는 밀어주고, 때로는 꾸짖고 때리기까지 하는 것이 우리의 일일지도 모릅니다. 우리는 그들을 무조건 귀여워만 해서는 안 됩니다. 우리 인간은 고슴도치가 아니기 때문입니다.

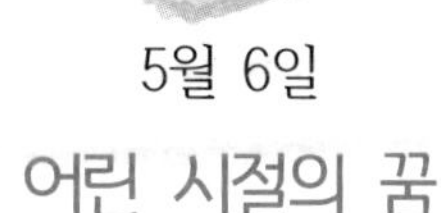

5월 6일
어린 시절의 꿈

‘어린 시절의 추억은 귀중한 보물 창고’라고 시인 릴케는 말했습니다. 어린 시절에 어떤 경험을 하고, 어떤 교육을 받느냐가 그 사람의 일생을 좌우하는 일이 많습니다.

소년 슐리만은 아홉 살 때 아버지로부터 고대 그리스의 도시 트로이가 땅속에 묻혀 있다는 이야기를 들었습니다.

이 소년은 이때부터 단지 전설 속의 땅일지 모를 그 유적을 찾아보겠다고 결심하게 됩니다. 그러나 부모님도 돌아가시고 병까지 얻어서 좀처럼 자금이 마련되지 않았습니다. 여러 가지 직업을 전전하며 유적 발굴을 위한 자금을 모았습니다.

그리고 틈만 나면 역사나 고고학에 관련한 공부도 했습니다. 드디어 마흔네 살이 되었을 때 발굴 작업에 착수합니다. 땅속 7미터나 되는 곳에서 그 옛날의 성벽이 나타나기 시작했습니다.

어린 시절의 꿈이 소년의 유치한 꿈으로 그치지 않고, 역사상의 위대한 업적으로 이어지는 순간이었습니다. 어린이의 마음속에 꿈을 심어주고 사랑을 심어주는 일은 우리 어른들이 감당해야 할 의무입니다.

5월 7일

'나를 등불로 삼고 진리를 빛으로 삼아라'

석가는 생의 마지막인 죽음을 앞에 놓고 제자들에게 가르침을 줍니다. 석가의 애제자 아난은 스승에게 물었습니다.

"스승님! 행여 돌아가시면 누구를 믿고 무엇을 의지하고 살아가면 좋겠습니까?"

그때 석가가 대답합니다.

"자기를 등불로 삼고 진리를 빛으로 삼아라."

이것은 『대반야경大般若經』에 나오는 석가모니의 마지막 가르침입니다.

그렇다면 우리는 무엇을 등불로 삼고 살아야 하는가. 그것은 자기 자신을 등불로 삼아야 합니다. 내가 등불로 삼는 것은 돈이나 지위가 아니라 오직 자기 자신입니다. 내가 나의 주인이고, 나의 등불이 되어야 합니다.

또 우리는 진리를 빛으로 삼고 살아야 합니다. 진리가 나의 빛입니다. 우리는 무엇을 의지하고 살아야 하는가. 나 자신을 의지하고 살아야 합니다. 내가 나의 의지할 곳이고, 진리가 나의 의지할 곳입니다. 그러므로 남을 의지하지 말고, 나 자신과 진리에 의지하여야 합니다.

귀의歸依는 믿고 의지한다는 뜻입니다.

석가는 "내가 나의 등불이요. 진리가 인생의 빛이다."라고 말한 다음 '게으르지 말고 노력하라'라고 제자들에게 당부하였습니다.

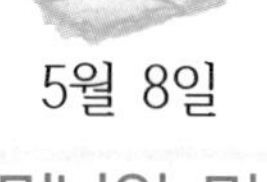

5월 8일

어머니의 마음

따뜻한 봄날, 아지랑이 속에서 봄꽃들이 저마다의 화려한 빛깔로 다투어 피었습니다. 마을에서는 화전놀이를 하느라고 아낙네들의 유쾌한 웃음소리가 햇살을 타고 멀리 들녘으로 퍼져나갔습니다. 그때 늙은 어머니를 등에 업고 새끼줄 같이 구불구불한 들길을 지나고 개울을 조심스럽게 건너서 수풀 우거진 산속으로 들어섰습니다.

아들은 가벼운 숨만 몰아쉴 뿐 아무 말이 없었습니다. 힘겹게 등에 업힌 어머니는 걱정이 이만저만이 아니었습니다.

"얘야, 미안하구나. 무거울 텐데 쉬어가자꾸나."

그러나 아들은 아무 대답도 하지 않았습니다.

깊은 숲길에 이르자, 어머니는 손에 잡히는 솔잎을 따서 조금씩 길에 뿌리면서 갔습니다. 이때 아들이 무겁게 말했습니다.

"어머님, 왜 자꾸 솔잎을 길에 뿌리십니까?"

"그건 말이다, 너 혼자 돌아갈 때 길을 잃어버리지 않을까 걱정되어서 그랬단다. 이제 고만 쉬었다가 가자."

순간 아들의 눈에 눈물이 고였습니다. 결국 아들은 깊은 산속에 어머니를 버리지 못하고 발길을 돌렸습니다.

5월 9일

좋은 아침

아침에 뇌의 활동을 상쾌하게 해주면 몸도 마음도 상쾌해집니다. 그래서 아침에 뇌의 상태를 알파(α)상태로 만드는 법을 소개해 드리도록 하겠습니다.

1. 눈을 뜨면 크게 기지개를 켜고 심호흡한다.
   마음속으로 '아~ 기분 좋다.'하고 중얼거린다. 이렇게 하면 '만족 호르몬'이라는 것이 생겨나 약 10초 동안에 온몸으로 퍼져나간다.
2. 다시 기지개를 켜고 심호흡한다.
   '아~, 잘 잤다.'하고 중얼거린다. 이렇게 하면 만족 물질이 몸속을 돌게 되므로 힘이 솟는다. 만일 불면증이나 수면시간이 부족한 경우는 이런 암시가 더욱 필요하다.
3. 세수할 때 거울을 보고 빙긋이 웃는다.
   '좋아, 오늘도 열심 뛰자.'하고 중얼거린다. 세수를 마치고도 빙긋이 웃으며, '힘을 내자.'하고 말해 본다.
4. 출근길에서도 앞의 1.2.3의 내용을 마음속으로 확인한다.
5. 아침 인사를 힘차게 한다.
   이러한 습관을 몸에 붙이면 생활 자체가 달라지고 인생이 달라진다고 합니다.

5월 10일
적극적 사고의 비결

1. 당신은 '불가능하다'라는 생각을 절대 긍정해서는 안 됩니다.
2. 어려운 문제가 포함된 어떤 유익한 생각에 직면했을 때 낙심하지 말고 끝까지 그 문제해결을 위해 노력해야 합니다.
3. 당신에게 주어진 어떠한 가능성을 부인해서는 안 됩니다. 왜냐하면 당신은 이미 실패한 경험이 있고, 지금은 오직 성공의 열쇠만 찾지 못했기 때문에 가능합니다.
4. 당신은 어떤 일이나 문제에 대해 지금까지 누구도 성공하지 못했다고 해서 당신도 마찬가지라는 생각을 가져서는 안 됩니다. 남과 비교하여 창조적인 생각을 억압하는 것은 금물입니다.
5. 당신은 스스로 불완전하다고 해서 어떤 기회나 장래의 설계를 포기해서는 안 됩니다.
6. 당신은 밧줄의 끝에 이르렀다고 해서 결코 중단해서는 안 됩니다. 한 가지 목표가 달성되면 더 높은 새로운 목표를 정하고 계속해서 전진해야 합니다.
7. 성공하려면 실패를 두려워해서는 안 됩니다. 성공한 사람은 실패를 교훈으로 삼지만, 실패한 사람은 그것을 공포로 여깁니다.

5월 11일

내일이라는 마취제

'내일 백마 탄 왕자가 나를 모셔 가리라.'하고 눈부신 내일을 몽상하는 여자들의 심리를 신데렐라 증후군(신드롬)이라고 합니다. 이는 누구나 조금씩 가지고 있는 인간의 약점일 것입니다.

그러나 그런 몽상 때문에 '오늘은 이 정도로만 하고, 내일부터는 열심히 하겠다.'라고 생각하는 사람도 적지 않습니다.

그것은 내일부터 잘하겠다는 결심이 아니라, 지금은 안 하겠다는 마취제이며, 이런 마음가짐으로는 영원히 자기를 변화 개혁할 수 없습니다. 오늘 할 일을 내일로 미루면 때로는 영원히 이루지 못할 수도 있습니다.

세계 제2차대전 때 사막의 여우로 칭송받던 독일의 롬멜 장군은 1차 대전 당시에는 한낱 위관급 장교에 불과했습니다.

그가 이탈리아 북부 최전선에 배속되어 전투가 시작되던 날, 그는 설사와 복통으로 전투에 나설 형편이 아니었습니다. 그러나 과감하게 출전하여 그로부터 몇 달간 눈부신 전공을 세웠습니다. 아시다시피 전투란 내일로 미룰 수 없기 때문입니다.

5월 12일
멀리, 그리고 넓게

중남미 대륙에는 눈이 네 개 달린 물고기가 있다고 합니다. 이 물고기는 수면을 따라 헤엄을 치면서 위에 있는 두 눈은 물 위를 보고 아래에 있는 두 눈은 물밑을 본다는 것입니다. 신기하게도 눈이 이중 초점으로 되어 있어서 동시에 아래위를 보는 것이지요.

야누스라는 신은 앞과 뒤에 눈에 있어서 과거와 미래를 본다고 합니다만, 물고기의 눈은 보통 180도를 볼 수 있기에 이 '네눈박이' 물고기는 아래위를 동시에 보는 360도의 렌즈를 가지고 있는 셈입니다.

하늘에서 내려다본 그림은 새가 바라본 그림이라고 해서 조감도鳥瞰圖라고 하고 물속에서 올려다본 그림은 물고기 눈으로 본 그림이라고 해서 어안도魚眼圖라고 합니다. 이 물고기는 두 가지의 어안도를 볼 수 있는 셈이라고 할까요.

「갈매기의 꿈」이라는 책을 보면, '높이 나는 새가 멀리 본다.'라는 말이 나옵니다. 새의 눈과 이 네눈박이의 눈과 야누스의 눈을 모두 가질 수 있다면, 눈이 열 개나 되는군요. 그건 사람이라고 부르기에는 너무 괴상한 모습인가요?

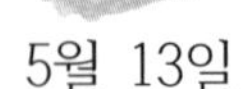

5월 13일

자신의 인생에 불꽃이 튀게 한다

인생은 어렵고 소중한 존재입니다. 한 번밖에 없는 나의 삶을 후회 없이, 그리고 자랑스럽게 살아가려면 자기 자신에 대한 인식과 판단이 얼마나 중요한지 새삼 절실히 깨닫게 됩니다.

인생에서의 가치 판단은 모든 면에서 그 사람의 존재를 결정함과 동시에, 사회적으로 가치 판단을 받으므로 상대적이면서도 사회와 불가분의 관계에 있습니다.

한 번밖에 없는 인생을 소중하고 진지하게 살아가면 주위 사람들도 그 자세에 감동하고, 감화받고, 감사하게 됩니다. 비록 입으로 말하지 않더라도 그 살아가는 삶의 태도를 높이 평가하고 조금이라도 배우고 싶어 하게 됩니다.

참 고맙게도 사람은 누구나 향상심이 있고, 이것이 인간의 태도를 더 뛰어난 훌륭한 것으로 만들어갈 가능성을 보장해줍니다.

자기 속에 있는 향상심을 깨닫고, 동시에 다른 사람들의 마음속에도 깃들어 있는 향상심의 가치를 높이 평가하고, 다 함께 그 향상심을 살려서 충실한 인생을 건설해 나가려면 어떻게 하는 것이 좋을까 판단하는 것이 현명한 생활 태도의 기본입니다.

5월 14일

학습고원

높은 곳에 평원처럼 펼쳐진 넓은 땅을 고원이라고 부릅니다. 고도가 상승하다가 어느 지점에서 평지가 되는 것입니다. 높은 산이 저기 보이는데 평지가 나타나는 것입니다.

공부하거나 어떤 기예技藝를 닦을 때, 처음 얼마간은 실력이 늘다가 일정 수준에 도달하면 답보상태에 빠지는 때가 있습니다. 새로 시작한 어학 공부나 운동, 바둑, 장기 등에서 볼 수 있습니다.

이런 상태를 심리학 용어로는 '플라토(Plateau) 고원현상'이라고 합니다. 다른 말로는 학습고원, 연습고원이라고도 합니다. 이것은 어떤 단계에서 다음 단계로 가기 위한 발판으로 간주합니다.

어떤 사람은 이 단계에서 실망하거나 낙담하여 '나는 머리가 나빠', '나는 소질이 없어.' 하는 식으로 포기하기도 합니다.

한때는 모든 공부나 연습에 이런 현상이 나타나는 것으로 믿었으나, 지금은 보편적 현상이 아니라 학습의 종류, 연습 방법, 태도 등에 따라 전혀 나타나지 않을 수도 있다는 점이 밝혀졌습니다.

또 학습고원의 존속 기간도 차이가 있고, 일시적인 권태, 피로감, 흥미의 상실도 슬럼프를 만드는 원인일 수 있음을 밝혀냈습니다. 고원이라는 말에서 보듯이 어쨌든 일정 수준에 있는 상태입니다. 중지하면 그 상태에서 머물 것이고, 묵묵히 계속 걸어가면 고원의 평지도 끝이 납니다. 고원을 건너 더 높은 곳에 도전하면 정상이 가까워집니다.

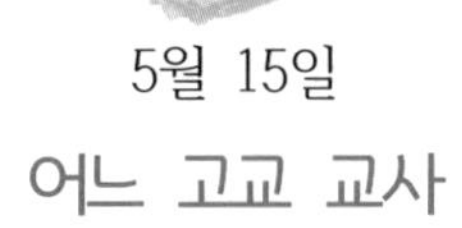

5월 15일

어느 고교 교사

일생을 고등학교의 철학 교사로 재직하면서 수많은 에세이를 남긴 사상가 알랭은 본명인 에밀 오귀스트 샤르티보다 알랭이라는 이름으로 더 널리 알려져 있습니다.

고등학교 때 철학 교사 쥴라뇨에게 깊은 영향을 받아 자기도 철학 교사가 되기로 결심하고 고등사범학교에 진학하여 드디어 교사가 됩니다.

그가 서른여덟 살 때 신문사 「르앙신보」의 집필을 의뢰받아 프로포(Propos : 어록) 형식의 짧은 에세이를 발표하면서 알랭(Alain)이라는 필명을 쓰게 됩니다.

프로포 형식으로 된 3천 편 이상의 글과 철학 이외의 다양한 분야를 설립하여 많은 책을 썼습니다. 특히 『인간론』·『행복론』·『교육론』 등이 유명합니다.

65세가 되어 정년 퇴임을 하자 소르본느 대학을 비롯한 유수의 학교들이 초빙하려 했으나, 고교 교사로 족하다며 거절했습니다.

일흔아홉 살이 되던 해에 결혼하고 여든세 살에 세상을 떠났습니다.

인간에 대한 깊은 통찰과 사랑을 담은 그의 글과 고등학교 교사로 만족한 천직 의식이 새삼 돋보이는 인물이라 하겠습니다.

5월 16일

위대한 스승

헬렌 켈러를 위대하게 만든 것은 본인의 의지력과 노력 이외에 스승 앤 설리번의 헌신적인 공이 컸습니다.

앤 설리번도 태어날 때부터 눈이 아주 나빴습니다. 수술받고, 어느 정도 시력을 회복한 설리번은 눈이 불편한 사람을 위해서 일생을 바치기로 결심했습니다.

헬렌이 앤을 만나게 된 것은 큰 행운이었으며 희망찬 운명이었습니다. 고집 세고 비뚤어진 헬렌 켈러를 가르치기란 거의 불가능해 보였습니다. 그러나 앤은 굴하지 않았습니다. 때리기까지 하면서 글자를 가르치고 말을 가르쳤습니다. 만일 앤의 집념과 투지가 없었더라면 헬렌 켈러라는 인물은 없었을지도 모릅니다.

그 후 49년간 스승과 제자로서, 때로는 친구로서 그들은 함께 살았습니다. 그런데 그들에게 불행이 닥쳐왔습니다.

앤의 눈이 나빠져서 더 이상 볼 수 없게 된 것입니다. 이번에는 헬렌 켈러가 헌신적으로 스승을 돌보면서 어릴 때 배운 방식대로 힘과 용기를 돌려드렸습니다.

5월 17일

소중한 말

말 중에는 말 같지 않은 말이 있는가 하면, 천 냥 빚을 갚을 만한 말도 있습니다.

인간관계를 좋게 하는 말 몇 가지를 음미해 봅시다.

여섯 마디로 된 가장 소중한 말

"저는 제가 잘못을 범했다는 것을 인정합니다."

다섯 마디로 된 가장 소중한 말

"당신은 일을 아주 멋지게 처리하셨습니다."

네 마디로 된 가장 소중한 말

"당신의 의견은 어떤 것입니까?"

세 마디로 된 가장 소중한 말

"제발 당신이 원하신다면…."

두 마디로 된 가장 소중한 말

"당신에게 감사합니다."

한 마디로 된 가장 소중한 말

"우리."

가장 중요하지 않은 말

"나."

5월 18일
'감사합니다'라는 말

한 바보가 있었습니다. 매사에 일 처리 능력이 없어서 주위 사람들로부터 손가락질당했고, 일하는 곳마다 쫓겨났습니다.

이를 지켜본 어떤 지체 높은 사람이,

"이보게! 소용이 있고 없고는 따지지 말고 우선 큰소리로 '감사합니다' 하면서 누구에게든 머리를 숙여보게. 그러면 모두 즐거워할 걸세. 그렇게 하면 자네 자신도 빛이 날 걸세. 어서 일터로 다시 가 보게."

지시받은 대로 일터에 들어서면서 큰 소리로 말했습니다.

"감사합니다."

이에 모두 박장대소하며 비웃었습니다.

"저 바보가 별짓을 다 하는군."

하지만 바보는 주위에서 뭐라고 하건 만나는 사람마다 고개를 숙이고 인사를 했습니다. 저녁때는 퇴근하는 사람 모두에게, 아침에는 출근하는 사람 모두에게 이 말로 인사했습니다.

그런데 이상한 일이 벌어졌습니다. 드디어 한 사람, 두 사람 따라하더니, 전염되듯 모두가 따라하기에 이르렀습니다.

그러자 일터가 밝아지고 손님들도 모두 좋아했습니다. 어느 날 주인이 부르더니 말했습니다.

"자네는 우리의 자랑스러운 직원이다. 여기서 '감사합니다.'라는 인사만 하고 다니게, 평생 직원으로 채용할 테니까."

5월 19일

하찮은 일

자기 일에 불만이 많은 사람 대부분은,
'자신의 희망이 받아들여지지 않았다.'
'자신의 실력은 무시하고 하찮은 일만 시킨다.'
'업무가 자신에게 맞지 않는다.'
라고 생각하는 경향이 많다고 합니다.

모든 면에서 만족한 직장, 그런 이상적인 직장은 아무 데도 없을지 모릅니다. 직장은 마치 결혼과 같아서, 처음부터 완전한 상대는 없고 결혼 생활을 통하여 서로 참고 노력하며 살아가는 동안에 완전해지는 것처럼 자기와 직장과의 관계에도 인내심과 이해심이 필요합니다.

한때는 일부러 어려운 일을 시키거나 하찮은 일을 시켜서 인간을 강하게 키우는 회사도 많았습니다. 마치 사자가 어린 새끼를 벼랑에서 떨어뜨리는 것처럼 말입니다.

'나는 대단한 사람인데, 이런 일을 시키다니!' 하는 오만함이나 수치심을 가져서는 안 되겠습니다.

지금, 여기 주어진 일에만 구애되지 말고 큰 조직 속의 일원으로서 더 큰 일을 배우기 위해서는 작은 일도 열심히 하겠다는 의욕과 패기를 가져야 합니다.

5월 20일

젊은 기백

어느 유명한 노화가老畫家께서 딸보다 젊은 제자와 결혼해서 화제가 된 적이 있습니다.

일찍이 괴테도 일흔네(74) 살에 열여덟(18) 살의 처녀에게 구혼한 적이 있습니다. 그 괴테가 "무언가 큰일을 성취하려고 한다면, 나이를 먹어도 청년이 되지 않으면 안 된다."라고 한 말이 생각납니다.

「청춘」이란 시에도 나이가 중요한 것이 아니라 마음의 자세가 중요하다고 했습니다. 우리는 때때로 '겉 늙은이'라는지 '애늙은이'라는 말을 듣는 젊은이들을 주위에서 봅니다. 겉 늙은이란 나이보다 더 늙은 티가 나는 사람이고, 애늙은이란 어린아이가 하는 짓이 늙은 티가 나는 경우입니다.

젊고, 발랄하고, 용기와 패기가 넘쳐야 할 나이에 무기력하고, 쓸데없이 점잔빼고 의욕도 열정도 없는 젊은이들, 쉬운 일, 편한 일, 깨끗한 일만 찾는 젊은이들, 어두운 곳에 앉아서 무사안일만 추구하는 젊은이들, 그런 젊은이들은 이미 젊은이라고 부를 수 없을 정도로 늙어버린 게 아닐는지요.

5월 21일

열의

러시아의 유명한 작가 고리키가 한 말에 이런 것이 있습니다.

“일이 즐거우면, 인생은 낙원이다. 일이 의무라면, 인생은 지옥이다.”

미국 뉴욕시의 어느 허름한 사무실 구석에서 “무엇인가, 내가 할 수 있는 일은 없을까?” 하고 항상 눈을 번득이는 사환 소년이 있었습니다. 출납계원이 바쁘게 계산하고 있으면 “계산을 저에게도 시켜주십시오.” 하고 자청했고 잔심부름도 자진해서 기꺼이 했습니다.

매우 감동한 회계사는 틈이 날 때마다 부기나 회계 원리를 가르쳤고, 그렇게 1년 정도가 지나자 소년은 출납 대리 업무를 맡아볼 정도가 되었습니다.

그 회계사가 다른 자리로 옮기게 되자, 그 사환을 후임자로 추천했습니다. 이 사환은 훗날 뉴저지 스탠다드 석유회사의 사장이 된 베드포드 씨입니다.

일에 대한 욕망과 열의를 가지려면, 어떻게 해야 할까요. 우선 자진해서 관심과 호기심, 흥미와 애착심을 가져야 합니다. 무관심한 일, 애착심이 없는 일에 열의가 생길 리 없기 때문입니다. 그리고 그 관심과 애착심이 행동으로 나타나야 합니다.

5월 22일

용기

『나는 고양이로소이다』라는 작품으로 유명한 일본의 소설가이자, 영문학자인 나츠메 소세키 교수의 대학 강의 시간에 일어난 일입니다. 한창 강의에 열중하고 있는데 한 학생이 주머니에 손을 넣은 채 수업을 듣고 있는 모습을 발견하였습니다.

"이봐, 자네의 수업 태도가 왜 그런가? 자세를 바로 해!"

나츠메 교수는 화난 음성으로 말했습니다. 그러나 상대 학생은 얼굴을 붉힌 채 고개를 숙였습니다. 그러면서 학생이 팔을 빼지 않자, 나츠메는 학생에게 다가가 다시 큰 소리로 질타했습니다.

"자네는 내 말이 안 들리나? 왜 팔을 빼지 않는가?"

순간 학생의 얼굴은 일그러졌고 고개를 더욱 떨구었습니다.

그때 옆자리에 앉은 학생이 말했습니다.

"교수님, 그 애는 한쪽 팔이 없습니다."

나츠메는 깜짝 놀라며 그 학생을 잠시 바라보았습니다.

짧은 침묵이 흐른 후 나츠메 교수가 조용히 입을 열었습니다.

"내가 실수했군. 하지만 교수인 나도 부족한 지식을 가지고 수업하는 중일세, 그러니 자네도 부족한 한쪽 팔을 당당히 드러내고 수업받지 않겠나?"

5월 23일

상처와 영광

수리부엉이 한 마리가 날개에 큰 상처를 입고 신음하며 슬픔에 빠져, "아아! 난 너무 큰 상처를 입어서 날기는커녕 살지도 못할 거야. 온갖 새들이 모두 나를 비웃는 것만 같아. 너무 암담해."라며 죽음만 생각하고 있었습니다. 수리부엉이가 바위산 꼭대기 둥지에서 식음을 잃고 움츠리고 있는데, 새들의 왕인 독수리가 날아왔습니다.

독수리가 위엄있게 "이봐, 어디 아픈가?"하고 물었습니다.

"제 몸에 난 상처를 보면 모르시겠어요. 모두 나를 깔보고 있어요. 저 바위틈의 들쥐까지 장난을 쳐요. 정말 죽고 싶어요."

수리부엉이는 다 죽어가는 소리로 대답했습니다.

그러자 독수리는 자신의 날개를 힘껏 펼치며, "내 몸을 자세히 보아라. 지금 난 새들의 왕이 되었지만, 너보다 더 많은 상처를 입고 살아왔다."라고 말했습니다.

정말 독수리의 몸 여기저기에는 수많은 상처 자국이 있었습니다. 다른 독수리에게 공격받은 상처, 들짐승에게 물린 상처, 사람들의 사냥총에 맞은 상처가 훈장처럼 여기저기 있었습니다.

수리부엉이가 "이렇게 많은 상처를 입으며 왕이 되셨군요."하고 감탄하자, 독수리 왕은 위엄을 더하여 말했습니다.

"이 세상에 상처가 없는 새는 없다. 그 상처를 딛고 굳건히 일어서야만 자신의 참다운 모습을 발견할 수 있느니라."

5월 24일

자존심

영국의 교육가 J. 콜린즈는 '자존심은 미덕이 아니지만, 그것은 많은 미덕의 부모이다.'라고 했습니다.

훌륭한 사람, 성공한 사람, 위인들은 굳건한 자존심을 바탕으로 하여 많은 업적을 남기고 있습니다.

반대로 범죄자, 실패와 변명에 급급한 사람, 사회에 있으나 마나 한 사람들은 자존심이 없습니다.

자존심은 건강하고 활기찬 사회의 기초입니다. 그러함에도 불구하고 많은 상사는 말을 함부로 하여 부하들의 자존심을 무참히 유린하곤 합니다.

"이래서야, 어떻게 관리자라고 하겠어? 그만두시오."

이런 상사일수록 자기 나름의 해결 방안이나 식견이 없는 경우가 많습니다.

회사를 그만두는 요인의 60퍼센트 이상이 상사와 갈등이라고 합니다. 그 충돌의 대부분이 자존심과 관련한 것이라 추측됩니다.

'용장勇將 밑에 약졸弱卒 없다.'라고 합니다. 아랫사람의 잘못된 점이나 과오는 상사의 것일 수도 있습니다.

이러한 점에 착안하여 부하를 지도한다면 감정에 치우쳐 충돌을 일삼는 것보다 성과가 한층 더 오를 것입니다.

5월 25일

낙관과 비관

풍자가이며 유명한 극작가였던 버나드 쇼와 미국의 유명한 발레리나 이사도라 던컨 사이에 이런 대화가 오갔습니다.

이사도라 : 나처럼 아름다운 몸매에다가 당신처럼 머리가 좋은 아이가 태어난다면 얼마나 멋질까요.
버나드 : 나와 같이 빈약한 육체와 당신 같이 우매한 머리를 가진 아이가 태어난다면 얼마나 불행한 일이겠습니까?

『범인凡人과 초인超人』 이라는 책으로 유명한 버나드 쇼는 영국의 연극계에 큰 영향을 끼친 유명한 천재 극작가였고, 이사도라 던컨은 20세기의 무용에 혁신을 일으킨 발레리나로 '맨발의 이사도라'라는 별명으로 유명했습니다. 만일 이 두 사람이 맺어졌다면 과연 어떤 결과가 나왔을지 궁금합니다.

우생학적으로 본다면 이사도라의 말이 옳을지도 모르겠습니다. 그러나 버나드 쇼가 비꼬는 바람에 판이 깨져버린 셈입니다.

세상은 낙관적이지도 비관적이지도 않을지 모릅니다. 다만, 우리는 낙관적으로만 보아도 인생을 다 보지 못하는 짧은 인생을 살고 있다는 점이 유감이라고 할까요.

5월 26일

자기 혁신

성적이 좀처럼 오르지 않는 학생이 있었습니다. 마음을 가다듬고 공부에 집중하려 하지만, 잡념이 생기고 쉽게 졸음이 와서 모처럼의 각오도 깨져버리고 결심한 것을 제대로 이행하지 못하는 죄책감 때문에 성격마저 우울해지곤 하였습니다.

그 학생은 막연한 각오가 아니라 자기의 결점이 무엇인지 무엇부터 고쳐야 할지 생각해보았습니다. 문득 깨달아지는 것이 있었습니다. 엎드려서 공부하던 습관을 버리고, 책상에 반듯이 앉아서 "자, 하자!" 하는 기합을 넣고 나서 시작하기로 했습니다.

그 후로 몰라보게 달라져서 자신감이 붙고 활달한 성격을 되찾았다고 합니다.

스위스의 문학자 겸 철학자였던 아미엘이 남긴 「일기」를 보면 다음과 같은 유명한 말이 나옵니다.

마음이 바뀌면, 태도가 바뀐다.

태도가 바뀌면, 습관이 바뀐다.

습관이 바뀌면, 인격이 바뀐다.

인격이 바뀌면, 인생이 바뀐다.

자기 혁신이란 곧 마음에서 시작됩니다. 마음이 바뀌면, 인생도 바뀌는 것입니다.

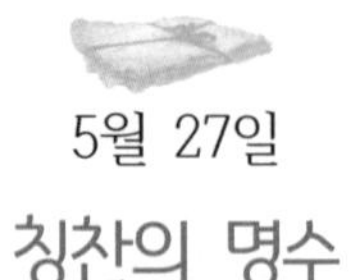

5월 27일
칭찬의 명수

윗사람은 항상 인재를 양성하겠다고 생각해야 합니다.

어떤 프로 야구팀 감독의 말에 의하면 실력을 발휘하게 하는 방법 중에 칭찬이 가장 효과가 있었다고 합니다.

“자네는 컨트롤이 나쁘군, 공은 빠른데.”라고 말하는 것과 “훌륭해, 강속구를 가지고 있군. 거기에 컨트롤만 되면 되겠어.”라고 말하는 것과는 결과가 전혀 다르다는 것입니다.

먼저 장점을 칭찬하고, 다음에 단점을 고치도록 하면 연습에 임하는 태도부터 달라진다는 것입니다. 이와 반대로 먼저 결점을 지적하면 자신을 잃어 공의 속도마저 떨어지고 만다고 합니다.

그러나 칭찬만으로 사람을 키울 수는 없습니다. 때로는 질책도 필요합니다. 이때 ‘화’를 내지 말고 오로지 상대를 위해서 꾸짖어도 상대는 알아듣고 이해합니다.

인간은 아무리 나이가 들어도 칭찬받는 것만큼 존중받는 느낌은 없습니다. 칭찬과 꾸짖음을 적절히 사용하면 우수 인재는 저절로 성장합니다.

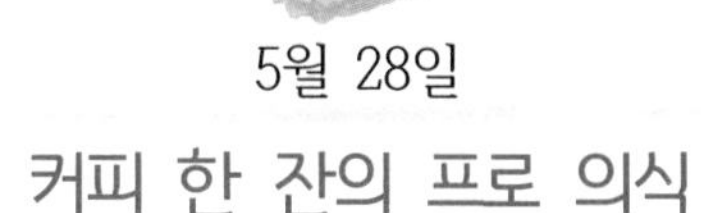

5월 28일
커피 한 잔의 프로 의식

L씨가 출장지에서 돌아오면서 경험한 일입니다. 시간이 좀 남아서 역 근처에 있는 어느 찻집에 들렀던 이야기입니다.

커피를 주문하자, "좀 기다리셔도 괜찮으실는지요?" 하고 카운터 너머에서 중년 남자의 목소리가 들려왔다고 합니다. 그 이유를 묻자, "이 지방의 물은 커피콩을 넣고 하루를 재웠다가 사용하면 가장 맛있게 되는데, 마침 준비한 것이 떨어져서 잠시 기다리지 않으면 커피를 마실 수 없다."라는 대답이었답니다.

L씨는 별로 시간이 없었으므로 다른 음료수를 주문했지만, 나중에 온 사람이 기다리는 모습을 보고는 "다음에 꼭, 다시 와봐야지." 하고 생각했다는 것입니다.

여행자인 줄 알면 맛이 좀 떨어져도 내놓고 파는 인심이 역전상법驛前商法이겠습니다만, 조금이라도 맛있는 커피를 맛보게 해드리겠다는 그 마음 씀씀이와 자부심에 놀랐다는 것입니다.

단골이나 처음 들른 고객이나 구별 없이 항상 최고의 서비스로 대하는 자세, 그것이 바로 프로 의식이라고 하겠습니다.

5월 29일
거미 식, 꿀벌 식

거미는 그물을 쳐놓고 기다리다가 먹이가 걸리면 잡아먹습니다. 그래서 길목이 중요합니다. 먹이가 걸리지 않으면 다른 곳으로 옮겨서 집을 지어야 합니다. 꿀벌은 여러 곳을 돌아다니며 먹이를 모읍니다.

판매 용어로 말하면, 거미는 '끌어들이기식(Pull)'이고, 꿀벌은 '밀어붙이기식(Push)'이라고 할 수 있습니다.

상품이 특수하거나 입지 조건이 좋으면 거미처럼 가만히 앉아서 오는 손님을 기다리면 됩니다. 그러나 그처럼 행복한 경우는 드뭅니다. 또 손님이 적다고 해서 쉽사리 점포나 업체를 옮길 수도 없습니다.

벌이 꿀 1리터를 모으려면, 약 4천만 번이나 날아다녀야 합니다. 집에서 꽃으로, 꽃에서 꽃으로, 꽃에서 다시 집으로 쉴 사이 없이 날아다니는 이유가 바로 거기에 있는 것입니다.

그러다가 어떤 때는 거미집에 걸려서 거미 밥이 되기도 합니다. 그러나 꿀벌은 불경기 탓을 하지 않고 꽃을 찾아다닙니다.

거미가 소극적 정태적情態的이라면 꿀벌은 적극적, 동태적動態的이라는 데에 큰 차이가 있습니다.

자, 우리는 어느 쪽을 택해야 할까요.

5월 30일

적응과 도전

우리는 학창 시절에 '적자생존'이란 말과 '자연도태'라는 말을 배웠습니다.

적자생존이란 환경에 적응하면 살아남는다는 말이고, 자연도태란 환경에 적응하지 못하면 도태된다는 뜻입니다.

동식물의 적응 능력은 대개가 본능에 기인하지만, 인간의 경우는 본능만이 아니라 의지에 기인하는 것이 많습니다.

즉, 우리 인간은 쉽고 편한 쪽으로 갈 수 있는 반면, 더 어려운 상황에 도전할 수도 있는 존재입니다.

인간의 능력은 쉽고 편한 쪽을 택했을 때보다 혹독한 상황에 도전할 때 개발되는 일이 많습니다. 역경을 만나도, 거기에 적극적으로 대처하다 보면 어느새 역경에 익숙해지고 처음의 고통이 어느덧 즐거움으로 변합니다.

인간의 능력을 최대한 살리기 위해서는 항상 새로운 상황에 도전하고, 정면으로 부딪쳐 가는 자세를 갖도록 해야 하겠습니다.

5월 31일

휴식은 삶의 샘터

우리 인간에게는 심신의 휴식이 필요합니다. 휴식은 인간의 소중한 행복입니다. 몸과 마음을 편히 쉰다는 것이 얼마나 즐겁고 고마운 일일까. 휴식의 즐거움은 노동하는 자만 느낄 수 있는 특권입니다.

목에 갈증을 느낀 자가 물의 진미를 알 수 있듯이 일을 열심히 하는 사람만 휴식의 참맛을 체험할 수 있습니다. 일 년 내내 아무 일도 하지 않고 무위도식 허송세월하는 사람은 휴식의 고마움을 절대로 모릅니다. 노동이 없는 휴식의 연속은 인간이 견딜 수 없는 고역이고 저주咀呪입니다.

승리는 인간의 영광이면서 자랑이자 기쁨입니다. 그러나 승리에 도달하려면 전투라는 고난의 언덕을 넘어야 합니다. 전투가 치열할수록 승리의 영광과 기쁨도 큽니다.

인간의 모든 가치는 희생과 대가를 요구합니다. 땀 흘리지 않고는 산의 정상에 도달할 수 없습니다. 승리가 기쁨이며 자랑이고 영광인 것은 많은 수고와 전투와 노력을 치렀기 때문입니다.

전투하지 않고 승리의 열매만 따려는 자는 밥을 먹지 않고 배가 부르기를 바라는 어리석은 인간과 같습니다.

우리는 휴식의 기쁨을 가지려 일해야 하고 승리의 즐거움을 느끼기 위해서 싸워야 합니다.

인간은 자기가 심은 만큼 거두는 존재입니다.

6월

세상에 어떤 일이 일어난대도

세상에 어떤 일이 일어난대도

| 파슨즈 |

어떤 구름이 당신을 가려도
난 쫓아버리고야 말겠습니다
그리고 당신께 알리겠습니다
내가 이 세상을 사는 동안
어떤 일이 생겨난다고 해도
우리가 함께 살아가며
사랑하는 일보다
더 중요한 것은 없다는 것을
오늘, 그리고 내일, 아니 날이면 날마다
사랑할 때가 온다면
언제나 햇빛이 비칠 오직 한 사람
그건 당신, 당신입니다
언제나 함께 있고 싶은 사람이
생기게 된다면
당신도 알 것입니다
그건 당신뿐이라고.

6월 1일

창조주의 작품『별 · 꽃 · 사랑』

하늘에서 가장 아름다운 것은 별이고, 땅에서 가장 아름다운 것은 꽃이며, 인간에게서 가장 아름다운 것은 사랑입니다.

만일 하늘에 별이 없다고 생각해보면 얼마나 쓸쓸할까요. 끝없이 넓은 허공만 펼쳐져 있을 뿐입니다. 땅에 꽃이 없다고 상상해보면 사막처럼 황량하고 삭막할 것입니다. 인간에게 사랑이 없다고 가정해 보면 인생은 무의미하며 아무 뜻도 보람도 행복도 없을 것입니다. 우리 인생에는 사랑이 있기에 삶의 느낌이 있고 고해苦海가 기쁨의 세계로 바뀝니다. 인간의 고독과 절망과 불행은 사랑으로 극복할 수 있습니다. 우리는 여러 사랑을 지니고 있습니다. 부모 형제간의 사랑, 이성간의 사랑, 연애와 부부간의 사랑, 친구와의 우정, 같은 민족의 동포애, 선생님과 제자의 사랑, 종교적 사랑, 자연에 대한 사랑, 이러한 사랑의 향기가 있기에 인생은 즐겁고 보람이 있습니다.

한편 인생에는 죄와 고통, 죽음과 전쟁, 살인 등 어둡고 부정적 요소가 끊임없이 맴돌고 있습니다. 그러나 이러한 어려움을 떨칠 수 있는 것은 인생에 사랑이라는 밝은 빛과 투명한 공기가 있기 때문입니다. 사랑은 우리의 인생에 의미와 용기와 보람을 선사합니다. 하늘에 별이 있고, 땅에 꽃이 있고, 인간에게 사랑이 있는 동안 우리는 어떠한 어둠과 불행 속에서도 희망과 용기를 가지고 인생을 살아갈 수 있습니다. 이는 창조주의 위대한 작품입니다.

6월 2일
행복한 사람의 참모습

인생에는 어려운 일이 많습니다. 그중에서 가장 어려운 것은 거짓말하지 않고 사는 것입니다. 거짓말을 하지 않고 살아가고 싶은 것이 인간의 양심입니다.

「하늘과 바람과 별과 시」를 노래한 시인 윤동주의 말과 같이 '죽는 날까지 하늘을 우러러 한 점 부끄럼 없기를, 잎새에 이는 바람에도 나는 괴로워했다.'라는 고백이 우리의 순수한 심정입니다.

누구나 거짓말하면 괴로운 마음을 갖게 됩니다. 첫째는 상대방을 대하기 괴롭고, 둘째는 자기 자신을 대하기 괴롭습니다. 그러나 우리는 거짓말을 해서는 안 된다고 하면서도 거짓말을 하면서 살아갑니다.

의지력이 약해서 거짓말을 하는 때도 있고, 주위 사정 때문에 그리하는 일도 있고, 살아가기 위해서 어쩔 수 없이 거짓말을 해야 하는 상황도 있을 것입니다. 불완전한 것이 인간이므로, 불완전한 인간이 만든 사회이기 때문에 악인 줄 알면서도 거짓말을 합니다.

'무괴어심無愧於心'이란 말이 있습니다. 내 마음에 조금도 부끄러움이 없다는 뜻입니다. 그것은 우리의 높은 염원입니다. 내 마음의 많은 부끄러움을 느끼면서 살아가는 것이 우리의 알량한 현실입니다. 거짓말하지 않고 사는 것은 인생에서 가장 어려운 일입니다. 그러나 우리가 행복한 인생을 살려면 어려운 일을 인내로 극복하는 힘을 길러야 합니다. 그것이 행복한 사람의 모습입니다.

6월 3일
행복의 파랑새

크리스마스 날 밤, 가난한 나무꾼의 두 남매가 꿈속에서 행복의 파랑새를 찾아 길을 떠났습니다.

미래의 나라도 가 보고 회상의 나라도 가 보고 곳곳을 찾아다녔지만, 파랑새를 발견하지 못했습니다. 실망해서 집에 돌아온 남매는 뜻밖에도 자기 집 조롱에서 파랑새를 발견했습니다.

행복은 먼 곳에 있는 것이 아니라 자기 집에 있으며, 자기 마음속에 있다는 것입니다. 이것은 상징주의 연극의 대표적 작가 메테르링크의 연극 『파랑새』의 내용입니다.

괴테는 '발밑을 파라, 거기에 맑은 샘물이 솟을 것이다.'라고 썼습니다. 불필요하게 남을 부러워해서는 안 됩니다. 남이 가진 물건이나 재산을 나와 비교하고 불만과 질투와 시기의 노예가 되어 자기 상실감에 빠지면 구제 불능의 인간으로 전락합니다.

내가 가진 밑천, 내가 지닌 천분天分과 재능과 장점이 무엇인지를 바로 알고, 그것을 활용하고 선용하여 행복의 탑을 생활 속에서 스스로 쌓아 올려야 합니다. 슬기로운 사람은 불가능한 것을 허망하게 추구하지 않고, 가능한 것을 최대한으로 추구합니다. 자기를 최대한도로 살리는 자가 가장 현명한 사람입니다.

우리는 남의 길을 가지 말고 나만의 길을 가야 합니다. 우리는 내 집, 나의 마음속에서 행복의 파랑새를 찾아야 합니다.

6월 4일

행복이란 음식

행복은 아침에 일어나 정원에 꽃이 피어있음을 볼 때
행복은 온 가족이 모여 화목하게 음식을 먹을 때
행복은 손님도 찾아오지 않고 마음을 기울여 책을 읽을 때
행복은 마음에 떠오르고 사라지는 생각 속에서 담배를 피울 때
행복은 낮잠에서 깨어나자 머리맡에서 찻물이 끓고 있을 때
행복은 가까스로 모인 친구들과 커피나 포도주를 마실 때
행복은 사랑하는 사람의 눈빛을 바라보고 있을 때
행복은 눈 오는 깊은 밤 먼 북국의 마을을 떠올릴 때

知之者지지자
진리를 아는 사람

6월 5일

행복의 조건

아주 먼 옛날 영국의 시골 데이 강에 작은 물방앗간이 그림처럼 수풀 속에 자리 잡고 있었습니다. 이 물방앗간 주인은 세상에서 가장 행복한 사람으로 소문이 나 있었습니다. 그래서 사람들은 '행복한 물방앗간'이라는 별명을 붙여주었습니다.

이 행복한 사람의 소문을 듣고 국왕이 만나러 오기에 이르렀습니다.

"그대가 매일 그토록 행복한 이유가 무엇인가?"

"저는 아내를 극진히 사랑합니다. 또 아이를 사랑합니다. 친구들을 사랑합니다. 물론 아내도 저를 사랑합니다. 아이들도 친구들도 저를 사랑합니다. 지금까지 살면서 빚은 한 푼도 없습니다. 오로지 그렇게 사는 것이 행복할 뿐입니다."

이에 왕은 감탄하여 말했습니다.

"정말 부러운 일이로다. 내 머리 위의 황금 왕관보다 그대의 먼지투성이 모자가 더 빛나 보이는군."

6월 6일

행복에 이르는 길

인내력을 기르고 항상 말을 따뜻하고 부드럽게 하는 것, 선행하는 사람들을 두루 만나며, 적당한 때에 진리의 말에 귀를 기울이는 것, 이것이 행복에 이르는 길입니다.

세상살이에 뒤섞일 때도 결코 마음이 흔들리지 않고 슬픔과 더러움에서부터 벗어나서 안정되는 것, 이것이 행복에 이르는 길입니다.

이렇게 꿋꿋이 걸어가는 사람은 어떤 고난에도 패배하지 않습니다. 또 그는 모든 곳에서 평안을 얻게 되니 그 속에, 그 편안함 속에 행복이 있습니다.

高枕安眠고침안면

베개를 높이 하고 잠을 편히 잔다.

6월 7일

행복한 사람과 불행한 사람의 차이

- 세상에서 가장 행복한 사람은 자기 일을 수행하면서 사명감을 지닌 사람이다.
- 세상에서 가장 불행한 사람은 교양이 없는 사람이다.
- 세상에서 가장 외로운 사람은 일거리가 없는 사람이다.
- 세상에서 가장 어리석은 사람은 아무것도 생각하지 않는 사람이다.
- 세상에서 가장 존경스러운 사람은 남을 위해 봉사하고 피해를 주지 않는 사람이다.
- 세상에서 가장 아름다운 사람은 하찮은 일이라도 애정을 가지고 행하는 사람이다.
- 세상에서 가장 불행한 사람은 거짓말과 비겁한 행동을 일삼는 사람이다.

6월 8일

마음을 다스리는 10가지 낱말

절제 : 심신이 둔해질 정도로 음식에 탐닉하지 않는다.

침묵 : 무익한 일에 대해서는 말하지 않는다.

규율 : 모든 물건은 장소를 정해 보관하고, 할 일은 시간을 정한 다음에 행한다.

결단 : 꼭 해야 할 일이 있다면 결심하고, 결심했다면 반드시 실행에 옮긴다.

검약 : 쓸데없는 일에 돈을 쓰지 않는다.

근면 : 시간을 낭비하지 않는다. 항상 유익한 일을 행하고 불필요한 일을 삼간다.

성실 : 부정한 마음을 버리고 공정하게 생각하고 바른 언행을 한다.

중용 : 쉽게 격분하지 않고 상대의 마음을 읽는다.

청결 : 신체, 의복, 주거생활을 청결히 하기를 게을리하지 않는다.

순결 : 정신적으로 평온을 유지하고 육체적으로 불결한 것을 멀리한다.

6월 9일

마음을 낚는 법

강태공 여상의 병법서 『6도六韜』를 보면 첫머리에 문왕과 강태공이 만나는 장면이 나옵니다.

문왕이 강태공에게 말했습니다.

"낚시하는 것이 즐거워 보입니다."

"군자는 자기의 이상이 실현되는 것을 기뻐하고, 소인은 눈앞의 일이 이루어지는 것을 기뻐하지요. 소신이 지금 낚시질하는 것도 그러한 일과 흡사합니다."

그래서 문왕이 무엇이 흡사하냐고 물었습니다.

"낚시에는 세 가지 방법이 있습니다. 물고기를 불러 모으는 법은 임금이 봉급으로 인재를 부리는 것과 같고, 고기가 끌려와서 잡히게 하는 법은 임금이 신하에게 목숨을 바치게 하는 것과 같고, 물고기의 크기에 따라 미끼를 조절하는 법은 임금이 인물에 따라서 벼슬의 정도를 정하는 것과 같습니다."

그리하여 물고기 낚는 법과 사람의 마음을 사로잡는 법에 대해 비교하면서 설명하자, 임금은 스승으로 발탁하여 천하 통일의 대업을 이루게 합니다.

강태공은 문왕이라는 대어를 낚았고, 문왕은 강태공이라는 대어를 낚은 셈입니다.

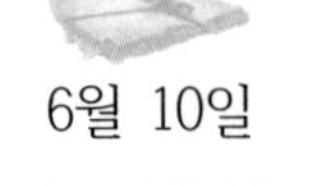

6월 10일

천국과 지옥의 마음

천국과 지옥이 따로 있는 것이 아닙니다. 나의 마음이 세상을 천국으로 만들기도 하고 지옥으로 만들기도 합니다.

거짓말만 하던 사람이 진실한 사람이 되고, 게으른 사람이 부지런한 사람이 되는 것은 그만큼 천국이 가까워졌다는 뜻입니다.

남을 미워하던 사람이 남을 사랑하는 사람이 된 것입니다. 밤낮 불평불만밖에 모르는 사람이 인생에 대해서 또 타인에게 감사하는 마음을 갖게 된 것입니다. 그의 마음이 더 확실하게 천국에 가까워진 것입니다.

진실한 사람이 거짓된 사람으로 타락하고 마음이 편안한 정신의 소유자가 원망과 저주로 가득 찬 인간으로 변하는 것은 그만큼 지옥에 가까워진 것을 뜻합니다.

나의 마음속에 사랑과 평화와 감사와 용서와 희망이 있을 때 나는 천국의 시민이 되는 것입니다.

나의 마음속에 미움과 암흑과 저주와 질투와 절망이 깃들 때 지옥의 주민으로 전락합니다. 나의 마음이 세상을 천국으로 만들기도 하고 지옥으로 만들기도 합니다.

꼭 같은 환경과 조건 속에서 어떤 사람은 행복을 느끼고, 어떤 사람은 불행을 느낍니다.

결국 마음이 인생의 근본이며, 마음이 우리의 주인입니다.

6월 11일

사랑의 표현

너무 가난하여 한 끼의 식사를 해결하려면 콩 반쪽이라도 나누어 먹어야 하는 젊은 부부가 살았습니다. 비록 생활은 빈곤하고 어려웠지만, 부부의 금실만은 좋아 사랑과 서로의 격려로 모든 시련을 극복하고 노년에 이르렀습니다. 어느덧 세월이 흘러 노부부는 결혼 50주년을 맞아 금혼식을 하기에 이르렀습니다. 많은 하객으로 하루를 정신없이 보냈지만 두 사람은 행복했습니다.

손님들이 모두 돌아가자, 늘 그랬듯이 노부부는 저녁을 먹으려 식탁에 마주 앉았습니다. 온종일 손님을 접대하느라고 지쳤으므로 구운 빵 한 조각에 잼을 발라 나누어 먹기로 했습니다.

"이렇게 구운 빵을 놓고 마주 앉으니 옛날 일들이 새삼스럽소."

할아버지의 회한에 찬 말에 할머니는 엷은 미소를 지었습니다. 지난 50년간 늘 그래왔듯이 할아버지는 빵의 끝부분을 떼어 할머니에게 건넸습니다. 그러자 할머니가 갑자기 얼굴을 붉히며 몹시 화가 난 음성으로, "영감은 오늘 같은 날에도 역시 그 지긋지긋한 빵 껍질을 주는군요. 그동안 당신에게 늘 그것이 불만이었지만, 정말 오늘 같은 날에도 이럴 줄 몰랐어요." 하고 강경하게 말했습니다.

할머니의 돌연한 태도에 할아버지는 어쩔 줄을 몰라 했습니다.

"왜 진작 이야기하지 않았소. 난 정말 몰랐소. 이봐요, 할멈, 사실은 그 바삭바삭한 빵 껍질은 내가 가장 좋아하는 부분이라오."

6월 12일
사랑의 빛깔

심리학자 헨리 드러먼드의 분석에 의하면, 사도 바울이 말한 고린도 전서 13장의 내용을 살펴보면 사랑은 인내, 겸손, 관용, 예의, 무사욕, 온유, 순수, 진실 등 8가지 빛깔이라고 표현하고 있습니다.

- 사랑은 오래 참습니다. – 인내
- 사랑은 친절합니다. – 친절
- 사랑은 시기하지 않습니다. – 관용
- 사랑은 교만하지 않습니다. – 예의
- 사랑은 사욕을 품지 않습니다. – 무사욕
- 사랑은 화를 내지 않습니다. – 온유
- 사랑은 오래 참고 변함이 없습니다. – 순수
- 사랑은 불의를 보고 기뻐하지 아니하고, 진리를 보고 기뻐합니다. – 진실

6월 13일

사랑의 편지

아름다운 사랑의 편지는 비록 짧은 문장이라도, 하나하나의 낱말은 순식간에 과녁에 적중하는, 그러나 오랫동안 떨리는 화살의 여음과 같습니다. 그리하여 기억 속에 아로새겨진 몇몇 구절은 수많은 나날을, 숱한 밤을 보내면서 따뜻하고, 여러 해가 지나고 오랜 시간이 흐른 뒤에도, 필적마저 희미하게 지워져도, 이미 사랑하지 않게 되었어도, 사람들은 그 글을 쓸 때를 회상합니다. 잃어버린 사랑이지만 추억 때문에 고독할 수는 없을 겁니다. 때로는 사랑하는 사람이 보내온 절교를 선언하는 편지가 무정해 보이더라도 그를 원망해서는 안 됩니다. 그것은 그가 사랑하지 않는다는 것을 의미하지 않기 때문입니다. 다만 그의 사랑이 당신이 사랑하는 방식과 같지 않으며, 그의 사랑은 늘 조심스럽고 온전히 내맡기는 사랑이 아님을 의미할 따름입니다. 누군가를 갈망하고 그리워한다고 해서 열정적인 성격을 가질 수 있는 것은 아니며, 자신의 심정을 토로하고 싶다고 해서 누구나 다 그럴 수 있는 것도 아닙니다. 그러나 그들이 간직하고 있는 순수한 감정은 자신의 사랑을 표현할 수 있는 사람보다 더 강렬한 불꽃을 간직하고 있음을 잊어서는 안 됩니다.

6월 14일

풀잎 같은 인연

풀잎 같은 인연도 잡초라고 여기는 사람은 미련 없이 뽑아버릴 것이고, 꽃이라고 가꾸는 사람은 살뜰히 가꿀 것입니다.

그대와 나의 만남이 꽃잎이 햇살에 웃는 것처럼, 나뭇잎이 바람에 춤추듯이, 일상의 잔잔한 기쁨으로 서로에게 행복의 이유가 될 수 있다면, 당신과의 인연이 설령 영원을 약속하지는 못할지라도 먼 훗날 기억되는 그 순간까지 변함없이 진실한 모습으로 한 떨기 꽃처럼 아름다웠으면 좋겠다는 것이 우리의 바람입니다.

'만남이 있으면 헤어지게 마련이고 떠난 사람은 반드시 돌아올 것이고 태어난 것은 반드시 죽는다(법화경法華經)'.

會者定離회자정리
사람은 누구나 만나면 헤어지기 마련

6월 15일

기다리는 여자 마음

한 청년이 같은 마을의 한 처녀를 사랑하게 되었습니다. 그러나 처녀는 청년의 사랑을 받아주지 않았습니다. 처녀가 만나주지 않아도 청년은 하루도 빼놓지 않고 애틋한 사랑의 편지를 보냈습니다. 언젠가는 정성 어린 편지에 감동하여 뜻을 이룰 것이라는 염원을 갖고 편지 보내기를 수개월, 그러나 처녀에게서는 답신이 없었습니다.

청년은 스승에게 고민을 털어놓았습니다. 이야기를 들은 스승은 청년에게 당장 편지 쓰기를 중단하도록 했습니다. 그 대신 짧은 편지 한 통을 보내고 기다려 보라고 했습니다.

청년은 스승의 말대로 편지 한 통을 썼습니다. 그러고 나서 기다렸습니다. 그러자 마침내 그녀에게서 답장이 왔습니다.

'더 이상 궁금해서 못 기다리겠어요. 언제 오시겠다는 건가요?'

처녀가 보낸 답장 내용이었습니다.

하루도 빠짐없이 편지를 받던 처녀는 갑자기 편지가 오지 않자 웬 일인가 싶었지만, 곧 잊어버렸습니다. 그런데 며칠 후 애틋한 사연과는 다르게 아주 짤막한 내용의 편지가 왔습니다.

청년이 보낸 편지는 단 한 줄이었습니다.

'당신의 집 앞 버드나무 밑에서 기다리겠습니다.'

처녀는 망설였습니다. 이 편지에는 기다리는 시간이 쓰여 있지 않았던 것입니다.

처음에는 대수롭지 않게 여겼지만, 시간이 흐를수록 집 앞 버드나무 밑으로 온 신경이 집중되었습니다. 집에서 나갈 때나 돌아올 때 혹은 부엌에서 일하다가도 혹시나 와 있을까, 버드나무 쪽을 내다보곤 하였습니다.

점점 버드나무에 온 신경이 쏠렸습니다.

'그 정도의 열정을 가지고 편지를 보낸 남자라면 밤새 기다리고 있을지도 모르지.'라는 생각에 자다가도 벌떡 일어나 창문 밖을 내다보곤 했습니다.

그러나 청년의 모습은 보이지 않았습니다. 이에 처녀는 실망하기 시작했고, 어느 사이에 그리움이 쌓였습니다. 기다리다 못해 청년에게 편지를 보내게 된 것입니다.

比翼連理비익연리

비익조와 연리지. 비익조와 연리지처럼 남녀의 사랑이 영원함

6월 16일

칼로 물 베기

'부부싸움은 칼로 물 베기'라고 합니다. 그만큼 화해하기 쉽다는 뜻이지만, 때로는 돌이킬 수 없는 파탄으로 치닫기도 해서 가정을 잃게도 됩니다.

미국의 여성잡지 『매콜』에 소개되었던 부부생활의 아이디어를 참고하길 바랍니다.

1. 우선 배우자의 좋은 점을 강조할 것
2. 배우자의 결점을 건드리지 말 것
3. 결혼하기 이전의 일을 들추어서 비교하지 말 것
4. 밖에서 불쾌한 일을 당했다고 집에 돌아와 화풀이하지 말 것
5. 자기가 원하는 것이 무엇인지 상대에게 적극적으로 알릴 것
6. 자기가 원치 않는 것을 분명하게 알려줄 것
7. 부부간에 문제가 있으면 그 원인을 분명하게 밝힐 것
8. 사소한 일로 다투지 말 것
9. 정기적으로 대화하는 시간을 갖도록 노력할 것
10. 그래도 쉽게 해결되지 않을 때는 다른 사람과 상의해서라도 해결책을 찾을 것

6월 17일

부부 사이

언제나 작은 머리를 맞대고 있는 비둘기의 정겨운 모습, 그 금실 좋은 한 쌍, 수비둘기는 부지런히 먹을 것을 물어다가 둥우리에 가득 채웠습니다. 이만하면 우리 비둘기 부부가 겨울을 편안히 지낼 수 있겠지 하는 마음에 만족스러웠습니다.

하지만 햇볕을 쬔 먹이는 말라서 그 양이 부쩍 줄어들었습니다. 수놈은 참다못해 화를 냈습니다.

"얼마나 고생하며 물어온 먹인데 너 혼자 몰래 먹어버렸어?"

암놈은 너무 억울해서 극구 해명하였으나 성미가 급한 수놈은 말을 끝까지 듣지도 않고 주둥이로 쪼아서 암놈을 내쫓았습니다.

며칠 후 큰 비가 내렸습니다. 그러자 먹이가 물에 젖어 본래의 크기로 부풀어 올랐습니다.

비로소 진실을 안 수비둘기는 자기의 잘못을 크게 뉘우치고 눈물을 흘렸습니다.

"아내가 먹지 않은 것을 내가 참지 못하고 내쫓았으니."

6월 18일

아내의 충고

초나라 왕이 어릉에 묻혀 사는 초야의 선비 자종에게 큰 벼슬을 주겠다는 전갈을 보내왔습니다.

이에 자종은 비로소 뜻을 이루었다고 아내에게 말했습니다.

"임금께서 나에게 정승 벼슬을 내리겠다는 소식이 왔소. 그렇게 되면 당장에 큰 수레를 탈 수 있고, 먹는 음식도 진수성찬으로 마련할 수 있을 것이오."

이런 경우 보통의 여자들은 남편의 출세나 그에 따르는 부귀에 쉽게 유혹되는 경우가 대부분이지만, 자종의 부인은 생각이 매우 깊었습니다.

"지금까지 비록 신을 삼아 어려운 생활을 꾸려왔지만, 나는 그 속에서도 행복하였습니다. 곡간에 쌓인 재물은 없지만, 책이 있습니다. 거문고가 있어 마음을 즐길 여유가 있습니다. 큰 수레를 타거나 맛있는 음식을 매일 먹는다고 하더라도 죽을 때는 다를 바가 없겠지요. 일신의 호사를 누리고 진수성찬의 대가로 초나라 전체의 근심과 고통을 떠맡으시렵니까? 다 부질없는 일입니다. 명을 재촉하는 일에 불과합니다. 가난을 즐기는 것이 선비의 도가 아닌가 합니다."

자종은 아내의 충고에 잠시 마음이 흔들렸음을 깨닫고 왕의 사신에게 정중하게 거절의 뜻을 전하였습니다. 자종은 노후에도 생업인 신을 삼으며 근심 없는 일생을 마칠 수 있었습니다.

6월 19일

여왕과 아내의 차이

영국의 빅토리아 여왕이 어느 날 남편인 앨버트 경과 말다툼했습니다. 가장으로서의 앨버트 경은 매우 화가 났으나 상대가 아내를 떠나 한 나라의 여왕이므로 감정을 억누르고 자신의 거실로 들어갔습니다. 한편 여왕도 자신의 처사가 심했던지 미안한 마음이 들었습니다. 조용히 남편의 거실문을 노크했습니다.

"누구요?"

"여왕입니다."

빅토리아 여왕은 위엄을 갖추고 대답했습니다. 하지만 문은 열리지 않았습니다. 얼마 동안을 기다렸지만 아무런 기척도 없었습니다.

"어서 문 열어욧!"

참지 못한 여왕은 흥분하여 명령하듯 소리쳤습니다.

"누구요!"

또 누구인가를 물었습니다.

"영국 여왕 빅토리아예요."

여왕은 다소 감정을 누그러뜨리고 말했습니다. 문은 굳게 닫혀 있을 뿐이었습니다. 한참을 서성이다가 여자다운 음성으로 말했습니다.

"제발 문 열어요. 저는 당신의 아내입니다."

그러자 문이 열렸습니다.

6월 20일

먼 친척, 가까운 이웃

멕시코 전설에 농부 이시드로의 이야기가 있습니다. 이시드로가 열심히 밭을 갈고 있는데, 천사가 나타나서 말했습니다.

"하느님께서 당신을 보자고 하시는데, 나하고 같이 갑시다".

농부는 하는 일이 바쁘다며 거절했습니다.

얼마 후 천사가 또 와서 말했습니다.

"하느님께서 매우 노하셨습니다. 지금 당장 당신이 오지 않으면 큰 바람을 보내고 가뭄을 주어서 농사를 망칠 거라고 하십니다."

하지만 농부 이시드로는 태풍을 이겨냈고, 가물 때는 강에서 물을 끌어왔기 때문에 겁나지 않았습니다. 그래서 또 거절했습니다.

천사가 또 나타나서 말했습니다.

"만일 이번에도 오지 않으면 당신에게 나쁜 이웃을 보내겠다고 하셨소."

그러자 이시드로는 일손을 멈추고 조용히 말했습니다.

"같이 가겠습니다. 그것만은 참을 수가 없으니까요."

우리는 흔히 먼 친척보다 가까운 이웃이 더 낫다고 합니다. 이웃사촌이라는 말은 사촌처럼 가깝다는 뜻입니다. 이시드로는 이웃이 소중했던 것입니다.

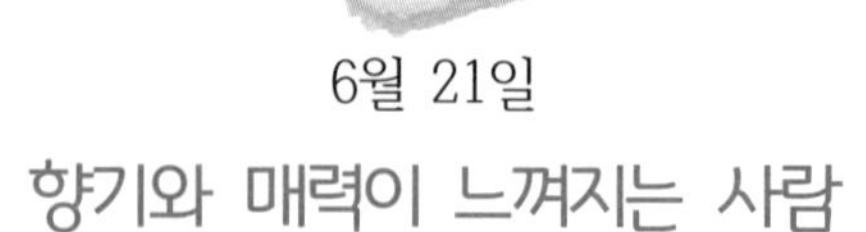

6월 21일

향기와 매력이 느껴지는 사람

'사람의 참된 아름다움은 생명력에, 그 마음 씀씀이에, 그 생각의 깊이와 실천력에 있다. 맑고 고요한 마음을 가진 사람의 눈은 맑고 아름답다. 깊은 생각과 연구를 게을리하지 않는 사람에게서는 밝고 지혜로운 빛이 느껴진다. 녹슬지 않은 반짝임이 늘 그를 새롭게 하기에 그러하다.

남에게 도움의 손길을 건네고 옳은 일을 묵묵히 해내는 사람에게서는 큰 힘이 전해져 온다. 강한 실천력과 남을 헤아려 보살피는 따뜻함이 있기 때문이다. 누구를 닮은 얼굴보다 좀 못생겨도 어쩐지 맑고 지혜롭고 따뜻함이 느껴지는 사람, 만날수록 그만의 향기와 매력이 느껴지는 사람이야말로 내면이 아름다운 사람이다.'

'거울 속 자신의 마음을 들여다보고 내면을 가꾸세요. 내 마음의 샘물은 얼마나 맑고 고요한지, 내 지혜의 달은 얼마나 둥그렇게 솟아 내 삶을 비추는지, 내 손길과 발길 닿는 데에는 어떤 은혜로움이 피어나는지, 내 음성이 메아리치고 내 마음이 향하는 곳에 얼마나 많은 이들이 고마워하고 있는지….'

—『톨스토이의 인생론』에서

6월 22일

우정의 향기

가난한 집안에서 태어난 밀레는 그림 공부를 하기 위해 파리로 가고 싶었지만, 가족을 남겨둔 채 떠날 수가 없었습니다.

그런 어느 날 밀레의 그림 솜씨를 아끼는 친구가 가족은 자기가 돌보아줄 터이니 유학 가라고 권했습니다.

친구의 도움을 받아 파리로 나왔지만, 가난한 밀레는 돈벌이를 위해서 하는 수 없이 누드를 그려 생활을 꾸려 나갔습니다. 그러자 밀레의 그림을 본 사람들의 비웃는 듯한 소리를 듣고 마음속으로 농촌과 농민의 그림을 그리자는 결심을 하였습니다.

하지만 생활은 더 어려워지고 추운 날에 땔감이나 식량조차 제대로 마련할 수 없는 형편에 놓여 궁핍한 나날을 보내지 않으면 안 되었습니다.

어느 날 친구 장 자크 루소가 찾아왔습니다.

"이봐 좋은 소식이 있어. 자네 그림을 사겠다는 사람이 나타났단 말일세. 여기 돈도 있잖아."

하며 3백 프랑이라는 큰돈을 내놓았습니다.

"그림 선택을 나에게 맡겼으니까, 저 '나무 심는 농부'를 주게."

오래간만에 밀레의 가족은 궁핍에서 벗어날 수 있었습니다. 몇 년 후 루소의 집을 방문한 밀레는 깜짝 놀랐습니다. 루소의 집에 그 '나무 심는 농부'가 걸려 있었던 것입니다.

6월 23일
우정의 선물

옛날 페르시아에 변장하고 백성들과 만나는 것을 좋아하는 샤 아바스 황제가 있었습니다.

어느 날 거지로 변장하고, 석탄 가루와 재가 뒤섞인 어두운 지하 방에서 초라하게 사는 늙은 화부를 만나러 갔습니다. 왕은 화부와 여러 가지 이야기를 주고받으며 식사 때가 되자 화부가 먹는 마른 빵과 지하수나 다름없는 물을 나누어 마셨습니다.

그러자 황제는 불쌍한 늙은 화부에게 동정심이 생겨났습니다.

"이보게, 내가 누구인 줄 아는가? 자네는 나를 거지인 줄 알겠지만, 나는 이 나라의 황제 샤 아바스일세."

거지는 전혀 동요하는 기색 없이 묵묵히 듣고만 있을 뿐이었습니다.

"내 말의 뜻을 모르겠나? 나는 자네를 부자로 만들어 줄 수도 있고 벼슬을 줄 수도 있다네. 원하는 것이 있으면 말해 보게."

늙은 화부가 잠시 침묵하더니 말했습니다.

"황제 폐하, 폐하의 말씀은 고맙습니다만, 저에게는 더 간절한 것이 있습니다. 이 누추한 곳까지 오셔서 제가 먹는 음식을 나누어 잡수셨고, 기쁜 일 슬픈 마음을 함께 생각해 주셨습니다. 어떤 값진 선물을 주시진 않았지만, 폐하 자신을 저에게 주셨습니다. 오직 바라는 것이 있다면, 우정이란 선물을 거두지 마시길 바랄 뿐이옵니다."

6월 24일

화려함과 아름다움

정원에는 덩굴장미와 백일홍이 서로의 아름다움을 뽐내듯 다투어 피었습니다.

백일홍은 덩굴장미를 부러워했습니다.

"장미님, 당신의 모습은 참 곱고 아름답습니다. 그 화려한 모습을 보려고 많은 사람이 늘 장미님 주위에 몰려들고 있으니 무척 행복하시죠!"

그러나 덩굴장미는 고개를 저었습니다.

"백일홍님, 그건 오해입니다. 내 겉모습의 화려함은 극히 짧은 시간 동안만 간직할 수 있어요. 나는 오히려 백 일 동안이나 아름다움을 자랑하는 당신이 부럽습니다."

이 말에 백일홍은 자신을 더욱 열심히 가꾸기 시작했습니다.

捲土重來권토중래

흙먼지 날리며 다시 온다.

6월 25일
장미의 가시

영국의 시인 밀턴이 눈이 멀어서 구술하여 받아 쓰게 한 그 유명한 작품에 실낙원과 복낙원이 있습니다.

그는 초혼에 실패하고 마흔 살이 넘어서 재혼했다고 합니다.

어느 날 친구가 밀턴의 부인을 보고,

"대단한 미인이군요. 마치 장미 같습니다."

하고 말하자, 밀턴이 대답했습니다.

"나는 색깔을 볼 수는 없지만, 아마 장미는 장미인 모양입니다. 콕콕 찌르는 가시가 있으니까요."

아름다운 장미에 가시가 있다는 사실을 두고 밀턴의 아내처럼 미인이지만 성격이 표독한 경우에 비유로써 회자 되기도 합니다.

그런데 좋은 일에 나쁜 일이 끼인다는 호사다마好事多魔의 예로 쓰기도 합니다.

감언이설 뒤에 음험한 모략이 숨어 있다든지, 겉은 화려하고 좋아 보이지만 실상은 어떤 위기가 도사리고 있는 경우를 가리키기도 합니다. 장미를 보면 가시의 존재를 생각할 줄 아는 것도 화를 미리 방지하는 인생의 지혜입니다.

6월 26일
우유 한 잔의 보답

의과대학생 하워드 켈리는 학비에 보태려고 여름방학에 서적 세일즈맨으로 일하였습니다. 어느 시골 마을에 도착했을 때 몹시 목이 말랐습니다.

어떤 농가 안으로 들어서자, 한 소녀가 나타났습니다.

"물 한 잔만 주실 수 있나요?"

"괜찮으시다면, 우유를 드릴게요."

그래서 켈리는 시원하고 맛있는 우유로 갈증과 허기를 채울 수 있었습니다. 그 후 캘리는 학교를 졸업하고 의학박사가 되어 존스 홉킨스대학에 근무하게 되었습니다.

어느 날 시골에서 온 위독한 환자가 응급실에 실려 왔습니다. 켈리 박사는 그 여인에게 특별한 관심을 쏟아 특실에 전담 간호사까지 배치했습니다. 수술도 무사히 끝나고 환자는 급속히 회복되었습니다.

그런 어느 날 간호사가 환자에게 말했습니다.

"내일이면 퇴원할 수 있겠어요."

하지만 환자는 병이 나은 것은 좋지만 병원비가 걱정이었습니다. 간호사가 가져다준 청구서를 읽어가다가 환자는 깜짝 놀랐습니다. 청구서 맨 끝에 이렇게 사인이 되어 있었기 때문입니다.

'우유 한 잔으로 모든 비용은 지불했음 — 닥터 하워드 켈리'

6월 27일

은혜

앵무새 한 마리가 살던 곳을 떠나 다른 산에 머무른 적이 있었습니다. 그곳에 사는 온갖 새와 짐승들은 앵무새를 몹시 사랑하였습니다.

어느 날 앵무새는 자기가 살던 곳으로 다시 돌아왔습니다. 그런데 얼마 후 자신을 사랑해 준 새와 짐승이 사는 산에 큰불이 났습니다. 앵무새는 그 소식을 듣자 곧장 날아가 자신의 날개에 물을 흠뻑 적셔 불을 끄려고 사력을 다했습니다.

이를 지켜본 산신이 말했습니다.

"앵무새야, 네 작은 날개에 묻힌 그 물로 어찌 저 큰불을 끌 수 있겠느냐?"

"저도 잘 알고 있습니다. 그러나 예전에 제가 이 산에 있을 때 모든 새와 짐승들이 저를 형제처럼 매우 사랑했습니다. 그때 입은 은혜를 어떻게 모른 척할 수 있겠습니까?"

산신도 마침내 앵무새의 생각에 감동하여 곧 비를 내렸습니다.

6월 28일

희망의 빛

제2차 세계대전이 막바지에 이르렀을 때 수천 명의 필리핀 병사들이 일본군에게 생포되어 수용되어 있었습니다.

수용소에는 먹을 것이 부족했고 목욕할 물은 고사하고 쉴만한 장소도 변변치 않았습니다. 들려오는 포성은 포로들의 생명을 위협했고 전염병이 퍼져 수용자들은 연이어 죽어 나갔습니다.

그러던 어느 날 비둘기 한 마리가 철조망 너머로 날아왔습니다. 그 비둘기는 한쪽 날개에 큰 상처를 입고 피를 흘리고 있었습니다. 그들은 즉시 군의관에게 비둘기를 치료해달라고 부탁했습니다. 그때부터 포로들은 비둘기에게 물과 먹이를 주고 정성과 사랑을 주었습니다. 결국 비둘기는 상처를 회복하였고 포로들은 매우 기뻐했습니다.

이 과정에서 하나의 큰 기적이 일어났습니다.

한 달에 백 명이나 죽어 나가던 수용소에서 상처 입은 비둘기를 사랑하고부터는 사망률이 60%나 줄었다는 것입니다.

6월 29일
침착함의 지혜

어느 나라의 공주님이 악당에게 잡혀 높은 탑 꼭대기 작은 방에 갇혔습니다. 단 하나뿐인 계단은 이미 악당이 없애버려서 날개라도 달지 않는 이상 그 탑에서 탈출할 수는 없었습니다.

공주님의 충성스러운 호위병은 어쩔 줄 모르고 탑 아래서 지키고 있었습니다. 공주님은 호위병을 향해 외쳤습니다.

"내일 이 시각에 탑 아래로 다시 와 주세요."

그런 다음 공주님은 온종일 자기가 입고 있는 비단옷을 풀어서 가느다란 실을 만들었습니다. 다음날 공주님은 그 비단실을 탑 아래로 내려뜨리고 호위병에게 분부했습니다.

"이 실보다 굵은 실을 구해 이 끝에 이어주세요."

호위병은 공주님이 시키는 대로 굵은 실을 가져와 비단실 끝에 이었습니다.

공주님은 그 실을 끌어 올리며 호위병에게 말했습니다.

"다음에는 이보다 좀 더 굵은 실을 갖다주세요."

공주님은 비단실과 조금 굵은 실을 땋아서 그 끝에 더 굵은 실을 묶게 했습니다. 이렇게 공주님은 매일매일 더 굵은 실을 가져오게 하여 마침내 튼튼한 밧줄을 높은 탑 꼭대기까지 끌어올리는 데 성공하였습니다. 이윽고 공주님은 그 굵은 밧줄을 타고 무사히 탑에서 탈출하였습니다.

6월 30일

인생의 낭비

물라 나스루딘은 작은 나룻배를 가지고 있는 사공입니다. 그는 강을 건너는 사람들을 이쪽 둑에서 건너편 둑으로 옮겨다 주는 것이 일과였고 생계 수단이었습니다.

어느 날 오후 훌륭한 학자이며 문법 박사가 그의 나룻배를 타고 강 건너로 가는 중이었습니다.

박사가 나스루딘에게 물었습니다.

"당신은 코란을 아십니까? 그 경전을 배운 적이 있습니까?"

"모릅니다. 한 번도 그런 것을 배워보지 못했습니다."

그러자 학자가 말했습니다.

"그렇다면 당신은 반평생을 허비하였습니다."

그때 돌연 폭풍이 일어났습니다. 그리고 작은 배는 거센 바람에 밀려서 강 아래로 떠내려갔습니다. 어느 순간에 가라앉을지 모를 위기에 놓였습니다. 나스루딘이 물었습니다.

"박사 선생. 헤엄칠 줄 아시오."

그 학자는 너무 두려운 나머지 땀까지 뻘뻘 흘리며 더듬거리듯 말했습니다.

"아니요, 전혀 모릅니다."

그러자 나스루딘이 말했습니다.

"그렇다면 당신은 전 생애를 허비한 것이오. 자, 그럼 나는 가겠소!"

7월

잃은 것과 얻은 것

잃은 것과 얻은 것

| 롱 펠로우 |

잃은 것과 얻은 것
놓친 것과 이룬 것

저울질해 보니
자랑할 게 별로 없다.

많은 날을 헛되이 보내고

화살처럼 날려 보낸 좋은 뜻
못 미치거나 빗나갔음을 안다.

하지만 누가
이처럼 손익을 따지겠는가.

실패가 알고 보면 승리일지 모르고
달도 기울면 다시 차오르지 않는가.

7월 1일

정열은 인생의 불꽃

'정열 없이 세계사의 대업이 이루어진 일은 없다.'

독일의 철학자 헤겔의 말입니다. 역사의 대업이 정열 없이 성취된 예가 없다는 뜻을 강조한 말입니다.

모든 위대한 사업은 뜨거운 정열의 소산이며, 개인이나 단체의 큰 일은 모두 위대한 정열의 소산입니다.

의심이 많은 허무주의자가 큰일을 이룬 예가 없으며, 허무주의자는 아무 일도 하지 못합니다. 그렇듯 위대한 일은 모두 이상주의자의 손에 의해서 성취되었으며 확고한 신념과 뜨거운 정열을 가진 자만이 인생의 큰일을 할 수 있습니다.

한 권의 책을 쓰는데도 정열이 필요하고, 하나의 조각품을 만드는데도 조각하는 사람의 정열이 요구됩니다. 하나의 사업을 일으키는데도 큰 정열이 있어야 합니다.

정열은 인생의 불꽃입니다. 그것은 인생의 에너지이며 추진력이고 박력입니다. 물론 정열만으로 일이 성취되는 것은 아닙니다. 냉철한 판단력이 필요하고 계획과 준비가 뒤따라야 하고 협동과 조직이 있어야 하고 또 건강과 필요한 돈이 있어야 합니다.

이런 요소가 모두 협력하여 사업을 성취합니다. 그러한 요소 중에서 가장 중요한 것은 정열의 힘입니다. 이 힘없이는 일을 힘차게 추진시켜 나아갈 수 없습니다.

이성理性은 추진하고 정열은 이끌어갑니다. 이성은 생각하고 정열은 실천합니다. 이성이 인생의 빛이라면 정열은 인생의 불꽃입니다.

곡식을 익게 하는 것은 태양의 열입니다. 사업을 성취하는 근본 동력은 정열입니다. 일을 하려는 자는 먼저 정열을 가져야 합니다. 큰일 하려는 사람은 큰 정열을 가져야 합니다.

일은 정열의 꽃입니다.

磨杵作針마저작침
쇠 공이를 갈아 바늘로 만든다.

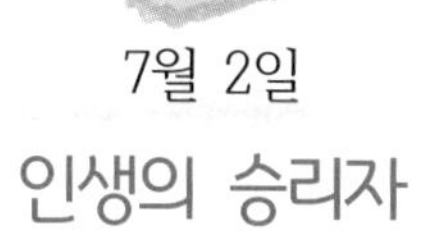

7월 2일

인생의 승리자

어떤 사람이 진정으로 용감한 사람인가. 이 세상 앞에 두려움 없이 자기 혼자 서는 사람이 인생의 진정한 용사입니다.

많은 사람이 남의 힘에 의지해서 서려고 하고 남의 힘을 믿고 큰소리칩니다. 권력에 빌붙어 뽐내는 사람, 오합지졸을 작당하여 다수의 힘을 믿고 떠드는 사람, 어떤 조직이나 집단을 배경으로 세력을 과시하는 사람, 누구의 권위나 힘을 믿고 실속은 없으면서 허세만 떠벌리는 사람 등 이 세상에는 여러 층의 사람이 있습니다. 남의 힘에 의지하여 큰소리치는 사람은 힘이 있는 자도, 용기 있는 사람도 아닙니다. 진정한 용기는 남의 간섭이나 보호를 받지 않고 자기 자신을 믿고 자기의 힘으로 세상에 홀로 서는 것입니다. 그러한 용기가 있는 자만이 인생의 진정한 용사입니다.

우리는 자기 자신을 믿어야 합니다. 또 나의 돈과 권력도 인생의 최후의 거점은 아닙니다. 인생의 최후의 거점은 나 자신이며, 나의 정신이며, 나의 인격입니다. 남은 믿을 것이 못 되고, 서로 돕고 협동할 뿐입니다. 자기의 힘을 길러야 합니다. 나의 힘만 믿을 수 있고 최고의 원천입니다. 우리는 자력을 인생관으로 살아가야 합니다. 내 발로 서고 내 힘으로 살아가려는 자립의 공부를 해야 합니다. 혼자 섰을 때, 나는 얼마나 강한 사람인가 스스로 묻고 답하며 세상 앞에 서는 강한 용사가 바로 인생의 성공한 사람이고 승리자입니다.

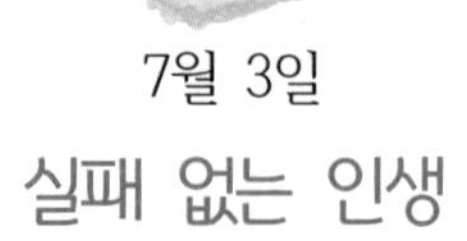

7월 3일
실패 없는 인생

'성공해서 만족한 것이 아니라 만족하기에 성공한 것이다.' — 알랭

사람은 누구나 실패합니다. 살면서 실패를 두려워해서는 아무 일도 못 합니다. 실패하더라도 거기에 굴하지 않고 다시 분발하여 일어서는 불퇴의 정신이 중요합니다. 이 불퇴 정신, 불굴의 의지가 우리에게 성공에 이르게 하고 승리의 월계관을 쓰게 합니다.

실패를 부끄럽게 생각해서는 안 됩니다. 실패에 굴복하는 것을 부끄럽게 생각해야 합니다. 큰일을 한 사람이나 사회 성공자들의 과거사를 살펴보면 실패의 기록으로 가득 차 있습니다. 실패의 눈물이 그들의 발자국을 적시고 있습니다. 아무 실패도 하지 않고 성공했거나 큰일을 한 사람은 천에 하나, 만에 하나밖에 안 됩니다. 모두가 실패의 가시밭길을 헤친 끝에 영광에 도달한 것입니다.

한 번도 실패하지 않은 것은 영광이 아닙니다. 실패할 때마다 꺾이지 않고 용감하게 일어선 것이 큰 영광입니다. 백절불굴百折不屈이란 말이 있습니다. 백번 꺾이어도 굴하지 않고 다시 일어선다는 뜻입니다. 고난이 클수록 영광도 큽니다. 성공의 기쁨은 실패에 비례합니다. 쉽게 얻은 승리보다 힘들게 얻은 승리가 더 기쁘고 감격도 큽니다. 다음 말의 뜻을 깊이 음미해 보기 바랍니다.

'우리의 최대의 영광은 한 번도 실패하지 않는 것이 아니라, 넘어질 때마다 일어서는 일이다.'

7월 4일

당신은 성공한다

1. 약한 사람일수록 무모한 짓을 하지 않고 기회를 참을성 있게 기다린다.
2. 성공한 사람은 기회를 잡았을 때 적극적인 힘으로 붙잡는다.
3. 계획을 갖고 문제에 몰두하지 않으면 시간을 낭비하게 된다.
4. 건강하지 않으면 안 된다. 육체뿐만 아니라 정신적으로도 건전하지 않으면 충분한 노력이나 행동이 불가하다.
5. 자기 자신을 확립시키고 신념과 자신을 갖는다.
6. 균형을 잃지 않는 중용의 사고를 지닌다.
7. '오늘 하루'를 힘껏 외치고 마음대로 꿋꿋하게 살아간다.

可與樂成가여낙성
일이 성공하여 함께 즐긴다.

7월 5일
기회의 문밖에 있는 성공

어머니로부터 생명을 받아 힘찬 울음을 토하며 알몸으로 이 세상과 첫 만남, 그 순간부터 위대한 삶의 여정은 시작됩니다.

시간의 강물을 타고 풀잎에 맺힌 아침이슬 방울 같은 생명이 지혜의 빛을 받으며 이성과 함께 성장합니다. 그와 함께 인간의 내면에서는 야망과 욕망의 불길로 아직은 불분명한 꿈을 예감합니다. 그 꿈은 성공과 행복이라는 축제를 연출하는 신기루입니다. 신기루는 화려한 빛깔, 때로는 절망의 어두운 표정으로 안내자 없는 격렬한 도전을 요구합니다. 도전은 피나는 경쟁과 노력이 필요한 생존의 수단입니다. 수단은 결과를 가져오고, 그 결과에 따라 승자와 패자로 갈립니다. 그 차이는 천국과 지옥만큼이나 삶의 영역을 좌우합니다. 그러므로 성공이라는 화려한 길을 미친 듯이 달리고 싶은 불꽃 같은 욕망을 참을 수 없다면, 지금 당장 미지의 벌판을 향해 뒤도 돌아보지 말고 달려가야 합니다. 이 세상은 아무것도 하지 않고 망설이는 사람에게는 성공의 열매를 딸 기회를 주지 않습니다. 기회란 무엇인가? 바로 당신이 기회입니다. 즉 당신 자신이 자기의 운명을 개척하는 문을 두드려야 합니다. 당신은 기회를 깨닫고 그 기회를 잡을 준비를 해야 하며, 당신 스스로 능력을 계발하고 이미지를 만들어야 합니다. 그럼으로써 자존심은 더욱 높아지고 활기에 넘치는 삶을 살 수 있게 되며, 기회의 문밖에 기다리고 있는 성공을 만나게 됩니다.

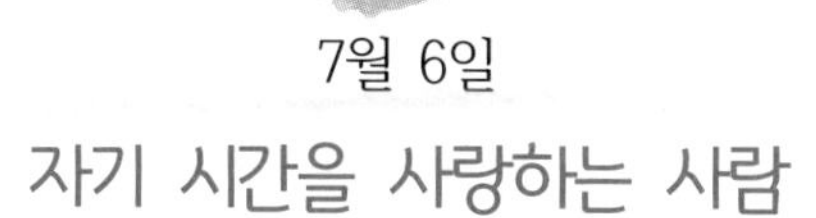

7월 6일

자기 시간을 사랑하는 사람

'잠들어 있는 거인보다 일하는 난쟁이가 낫다.' — 셰익스피어

인생의 가장 중요한 자본은 시간입니다. 시간은 황금이라고 합니다. 황금만큼 소중하다는 뜻입니다. 그러나 시간은 황금 이상입니다. 돈을 주고도 못 사는 것이 시간입니다. 백만금을 주어도 일 초의 시간도 살 수 없습니다. 이렇듯 시간은 인생의 귀중한 자본입니다.

인간의 낭비 중에서 시간의 낭비처럼 아까운 것은 없습니다. 시간의 낭비는 인생 최악의 낭비입니다. 왜냐하면 가버린 시간은 다시 돌이킬 수 없기 때문입니다. 오늘은 결코 다시 오지 않습니다. 이 순간은 두 번 다시 있을 수 없다는 의미입니다. 영원 속의 오늘, 영원 속의 현재를 말합니다.

매일 누구에게나 똑같이 24시간이 주어집니다. 시간의 신처럼 필요한 신은 없습니다. 시간을 선용한 자는 인생의 성공자가 되고, 남용하는 자는 패배자가 됩니다.

세월은 사람을 기다리지 않습니다. 시간의 화살은 쏜살같이 달아납니다. 우리의 인생은 시간 속에서 삶을 영위합니다. 그러므로 우리의 인생은 시간이라고 말할 수 있습니다.

우리가 인생을 사랑한다면, 우리는 시간을 사랑해야 합니다. 시간을 사랑하는 사람만이 시간을 아껴 쓸 수 있습니다.

자기의 인생을 사랑하고 싶다면 자기 자신을 사랑해야 합니다.

7월 7일

성공의 비결

미국의 세계적인 재벌 카네기가 어느 날 기자로부터 다음과 같은 질문을 받았습니다.

“맨주먹으로 재벌이 되려면 어떤 자격이 필요합니까?”

이에 카네기는 서슴없이 대답했습니다.

“그 자격이란 가난한 집에서 태어나는 일이다. 태어날 때부터 호화스러운 부자라면 부호가 될 자격이 없다. 가난에 쪼들려 죽느냐 사느냐 하는 지경에 빠짐으로써 가정의 안락과 평화가 깨어지고 식구들마저 뿔뿔이 흩어지지 않으면 안 될 만큼 가난의 쓰라림을 맛보아야 한다. 그래서 그 원수 같은 가난과 싸워 이길 결심을 해야 한다. 그리하여 그 결심을 관철하지 않으면 죽을 수밖에 없는 절박한 처지에 놓여야 비로소 온 힘을 다해 노력하게 된다.”

이렇게 말하는 카네기는 어렸을 때의 집안을 회상했습니다. 그의 집은 말할 수 없이 가난했습니다. 어린 그는 고생하는 양친을 바라보며 마음속으로 다짐했습니다.

“뼈가 가루가 되는 한이 있더라도 힘껏 일해 우리 집안에서 가난을 영원히 쫓아버리겠다.”

결국 그는 이를 실천해 세계의 대재벌이 되었습니다.

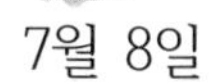

7월 8일

성공하려면 두려움에서 벗어나라

두려움은 한 마디로 악마의 선물입니다. 인간을 고통 속에서 더욱 좌절하게 하고 절망의 고통을 가져다주는 것이 두려움입니다.

성경에도 '두려움'이란 단어가 365회나 나옵니다. 살인이나 도둑질하지 말라는 말보다 더 많습니다. 두려움이야말로 인간이 하루 한순간도 피할 수 없는 생명의 어두운 그림자입니다. 그러므로 두려움의 끝은 패배와 절망입니다.

그러나 삶의 목표가 분명한 사람은 어떠한 역경에 놓이더라도 두려움에 떨고만 있지 않습니다. 그럴 여유가 없기 때문입니다. 다만 어떻게 극복할 것인가에 전심전력할 뿐입니다. 고통과 핍박이 없으면 기쁨을 맛볼 수 없습니다.

두려움은 성공과 신화 창조의 최대 장애물입니다. 그러므로 두려움에서 벗어나려면 우선 그 대상이 무엇인지 정확히 알아야 합니다.

도대체 무엇 때문에 두려워하는가? 그 원인을 알면 대책을 세울 수 있습니다. 세상의 모든 문제에는 해답이 있기 마련입니다.

7월 9일
성공한 사람은 다투지 않는다

자기의 삶에 확고한 신념을 가진 사람은 남과 사소한 일로 다투거나 분쟁을 일삼는 행동을 멀리합니다.

자기의 인생에 자신감을 가지려면 약한 자, 비열하고 교활한 자를 경쟁 상대로 맞서지 말고 진심으로 존경할 수 있는 인격자를 본으로 삼는 것이 중요합니다.

존경의 상대를 선택하였으면 온 힘을 다해 그와 동등한 위치에 오르려고 노력을 해야 합니다.

비록 그와의 경쟁에서 밀리고 지더라도 결과적으로 자신의 성장에 많은 도움을 얻을 수 있습니다. 그러나 약한 자를 경쟁자로 삼는다면 큰 힘을 들이지 않고 이기기야 하겠지만, 성장의 변화를 얻기는 힘듭니다. 대등하거나 한 수 아래의 바둑판에서 무엇을 얻을 수 있겠습니까?

언제나 전력을 다해서 일을 성취하는 사람만이 자신감에 넘치는 삶을 살아갈 수 있고 성공이란 열매를 걷을 수 있습니다.

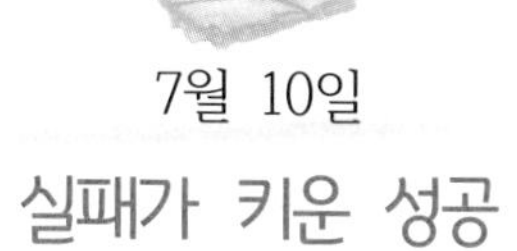

7월 10일

실패가 키운 성공

미국의 한 작은 비누공장 직원이 점심 먹으러 나가면서 작동 중인 기계를 끄는 것을 잊었습니다. 한 시간 후에 돌아와 보니 기계는 고사하고 아무것도 보이지 않았습니다.

'이 문제를 어떻게 해결하나!' 머리를 짜내어 생각한 것이 그 거품을 눌러서 비누 모양으로 만드는 것이었습니다. 물 위에 뜨는 비누, 아이보리 비누의 탄생이었습니다. 거품 사건을 멋지게 해결한 덕에 거품처럼 성장한 것입니다.

그 회사는 지금은 재벌이 된 프록트 앤드 갬블입니다.

유타주에 살던 한 청년이 워싱턴의 여름이 무섭게 덥다는데 착안하여 나무뿌리 즙을 원료로 한 청량음료 루트비어(root beer : 뿌리 맥주)를 독점 판매하게 됩니다. 크게 히트하였습니다.

그런데 이게 웬일입니까?

여름이 지나고 겨울이 되어 살을 에는 바람이 불자, 손님이 딱 끊어진 것이었습니다. 실패였습니다. 이 문제를 어떻게 하나! 그는 문제를 해결했습니다. 점포 이름을 핫(hot shop : 더운 가게)으로 바꾸고 더운 수프와 따끈따끈한 음료를 팔기 시작했습니다. 이것도 크게 히트하였습니다.

그는 50년이 지난 후 서른네 개의 호텔, 사백오십 개의 레스토랑을 가진 대재벌이 되었습니다. 그의 이름은 존 윌라드 메리어트였습니다.

7월 11일

실패는 좋은 스승

유대인들은 기쁘고 영광스러운 날을 기념할 뿐 아니라 패배한 날이나 굴욕스러운 날도 기념하고 있습니다.

그들에게 실패는 너무나도 귀중한 교훈인 까닭에 절대로 잊어서는 안 된다고 생각합니다. 실패만큼 좋은 스승, 좋은 학교가 없다는 것입니다.

성공은 사람을 오만하게 만들지만, 실패는 사람을 긴장시키고 겸손하게 합니다. 젊어서의 조그마한 성공으로 자만하여 후일 끝내 자신과 주위를 망치고 만 사람이 우리 주위에 너무나도 많으므로 실패를 경험 삼아 겸손하게 재기하려는 자세가 더욱 귀중하다고 하겠습니다.

한 번도 실패하지 않은 사람은 없습니다. 따라서 실패를 부끄러워할 필요는 없지만, 같은 실패를 되풀이해서도 안 되겠습니다.

유대인 사업가 중에는 실패한 사업과 그 계약서를 본보기로 사무실에 걸어 두고 실패에서 배우겠다는 열성을 보이는 사람도 있습니다.

그러므로 실패를 좋은 스승으로 삼을 때 성공의 길을 찾아갈 수 있습니다.

7월 12일

부자가 되는 법

돈에 대한 욕심을 버리고 돈이 나를 사랑하도록 하는 명세서

1. 마음의 그릇을 키운다. – 그래야만 많은 것을 담을 수 있다.
2. 어떤 일이든 정성을 다한다. – 그러면 하늘도 감동한다.
3. 한 시간 일찍 일어난다. – 부지런함이 성공의 절반은 만든다.
4. 일을 10% 더 많이 한다. – 100%의 수확이 기다린다.
5. 적은 수입에도 감사한다. – 작은 미끼가 대어를 낚는다.
6. 가난을 탓해서는 안 된다. – 부자가 될 이유만 찾는다.
7. 돈의 마음을 읽어라. – 그러면 세상의 돈이 나를 따른다.
8. 돈에 끌려다녀서는 안 된다. – 돈을 내가 끌고 다녀야 한다.
9. 돈을 만나려면 일을 사랑해야 한다. – 돈은 일을 즐기는 사람을 사랑한다.
10. 돈에도 영혼이 깃들어 있다. – 경건한 마음으로 돈을 대해야 한다.

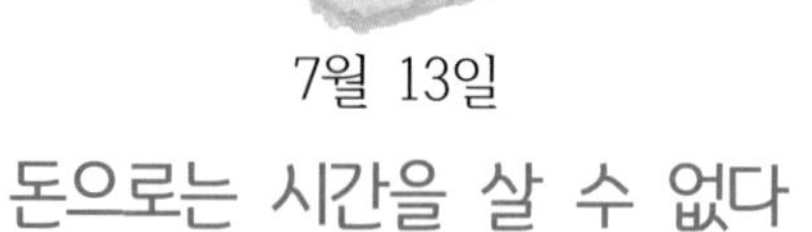

7월 13일
돈으로는 시간을 살 수 없다

인간이 평생 쓸 수 있는 가장 귀중한 것은 돈이 아니라 시간입니다. 그 이유를 탈무드에서는 다음과 같이 말하고 있습니다.

'인간은 돈이나 부富는 마음껏 손에 넣을 수 있으나 일생에 주어진 시간은 한정되어 있다.'

탈무드에는 '한정된 것이 무엇인가?' 하고 묻고 있습니다.

그에 대한 답은 "그것은 인간의 생명이며 시간이다. 돈보다 시간이 훨씬 귀중한 것이다. 그런데도 사람들은 돈을 쓸 때는 매우 조심스러워하면서도 시간을 낭비하는 것은 대수롭지 않게 여긴다. 또한 인간은 남의 돈을 맡아서 쓸 때는 특히 신경을 써서 규모 있게 돈을 쓴다. 그리고 남에게 금전적인 신세를 지는 것에도 매우 신경을 쓴다. 그러면서도 약속 시간에 늦거나 쓸데없는 일로 남의 시간을 빼앗는 것에는 무신경하다."

이것은 사람들이 시간보다도 돈을 더욱 소중히 여기고 있음을 말해주는 단적인 예입니다.

시간과 돈 모두 중요합니다. 그러나 둘 중에서 시간이 더 소중하다는 것을 명심해야 합니다. 시간의 부자, 시간의 가난뱅이, 이런 관념을 가지고 있는 것은 나쁘지 않습니다. 그러므로 금전적으로 가난한 사람이 시간도 가난한 사람이 되어서는 안 됩니다.

7월 14일

돈의 노예

돈에 얽힌 우화를 소개해 드리겠습니다.

농부 존 와일드는 밭을 갈다가 우연히 유리구두 한 켤레를 파냈습니다. 이 유리 구두는 땅속에 사는 요정의 신발이었습니다.

요정이 와서 신발을 돌려달라고 하자, 농부는 유리구두를 돌려주는 대신 밭을 한 고랑 갈 때마다 돈이 나오게 해 달라고 요구했습니다.

요정은 "그까짓 것쯤이야 어렵지 않죠" 하고 승낙하여, 유리구두를 되돌려 받았습니다.

드디어 농부가 밭을 갈기 시작했습니다.

과연 한 고랑씩 갈 때마다 번쩍번쩍하는 금화가 한 개씩 나오는 것이었습니다. 돈은 급속도로 불어났습니다.

밭 근처에는 아무도 못 오게 하고 새벽부터 저녁까지 열심히 밭을 갈았습니다. 밤이면 돈을 세어보는 재미로 가족도 친구도 가까이하지 않았습니다. 돈은 자꾸 불어나는데 몸은 나날이 피곤해지고 쇠약해져 갔습니다. 그래도 쉬지 않고 돈을 파냈습니다.

그러던 어느 날 그만 쓰러지고 말았습니다. 엄청난 돈을 모았지만, 무엇 때문에 모았는지 모를 만큼 허무하게 세상을 떠났습니다. 물론 가족들은 그 돈으로 행복하게 살았습니다.

7월 15일
모험적 목표

노만 빈센트 필 박사는 그의 저서 『적극적인 정신자세』에서 랜 루소드란 인물과의 만남을 소개하고 있는데, 이 랜 루소드의 일화는 우리가 목표를 세우는 데 큰 도움을 줄 것입니다.

'랜 루소드는 청년 시절, 인생의 목표를 모험적인 생으로 설정하여, 고교 시절에는 격렬한 운동선수로, 대학에서는 철학도로 모험적 논쟁의 명수가 되고, 또 공군에 입대해서는 하늘을 나는 스릴을 만끽하면서 지냈고, 전쟁터에서는 마치 죽기 위해 싸우는 듯했다.

그러나 전쟁이 끝나자 그는 절망적인 허탈감에 빠지고 만다. 자신이 너무 맹목적인 인생을 살아왔다는 허탈감에 빠진 것이다.

이때 랜은 필 박사를 만났고, 필 박사의 인품에 끌려 주급 25달러, 당시에는 생활비로도 부족한 급료를 받고, 필 박사가 발행하는 『가이드 포스트』지 발행을 거들었다. 세월이 흘러 『가이드 포스트』지는 백만 부 가까운 발행 부수를 기록하는 세계적으로 유명한 종교 잡지가 되었고, 랜 루소드란 이름 역시 편집장으로서 명성을 얻었다.'

쉽게 타오르는 불길은 쉬 사그라집니다. 욕망은 한낱 불꽃과 같이 찰나적인 것에서 만족감을 가져다주지 않습니다. 진지하게 한 계단씩 역량에 알맞게 살아감으로써 무한한 가능성이 펼쳐집니다. 모험심이란 청춘의 환상을 자극하는 순간적 쾌락 이상을 가져다주지 못한다는 것을 알아야 합니다.

7월 16일
성장형 인간의 일곱 가지 조건

인간의 삶은 양지와 음지, 두 측면으로 볼 수 있습니다. 어떤 사람은 양지쪽을 보고, 어떤 사람은 음지쪽을 보고 있어서 인생의 종착역이 크게 달라지는 예를 볼 수 있습니다.

성장형 인간의 양지쪽 측면은 다음과 같은 것입니다.

① 꿈, 이상, 목표 – 달성하려고 하는 종착역이 없으면 노력의 의미가 없고, 열의가 나지 않는다.

② 건강 – 건강은 활동의 원동력이자 행동의 원천이다.

③ 일에 대한 열의, 사랑 – 일에 대한 열의와 사랑이 없으면 성과가 오르지 않을 뿐 아니라 보람을 느낄 수 없다.

④ 학구열 – 배워서 발전하겠다는 자세를 갖지 않으면 제자리걸음으로 끝날 가능성이 크다.

⑤ 인맥 – 많은 사람, 그것도 이질적인 사람을 많이 만나고 경청하는 태도를 길러라.

⑥ 적극성 – 불가능을 생각지 말고, 어떻게 하면 가능하게 되는지를 찾아낸다.

⑦ 자립심 – 자기의 실력으로 돌파해야 한다. 결과가 좋지 않을 때는 자기의 노력이나 실력이 부족하다고 생각한다.

7월 17일

리더의 등급

제갈공명은 장수의 그릇을 여섯 가지로 분류하였습니다.

1. 배반할 사람을 가려내고, 위기를 예견할 줄 알고, 부하를 잘 통솔하면 '열 명의 리더十人之將'가 될 수 있고,
2. 아침부터 밤까지 일하고, 언변이 신중하고 능하면 '백 명의 리더白人之將'가 될 수 있고,
3. 부정을 싫어하고, 사려가 깊으며, 용감하고 전투 의욕이 왕성하면 '천 명의 리더天人之將'가 될 수 있고,
4. 겉으로 위엄이 넘치고, 안으로는 불타는 투지가 있으며 부하의 노고를 동정하는 마음씨가 있다면 '만 명의 리더萬人之將'가 될 수 있고,
5. 유능한 인재를 등용함은 물론 자신이 매일매일 수양에 쓰며 신의가 두텁고, 관용할 줄 알며, 항상 동요함이 없으면 '십만 명의 리더十萬之將'가 될 수 있고,
6. 부하를 사랑하고, 경쟁자에게도 존경받고 지식이 풍부하여 모든 부하가 따른다면 '천하 만민의 리더天下萬民之將'가 될 수 있다고 했습니다.

7월 18일

윗사람을 리드하는 방법

직장에 변화의 바람이 불면서 부하와 상사의 관계가 바뀌고 있습니다. 직장 상사를 뛰어넘는 지혜가 요구되는 게 현실입니다.

첫째, 자기 분야의 전문가가 되어야 합니다.

자신의 부가가치를 높여야 윗사람의 신임을 받을 수 있습니다. 이를 위해서는 자신에 대한 투자를 게을리해서는 안 됩니다.

둘째, 한 단계 위에서 생각합니다.

직급에 맞게 생각하고 지시받은 사항만을 처리하고 보고한다는 생각은 버려야 합니다. 자신의 직급이 대리라면 과장의 눈높이와 사고방식을 가지고 접근해야 합니다.

셋째, 업무 이외의 분야에 관해서도 관심을 가져야 합니다.

다양한 분야에 호기심을 가지면 자기의 경력을 넓히는 데 도움이 되어 업무와 연결할 수 있습니다.

넷째, 최신 정보를 습득합니다.

가장 빠르고 정확한 정보를 접하는 사람이 부서 내에서 영향력을 발휘하므로 업무에 관한 정보를 항상 수집하고 컴퓨터 폴더로 정리해 둡니다.

다섯째, 각 부서의 상사에게서 배울 점을 놓치지 않고 다른 분야의 상사가 가진 장점까지 파악해 두면 업무 수행에 큰 도움이 됩니다.

7월 19일

직업의식

진정한 직업인이 되려면 우선, 스스로가 타인에게 바람직한 사람이 되도록 노력해야 합니다. 회사 측에서는 그 회사를 믿고, 제품이나 서비스를 믿고 함께 일하는 동료들이 서로 신뢰하는 인물이 되기를 바랍니다. 근무시간만 적당히 채우면 된다고 하는 책임감 없는 인물이 아니라, 몇 시간이 걸려도 맡은 업무를 마무리하는 적극적인 직원을 요구합니다.

또한 회사는 지시나 조언이 없으면 아무것도 할 수 없는 피동적인 인물이 아니라 독립된 활동을 할 수 있는 인물을 원합니다. 이러한 인물은 늘 자신감에 차 있고 매사에 헌신적입니다. 그중에서 가장 바람직한 것은 업무 수행에 확고부동한 사고방식을 지닌 인물입니다.

요즘은 근무시간만큼만 일하고 급료 받기를 원하는 사람이 많습니다. 이런 직원은 회사의 부채이며 사내에서의 불평불만, 동료 간의 마찰이나 문제를 일삼는 암과 같은 존재입니다.

기업은 생물과 같은 공동체로 이익과 성장이 뒤따르지 않으면 존립할 수 없다는 직업의식을 갖고 충실하게 공동목표를 이룩해야 합니다. 투철한 직업의식이 성장의 꽃을 피웁니다.

7월 20일
일의 주인

'일의 노예가 되지 말고, 일의 주인이 되어라.'라는 말이 있습니다. 누가 시킨다고 하여, '시키니 어쩔 수 없이 한다.'라는 노예적 사고방식을 버리고 '이 일은 내가 할 일'이라는 마음가짐으로 열심히 일하는 마음의 자세가 주인 의식입니다.

돈(월급)을 받기 위해서 하는 일과 자신이 해야만 한다는 사명감으로 하는 일은 책임감의 폭과 깊이가 크게 다릅니다.

돈을 받기 때문에 일한다는 마음가짐을 샐러리맨 근성이라고 부릅니다. 그러나 '내가 아니면 누가 하랴.'라는 의식은 가정주부와 가정부의 경우를 보면 쉽게 알 수 있습니다.

주부가 하는 일은 힘들지만, 거기에는 삶의 보람이 있습니다. 그러나 가정부가 하는 일은 주부가 하는 일과 종류는 같지만, 일하는 마음가짐과 의욕에는 큰 차이가 있습니다.

국가 공무원으로 말단직원에서 시작하여 장관까지 된 사람이 있습니다. 영국의 수상 메이저는 밑바닥에서 출발하여 장관까지 된 인간 승리의 좋은 표본입니다.

성공의 정도에는 차이가 있지만, 성공한 사람은 누구를 막론하고 주인 의식이 있었기에 성공한 것입니다. 주인 의식은 성공을 위하여 내딛는 첫 출발점이 됩니다.

7월 21일

능력 관리

누구에게나 나름의 능력은 있게 마련입니다. 문제는 어떤 종류의 능력인가, 어느 정도의 능력인가에 따라서 평가가 달라진다고 하겠습니다.

새는 나는 재주가 있고, 물고기는 헤엄치는 재주가 있고, 굼벵이는 기는 재주가 있습니다. 그러나 '독수리는 파리를 잡지 못한다.'라는 속담도 있듯이 능력의 수준은 다르게 마련입니다.

그러나 가장 중요한 것은 하찮은 능력도 갈고닦지 않으면 퇴화하고 만다는 점입니다.

날지 못하는 새가 가장 대표적인 예입니다. 날개가 퇴화해 버려서 땅에서만 살게 된 새, 그런 새처럼 되어 버린 사람을 우리는 봅니다.

한때는 능력이 출중했던 사람이, 무능한 사람으로 전락해 버리는 이유는 대개가 능력 관리를 하지 않았기 때문입니다. 물론 기회를 만나지 못해서 재능이 썩고 있는 사람도 있습니다. 그러나 능력 관리를 하지 않게 되면 재능도 퇴화하고 맙니다.

능력이란 귀중한 재산입니다. 재산 관리와 마찬가지로 능력 관리를 잘못하면 자기의 삶은 파산하고 맙니다.

7월 22일

자기 효력감

성공을 거듭한 사람은 더욱 성공하고, 실패를 거듭한 사람은 계속 실패하는 경우가 많은 것 같습니다.

성공을 거듭한 사람은 '성공 체험'의 즐거움이 의욕을 북돋운 탓인데, 이를 심리학자 밴듀러는 '자기 효력감'이라고 불렀습니다.

한편 실패를 거듭하는 사람은 '학습성 우울증'이 생겨서 쉽게 자포자기하는 상실감에 빠진다는 것입니다.

자기 효력감에는 네 가지 요인이 있습니다.

1. 자기 체험 : 직접 체험한 것이 생생한 자신감을 가져다준다.
2. 대리 체험 : 인생에는 많은 스승이나 선배가 있다. 다른 사람의 성공 체험을 연구하거나 모방하여 자기의 것으로 만들어 삶의 디딤돌로 삼는다.
3. 대인적 영향 : 주위 사람의 칭찬이나 윗사람이 인정해 줄 때 자신감이 붙고 자기 효력감이 생겨서 의욕과 적극성이 생긴다.
4. 생리적 변화 : 승리나 성공의 체험은 엔도르핀의 증가뿐만 아니라, 생리적 변화도 가져온다.

실패의 요인인 '학습성 우울증'에서 탈피하여, 성공 체험을 경험하는 자신감을 가지도록 노력해야 합니다. 이것이 성공으로 이끄는 힘입니다.

7월 23일

표정 관리

우리는 타고난 용모 덕분에 득을 보는 일이 있는가 하면, 본의 아니게 손해를 당하는 일도 있습니다.

미국 레이건 대통령이 연설문에서 말한 것처럼 자기 얼굴에 책임을 질 줄 아는 사람이라면 용모는 물론 분위기나 인품에까지 자신감을 나타냅니다. 아무리 미남미녀라도 항상 찡그린 인색한 얼굴이라면 어두운 표정에 마음도 가난하고 비관적인 풍모를 나타내게 됩니다.

학자들의 연구에 의하면 표정을 바꾸면 실제로 감정까지도 바뀐다고 합니다. 기쁨이나 슬픔, 분노 등 희로애락의 감정이 일어날 때 표정의 변화를 엿볼 수 있는데, 반대로 표정을 바꾸면 감정의 흐름이 변한다는 것입니다.

웃음을 치료요법으로 활용하여 병을 고친 실제 예가 언론매체에 소개되기도 하였습니다. 웃음은 마음뿐만 아니라 신체적 변화에 많은 영향을 미칩니다. 낙관적인 기분과 활발한 신진대사를 유발하는 웃음이 자연 치유력을 강화합니다.

명상 철학자 파스칼이 말합니다.

'마음을 평화롭게 하여라. 그러면 당신의 표정도 평화롭고 따뜻해질 것이다.'

7월 24일

도전과 도피

우리는 매일매일을 어떤 마음가짐으로 일하고 있을까요?

① 마지못해 일하고, 퇴근 시간을 애타게 기다리고, 요령을 피우고, 가능하다면 게으름을 피우고 싶다.

② 시작할 때는 서두르지만, 적극성이 없고, 자리만 채우고, 그저 멍청히 매일매일을 보내고 있다.

③ 항상 진보적인 생각으로 "내가 아니면, 누가 하랴!" 하고 남이 싫어하는 일에도 솔선하여 열심히 달라붙는다.

최근 어느 직장에서나 사람의 중요성과 마음가짐의 중요성을 강조하고 있습니다. 일하는 마음은 사람마다 각양각색이어서 여러 가지 갈등이 생기는 것도 사실입니다.

열심히 일하는 사람은 어느 곳에서나 환영받게 마련입니다. 그러나 최근 젊은이 중에는 "내게는 이 일이 맞지 않는다."라고 간단하게 불평하는 사람이 늘고 있습니다. 이상과 현실의 틈에서 비명을 지르며 허무한 도피를 하는 사람도 많습니다.

그러나 일이 자신과 맞는다 안 맞는다고 가릴 것이 아니라, 싫어도 공부를 했던 것처럼 도전하고 극복하고 실력을 쌓아가는 자세가 무엇보다 중요합니다.

7월 25일

창업 실패담

창업 성공담은 많습니다. 그러나 실패담은 알려지지 않습니다. 반드시 실패하는 10가지 사례를 알아보면 다음과 같습니다.

① 전직의 틀을 버리지 못하고 허세 부린다. 좋은 자리에서 매일 대접받던 사람은 귀중한 고객에게도 고개 숙이지 못한다.

② 장사의 '끼'가 없어 소극적 성격을 버리지 못한다. 장사는 돈을 위해서 하는 일인데, '내가 누군데…' 하는 생각으로 돈이 상전이라는 생각 없이 '돈이 나를 보고 오겠지, 어떻게든 되겠지' 하는 막연한 생각을 한다. 왕년의 금잔디는 없어지고, 지금은 사막에 있다는 것을 모른다.

③ 한 가지 아이템으로 평생 먹고살려고 한다. '나는 이것이 전문인데…' 하면서 고집을 부린다.

④ 잘 된다는 말만 듣고 시장 상황을 꼼꼼히 살피지 않고 뛰어든다. 남이 돈을 번다고 생각해서 뒤따르다가 막차를 탄다.

⑤ 위기가 닥치면 허둥대거나 쉽게 좌절한다.

⑥ 대형 할인점이나 양판점과 승부를 가리려 한다.

⑦ 무리하게 빚을 낸다.

⑧ 차별화한 영업 전략이 없다.

⑨ 지나치게 유행에 민감한 아이템을 선택한다.

⑩ 업종 특성에 맞는 입지를 고려하지 않는다.

7월 26일

고난의 극복

어떤 학자가 연구한 것을 보면, 에디슨과 뉴턴은 여러 가지 면에서 공통점을 가지고 있었다고 합니다.

1. 고독을 참는 능력이 뛰어났다.

   어릴 때 여러 가지 역경을 만나 고독한 소년 시절을 보냈지만, 두 사람 모두 훌륭히 극복했다고 합니다.

2. 호기심과 손재주가 뛰어났다.

   두 사람의 천재성은 이미 잘 알려진 사실입니다만, 어릴 때부터 다양성과 만능성을 발휘했다고 합니다.

3. 자기를 과소평가하는 경향이 있었다.

   자기들의 업적이 굉장한 것이었지만, 스스로는 과소평가하는 경향이 있어서 세상 사람들이 오히려 과대평가하는 일이 많았다고 합니다.

여기서 생각할 것은 인내와 도전으로 역경을 극복한 사람만이 천재성을 내세워서 과시하지 않고 겸허하게 세상을 대했다는 점이 주목할 만하다고 하겠습니다.

우리는 누구나 나름의 천재성을 가지고 있을지도 모릅니다. 그러나 좌절하고, 포기하고 역경 속의 고독을 참지 못하면 모처럼의 천재성도 사장되고 맙니다.

7월 27일

역경을 넘어서

이 세상에는 신체나 정신이 불완전해서 고통받는 사람도 많습니다. 눈이 보이지 않거나 귀가 들리지 않거나 말더듬이거나 전혀 말을 못 하는 사람에다 사고로 신체가 부자유한 사람도 있습니다.

외국에서는 이런 사람들을 장님, 귀머거리, 벙어리라고 하지 않고 신체가 부자유한 사람이라고 부르고 있습니다.

헬렌 켈러는 태어나면서부터 열병에 걸려서 눈과 귀가 부자유스러웠습니다. 귀가 들리지 않다 보니 말도 배우지 못했습니다. 그러나 앤 설리번의 지도로 읽고, 쓰고, 말하는 법을 배워서 세계적으로 유명한 인물이 되었습니다.

"희망은 인간을 성공으로 인도하는 신앙이다. 희망이 없으면 아무것도 이룰 수도 없다."라고 한 헬렌 켈러는 귀가 멀고도 위대한 작곡을 한 베토벤을 생각하고, 눈이 멀고도 명작 『실낙원』을 쓴 밀턴을 생각하면서 역경을 극복했다고 합니다.

헬렌 켈러는 말했습니다.

"나는 눈과 귀는 잃었지만, 정신만은 잃지 않았다."

7월 28일

열심히 열심히

어떤 일을 몸과 마음을 다해서 할 때 우리는 '열심熱心히'라는 말을 사용합니다. 그런데 일본 사람들은 이 '열심히'란 말을 '잇쇼켄메이一所懸命'라고 합니다.

한자의 뜻을 풀이해 보면, '한 곳에 생명을 건다.'라는 뜻이 됩니다. 어떤 때는 발음이 같아서, '일생현명一生懸命'이라고 쓰기도 합니다. 일생에 생명을 건다는 뜻이 되는 것입니다.

우리의 '열심'은 '뜨거운熱 마음心'인데 비해서, 일본인들은 '생명을 건다'라고 하니까, 정도의 차이가 이만저만이 아닙니다.

일본인들이라고 해서 무슨 일에건 생명을 걸 만큼 열심히 하는 것은 아니겠습니다만, 말뜻에서 보면 하늘과 땅만큼의 차이가 있습니다.

한때, '일본을 뛰어넘자'라고 해서 극일 운동을 벌인 일도 있었고, 지금도 마땅히 뛰어넘어야 할 상대인 것만은 틀림이 없습니다.

그러나 손자병법孫子兵法에도 있듯이 적을 모르면 이길 수 없습니다. 그들의 잇쇼켄메이 정신이 가진 철저함과 근면성을 뛰어넘기 위해서 우리도 그들 이상으로 노력해야겠습니다.

7월 29일

100점 주의

어떤 일을 할 때 100% 완전하게 하고 싶다는 희망은 인간으로서의 이상이며 염원일 것입니다. 하지만 실제는 희망대로 되지 않는 경우가 많은 것이 현실입니다.

완전을 추구하는 마음은 좋은 일이라고 할 수 있겠습니다만, 질책하거나 괴로워하는 것은 쌍방의 정신 건강에도 좋지 않다고 할 수 있습니다.

이 세상에 완전무결한 100점짜리 인간은 없습니다. 지나치게 완전을 추구하다 보면 오히려 결단력이나 행동력이 둔해집니다.

소나무에는 소나무의 개성이 있고 배나무에는 배나무의 개성이 있습니다. 배나무가 소나무와 같이 겨울에도 잎이 푸르기를 바란다면 무리입니다. 마찬가지로 인간에게도 한 사람 한 사람의 개성이 있습니다. 장점도 있고 단점도 있고 잘하는 일이 있는가 하면 못 하는 일도 있습니다.

이런 개개인의 개성을 잘 분별하지 않고 언제나 무슨 일에 있어서나 완벽을 원한다면 잘못입니다. 서로의 개성을 살려서 서로 도우면서 함께 몰두해 가면 좋은 결과를 얻을 수 있습니다.

7월 30일

프로와 아마추어

'봉급생활자'를 영어로는 샐러리맨(Salaried man)이라고 부릅니다만, 봉급을 뜻하는 이 '샐러리'란 말은 원래는 '소금salt'을 뜻한 말입니다.

옛날 로마 시대에는 어느 집에서나 꼭 필요한 소금을 급료로 지급했기 때문입니다. 한마디로 봉급생활자라고 해도, 여러 종류가 있습니다. 업종의 차이, 급료의 차이는 물론입니다만, 일을 대하는 자세에도 차이가 있습니다.

프로와 아마추어의 차이는 크게 세 가지로 나눌 수 있습니다.

1. 아마추어는 현상 유지형으로 변화를 싫어하고 현실에 만족하는 사람이고, 프로는 현상타파現狀打破의 정신을 가지고 문제를 해결하고 더 좋은 방향으로 개선하려는 사람입니다.
2. 아마추어는 목표가 막연하고 무엇을 위해서 일하는지 잘 모르는데 반하여, 프로는 노력하면 도달할 수 있는 목표를 분명히 확립하고 있는 사람입니다.
3. 아마추어는 변명이나 구실이 많고 그것도 자기 이외의 탓으로 돌리는 데 반하여 프로는 변명이나 구실을 찾는 것이 아니라 해결책을 찾고, 성공이 가져다주는 정신적인 보수(만족감)에 뜻을 둡니다.

7월 31일

세상은 무대이고, 우리는 배우이다

세상은 연극무대이고, 우리의 인생은 그 무대에서 연극을 하는 배우에 비유한 것이 희곡 작품의 세계입니다. 그러나 인생과 연극은 근본적으로 다릅니다. 인생에는 연습이 없습니다. 연극은 잘못 공연하면 몇 번이라도 다시 할 수 있지만, 인생은 준비와 연습을 할 수 없습니다. 모두가 일회적입니다. 한 번뿐입니다. 인생을 잘못 살았다고 해서 다시 살아볼 수도 없습니다.

우리는 세상이라는 무대에서 나름의 역할을 맡습니다. 주역을 맡은 사람도 있고 조역을 맡은 사람도 있습니다. 또 어려운 역을 맡은 사람도 있고 가벼운 역을 맡은 사람도 있습니다. 그러나 연극에서는 마음대로 배역을 바꿀 수가 있습니다. 어제는 왕자의 역을 하였지만, 오늘은 거지 역을 맡을 수도 있습니다. 하지만 인생이라는 연극에서는 내 마음대로 역을 바꿀 수가 없습니다. 좋아도 싫어도 해야 합니다.

우리는 세상이라는 무대에서 자기가 맡은 역을 성실히 수행해야 할 의무와 책임이 있습니다. 나의 정성을 다하고 나의 능력을 다하여 내가 맡은 역을 수행해야 합니다.

불평하지 말고 기쁜 마음으로 맡은 일을 해 나가야 합니다.

비겁한 배우가 되지 말고 용감한 배우가 되는 것이 주역의 일입니다. 서투르게 하지 말고 훌륭하게 인생의 명배우가 명연기를 할 때 세상으로부터 갈채를 받습니다.

8월

젊은 날의 초상

젊은 날의 초상

| 헤르만 헤세 |

지금은 전설처럼 된 먼 과거로부터
내 청춘의 초상이 나를 바라보며 묻는다
지난날 태양의 밝음으로부터
무엇이 반짝이고 무엇이 타고 있었는가를.

그때 내 앞에 비추어진 길은
나에게 많은 번민의 밤과
커다란 변화를 가져왔다
그 길을 나는 다시 걷고 싶지 않다.

그러나 나는 나의 길을 성실하게 걸었고
추억은 보배로운 것이었다
실패와 과오도 많았다
그러나 나는 그것을 후회하지 않는다.

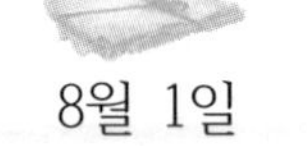

8월 1일

인간은 고독한 존재

인간은 운명적으로 고독한 존재입니다. 그렇다면 우리는 고독을 참고 견디며, 고독에서 벗어나기에 힘써야 합니다. 고독이 나의 가까운 벗이 되도록 마음의 수양을 해야 합니다.

모든 위대한 인물들은 유난히 고독했습니다. 고독은 그들의 운명이었습니다. 왜 그들은 그토록 고독한 삶을 살아야 했을까요.

뛰어난 인물들은 모두 높은 이상주의의 소유자들입니다. 그들은 땅위 인간 사회에서 자신의 이상을 실현해 보려고 노력을 많이 기울였습니다. 그러나 현실은 그들의 생각과는 너무 멀었습니다.

높은 이상의 별을 가슴속에 그리면서 살아가는 그들은 고독할 수밖에 없었습니다. 이상과 마주 섰을 때 현실 속의 자기 모습은 늘 부족했고 초라할 만큼 불만스러웠습니다. 거기에 그들의 고독이 자리 잡고 있습니다.

나를 알아주는 자가 없을 때, 우리는 깊은 고독감을 느낍니다.

천재는 천재를 알지만, 범인은 위인을 이해하지 못합니다. 뛰어난 자이지만 고독은 막역한 친구를 갖지 못하는 남다른 고독을 느끼고 있습니다. 그들은 정신의 깊은 곳에서 사는 사람들이기 때문입니다. 인생을 깊이 있게 살려는 자는 고독을 각오해야 합니다.

위대한 영혼은 늘 고독합니다. 인생의 위대한 일은 고독 속에서 탄생한다는 사실을 우리는 이해해야 합니다.

8월 2일

소금 같은 인생

'너희는 땅의 소금이다.'

위의 글은 성경에 나오는 말입니다.

이 세상에 부패보다 더 추한 것은 없습니다.

향기로운 꽃, 아름다운 젊은 미인도 죽어 썩으면 심한 악취를 풍깁니다. 부패한 송장, 부패한 인간, 부패한 정치, 부패한 종교, 부패한 국민, 부패한 나라, 모두가 악한 모습입니다.

그러나 소금은 절대로 썩지 않습니다. 이상하고 신비한 현상입니다. 썩지 않기 때문에 부패를 방지할 수 있습니다.

부패를 부패로는 제거할 수 없습니다. 오직 소금만이 부패를 방지할 수 있습니다. 스스로가 썩지 않기 때문에 남의 부패를 방지할 수 있는 것이 소금의 정신이며 소금의 사명입니다.

동식물의 부패 방지에는 바다의 소금이 필요합니다. 그러나 인간의 부패 방지에는 땅의 소금, 세상의 소금, 인간의 소금이 필요합니다.

오늘날 인류 사회에 가장 필요한 것은 무엇인가. 인간의 소금, 땅의 소금, 민족의 소금입니다.

그렇다면 인간의 소금이란 무엇인가. 성실한 정신과 정의로운 양심과 책임 의식이 투철한 사람입니다. 소금이 많으면 많을수록 인간 사회는 건강하고 아름답게 발전할 수 있습니다.

8월 3일
노동은 삶을 가꾸는 텃밭

노동은 어째서 삶을 가꾸는 인생의 텃밭일까?

우리가 열심히 일할 때 경제적 독립의 힘이 생기고 생활의 기초가 튼튼해집니다. 근면한 노동으로 강한 의지력이 형성되고 용기와 지구력이 생깁니다. 이러한 정신적 자원은 삶의 원천이 됩니다.

인간이 나태해지면 가난이 찾아들고, 남의 빚을 지게 되고 정신적 좌절과 자기 상실에 빠져 살아갈 용기를 잃게 됩니다. 여기에서 여러 가지 악덕이 생깁니다. 가난은 인생의 죄악은 아니지만, 해악의 하나임은 틀림없습니다.

사도 바울은 '일하지 않는 자는 먹지도 말라.'라고 했습니다.

사람은 땀 흘려 노동하고 사회적 가치를 창조할 때 자신 있게 살아갈 수 있고 자기 인생에 보람을 느낄 수 있습니다. 허송세월로 무위도식하며 남의 신세를 지고 살아가는 사람은 자신을 기생충 같은 존재라고 느끼며 자기를 학대하고 자책하며 패배자로 전락하게 됩니다. 그러므로 우리는 개미처럼 부지런히 일하고 꿀벌처럼 근면해야 합니다.

인간은 일에 몰두할 때 건전한 성격이 형성되고 자기 인생에 대한 확고한 신념을 가질 수 있습니다. 사회의 일원으로 유용하고 필요한 존재라고 느끼는 것이 얼마나 대견한 일입니까. 노동은 미덕美德의 원천이며, 나태는 악덕惡德의 근원입니다. 그러므로 우리는 굳건한 신념을 가지고 삶의 텃밭에 인생의 꽃을 피워야 합니다.

8월 4일
행복은 어디에

역사가며 철학자인 윌 듀란트는 행복을 찾아보기로 하였습니다.

열심히 배우고 연구했습니다만, 지식만으로는 행복해지지 않았습니다. 여행도 해보았습니다만, 지루하기만 했습니다. 재산을 모아 보려고 했습니다만, 근심 걱정에다가 불화만 생겼습니다. 책을 쓰면서 내면생활을 충실히 하고자 했습니다만, 피로만 쌓였습니다.

어느 날 역 앞을 지나다가 낡은 자동차 안에 부인이 잠든 아이를 가슴에 안고 앉아 있는 모습을 보았습니다.

조금 후 기차에서 내린 한 남자가 다가오더니 부인과 아이에게 가볍게 입맞춤하고는 차를 몰고 사라졌습니다.

그때 윌 듀란트는 문득 깨달았습니다. 방금 자기가 본 그 장면이 바로 행복이라는 것을!

행복을 찾아 나섰다가 결국 제자리에 돌아온 후에야 행복을 발견한다는 이야기는 흔히 알려져 있습니다만, 이야기로 끝나거나 머리로만 그렇게 생각하는 데에 문제가 있습니다.

지금 여기 분명하고 중요한 것은 우리의 마음입니다. 속으로 "아, 나는 행복하다."라고 중얼거려 보십시오. 한결 행복한 느낌으로 변해 갈 것입니다.

8월 5일
행복과 불행의 역사

행복은 기운이 약했지만, 불행은 건강하여 힘이 넘쳤습니다. 그래서 불행은 행복을 만나면 못살게 굴었습니다. 이에 행복은 이리저리 피해 다니다가 마침내 하늘로 갈 수밖에 없었습니다. 하늘에 올라간 행복은 제우스신에게 사정을 모두 털어놓았습니다.

제우스신은 한참을 궁리하다가 묘안을 생각해냈습니다.

"행복이 모두 이곳에 몰려 있으면 심술이 고약한 불행한테 괴롭힘을 당하지 않아 좋긴 하겠지만, 저 아래 세상 사람들은 행복을 좋아하여 너희들이 오기를 손꼽아 기다리고 있을 테니, 어떻게 하면 좋겠느냐? 그러니 여럿이 한꺼번에 내려가지 말고 행복을 꼭 주어야 할 사람에게만 혼자서 찾아가도록 하여라. 그러면 갈 곳을 찾다가 불행에게 붙들리지 않아서 좋을 것이다."

이러한 이유로 해서 이 세상에 행복은 귀하고 불행은 여기저기에 수시로 모습을 나타내는 역사가 시작되었다고 합니다.

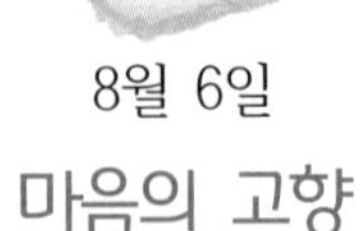

8월 6일

마음의 고향

세상 사람들의 마음은 온갖 번뇌와 망상으로 얼룩져 있어 마치 큰 파도와 같습니다. 물결이 출렁일 때마다 사람들의 몸과 마음도 출렁거려 어떤 사물도 제대로 보지 못합니다.

그러나 마음속에서 일고 있는 물결이 잠잠해지면 모든 사물이 제모습을 나타냅니다. 연못이 바람 한 점 없이 고요하면 물밑까지 훤히 보이는 것처럼 말이지요.

사람은 작은 일에도 마음이 흔들리는 나약한 존재입니다. 흔들리는 마음을 억제하기란 쉽지 않습니다. 그러나 지혜로운 사람은 이를 바로잡는 여유로움을 가지고 있습니다. 마음을 바로잡는 것이 행복의 시작입니다.

마음은 보기도 어렵고 미묘하나 지혜 있는 사람은 이를 잘 다스립니다. 마음을 잘 다스리는 사람은 안락한 삶을 살아갑니다.

활짝 열린 마음에는 어떤 티끌도 없습니다. 마음이 활짝 열려야 세상을 바로 볼 수 있습니다.

8월 7일
마음의 적

세상의 도둑을 잡기는 쉽지만, 우리 마음속의 도둑을 이기기는 어렵습니다.

밭에 김을 매지 않으면 잡초가 무성하듯이 우리의 마음도 내버려 두면 악의 잡초가 무성하게 자리 잡습니다. 그러므로 우리는 항상 마음의 잡초를 매어야 합니다.

우리의 마음속에는 많은 악이 있고 허다한 악이 있습니다. 그렇다면 수양한다는 것은 무엇인가.

내 마음속의 악과 부단히 싸우는 것이며, 내 마음속에 자리 잡은 도둑을 물리치는 일입니다.

우리의 마음속에는 크고 작은 많은 도둑이 있습니다. 이기심, 질투, 교만, 탐욕, 악의, 무책임 등 모두가 우리의 마음속에 있는 도둑입니다. 이 도둑에게 지면, 우리는 악인이 되기도 하고, 소인이 되기도 하고 동물의 차원으로 전락하기도 합니다.

수양한 사람들, 위인들은 자기중심의 도둑과 항상 싸워 이긴 사람들입니다. 우리는 이 싸움을 극기라고도 하고 자제라고도 합니다. 마음을 닦는다고 하며 수도라고도 합니다.

세심정혼洗心淨魂 : 마음을 씻고 혼을 정화한다.

심전경작心田耕作 : 마음의 밭을 간다.

모두 마음의 적을 물리치려는 정신적 노력을 표현한 말입니다.

8월 8일

한 삽의 힘

저수지가 없어 농사는 물론 마실 물조차 구하기 어려운 마을이 있었습니다. 마을 사람들은 항상 물 걱정을 하면서도 아무 대책 없이 그럭저럭 지낼 뿐이었습니다.

그러던 중에 한 스님이 지형을 살펴보더니, 언덕 위 빈터에 삽 한 자루를 가져다 놓았습니다. 그리고 그 옆 나무에 지나가는 사람마다 한 삽씩만 땅을 파 달라는 문구를 적어 놓았습니다. 그다지 어려운 일이 아니었기에 마을 사람들은 오가면서 한 삽씩 파 주었습니다.

마을 사람들이 들로 일하러 나갈 때마다 한 삽씩 파다 보니 땅을 파는 것으로 하루 일을 시작하게 되었습니다.

평지였던 땅이 조금씩 패기 시작했습니다. 비가 오면 빗물이 괴고, 주위로부터 물이 흘러들어 차츰 연못으로 바뀌어 갔습니다. 그로부터 10여 년의 세월이 흐르자 연못은 커다란 저수지가 되었습니다.

저수지가 완성되자 척박하던 땅이 옥토로 변하고 많은 수확을 할 수 있어 마을 사람들은 비로소 시름을 잊었습니다.

8월 9일

신념

"우리는 이제 떠나야 할 때가 왔다. 나는 죽으러 가고 여러분은 살기 위해 남는다. 누가 더 행복할 것인가. 그것은 오직 신만이 알 것이다."

플라톤이 쓴 유명한 대화편 「소크라테스의 변명」의 마지막에 나오는 극적 선언입니다. 아테네 시민 오백 명은 소크라테스에게 사형선고를 내렸습니다.

그는 기원전 399년 봄에 태연자약하게 독배를 마시고 죽었습니다. 그것은 철학자다운 장엄한 죽음이었습니다. 그는 자기의 신념대로 살다가 죽었습니다.

위의 말은 아테네 시민들이 소크라테스에게 부당하게 사형선고를 내렸을 때, 법정에서 마지막으로 그의 소신을 피력한 말입니다.

자기 자신은 이제 죽음의 길로 가고, 아테네 시민들은 살아 남아있음으로 하여 누가 더 행복할 것인가는 오직 신만이 알 수 있다고 역설하고 있습니다.

그것은 인간의 신념이 도달할 수 있는 최고의 경지요, 인간의 정신이 표현할 수 있는 최고의 용기입니다.

자기 자신은 정의의 반석 위에 굳건히 서 있다는 확신과 신이 나를 언제나 보호해준다는 확고한 믿음이 있었기 때문에 소크라테스는 이러한 말을 할 수 있었고, 또 그러한 죽음을 맞을 수 있었습니다.

8월 10일
시작이 반

무슨 일이건 미루기만 하다가 결국은 아무 일도 못 하는 사람이 있습니다. 그러나 그와 반대로 너무 서둘러 시작한 탓으로 큰 실패를 하는 사람도 있습니다.

로마의 전설을 보면, 문지기 신神으로서 모든 일의 시초를 지배하는 신 야누스(Janus)가 있습니다. 신기하게도 이 신은 앞뒤에 얼굴이 있어서 '과거와 미래를 볼 줄 아는 지혜'를 상징합니다.

무슨 일을 시작할 때 치밀하게 과거의 예를 살펴보고 미래를 예측해보아야 한다는 것은 말씀드릴 필요도 없겠지요. 그러나 사람의 일이다 보니 이론대로 되지 않는 경우도 많습니다. 마땅히 해야 할 일을 건너뛰는 때도 있고 생각이나 경험이 모자라서 불충분하지만, 그냥 시작하는 예도 있습니다.

어떤 분은 '뛰면서 생각한다'라는 명언을 남기기도 했습니다. 우유부단하게 주저하기보다는 우선 행동으로 옮기는 데에 뜻을 실어주는 말이지요. 깊이 생각하고 시작하느냐, 우선 시작하고 생각하느냐는 상황에 따라, 사람에 따라 다릅니다.

그러나 어쨌든 시작하지 않으면 아무 일도 이루지 못합니다.

8월 11일

뚝심

북산에 사는 우공愚公은 동네 양쪽으로 높은 산이 있어서 갑갑하다는 생각이 들었습니다.

"저놈의 산을 기어코 깎아서 평지로 만들어야겠다."

는 생각을 하고 준비에 착수했습니다.

모두 비웃었지만,

"두고 보시오. 내가 비록 늙었지만(그때 그의 나이는 아흔이었다), 내가 하다가 죽으면 아들이 계속하고, 아들이 죽으면 손자가 뒤를 잇고, 손자가 죽으면… 하는 식으로 대대손손 산을 깎아내면, 끝내는 평지가 되고 말 거요."

하고 큰소리쳤습니다.

이 말을 들은 산신이 천제에게 그 당돌하고 건방진 노인의 일에 대해 보고드렸습니다. 이에 천제는,

"미련하고 고집 센 놈한테는 어쩔 수 없노라."

하면서 신장을 불러 두 산을 다른 곳으로 옮겨주었다고 합니다.

나이 아흔이나 되는 노인이 삽과 곡괭이로 산을 없애겠다는 그 의지와 용기에 대한 놀라움의 결과였으리라고 믿어집니다.

8월 12일

고집불통

고집쟁이 집안이 있었습니다.

아버지는 고집불통, 아들도 고집불통, 둘 다 누구에게도 지려 하지 않았습니다.

하루는 집에 손님이 와서 아들에게 고기를 사 오라고 심부름을 보냈는데, 아무리 기다려도 돌아오지 않아서 아버지가 고깃간으로 찾아 나섰습니다.

그런데 길 한복판에서 아들이 웬 사람과 마주 서 있었습니다.

"도대체 어찌 된 일이냐?"

"이 사람이 길을 비켜주지 않아요."

"알았다. 그럼 너는 고기를 가지고 어서 집으로 가거라. 내가 대신 이 사람을 맡겠다."

8월 13일

자식 농사

로마의 명문가 크라쿠스의 집에 명사의 부인들이 모여서 서로 보석 자랑들을 하고 있었습니다. 그러나 크라쿠스의 부인 코르넬리아는 다른 사람의 보석을 구경하며 미소만 짓고 있었습니다.

다른 부인들이 코르넬리아에게도 보석 자랑을 하라고 졸랐습니다. 부인은 처음엔 사양하더니 재촉에 못 이겨 옆방으로 가서는 두 아들의 손목을 잡고 걸어 나왔습니다.

"이 애들이 우리 집의 보석입니다."

이들 형제는 훗날 호민관護民官(귀족에 대한 평민의 권익을 보호하기 위하여 만든 최고 관직)에 오른 크라쿠스 형제였습니다.

우리는 한석봉韓錫琫의 어머니나 맹자孟子의 어머니가 어떻게 자식을 가르쳤는지 알고 있습니다. '맹모삼천孟母三遷'이란 집이 묘지 가까운 곳에 있자 장례식 흉내를 내고, 시장 가까이 있자 장사꾼의 흉내를 내기 때문에 서당 옆으로 이사하여 학문의 길로 인도했다는 이야기를 아실 것입니다.

8월 14일
소유

어느 조각가가 자기의 모든 재능을 발휘하여 소녀상을 깎았습니다. 그런데 그 소녀상이 얼마나 아름답고 완벽했던지 그만 조각가는 조각상에 반하고 말았습니다.

종일 소녀상 앞에 앉아 시간을 보냈습니다. 몇 날 며칠 소녀상에 열정의 눈길을 보내던 그는 신에게 애원했습니다.

"어찌 제가 이렇게 아름다운 소녀를 조각했다는 말입니까! 저는 이제 누구에게도 사랑의 감정을 품을 수가 없습니다. 그러니 제발 이 조각에 생명을 불어넣어 주십시오."

조각가의 절규에 가까운 간청에 감동한 신은 그 소녀상에 생명을 불어넣어 주었습니다. 그러자 딱딱한 나뭇결이 부드러운 살결로 바뀌며 아름다운 여인이 되었습니다.

조각가는 너무나 기뻤지만, 또 다른 고민에 빠져들었습니다.

이 완전무결하고 아름다운 소녀의 모습을 어떻게 보존해야 할지 걱정이 앞섰습니다.

조각가는 소녀에게 말했습니다.

"절대로 밖에 나가서는 안 된다. 햇빛에 피부가 거칠어지면 큰일이거든. 또 음식을 많이 먹으면 뚱뚱해지니 조심해야 한다."

가련한 소녀는 인형처럼 집 안에서만 지내야 했습니다.

조각가는 늘 불안한 얼굴로 소녀를 감시하며 모든 행동을 통제했습니다.

소녀는 처음 조각상일 때와 다르지 않은 생활을 이어갔습니다. 마침내 하루하루 무의미한 나날을 보내던 소녀는 눈물을 흘리며 기도했습니다.

"제발 저를 다시 조각상으로 돌아가게 해주세요. 저의 주인이 사랑하는 것은 자기가 만든 작품이지 제가 아니에요. 제발!"

신은 이 조각상 소녀의 간절한 기도를 들어주었습니다.

華胥之夢화서지몽
화서에서의 꿈

8월 15일

유산

우리나라 사람들은 못 살았던 한을 풀기 위해서인지는 모르겠습니다만, 자녀들에게 재산을 한밑천 물려주려는 분이 많습니다.

그러나 만일 그 자녀들이 '제대로 된 사람'이 아니고 '빗나간 사람'이라면 재산이 때로는 불행이 됩니다.

흥미 있는 것은 오랜 세월에 걸쳐 박해받고 돈이 없는 서러움을 많이 받은 유대인의 경우입니다. 유대인 어머니가 자식에게 반드시 물어보는 질문이 있습니다.

"만일 너의 집이 불타고 재산까지 다 잃어버릴 위험이 닥치면 너는 무엇을 챙겨서 달아나겠니?"

아이들은 '돈, 귀금속, 보석'이라고 답합니다.

이에 어머니는 힌트를 줍니다.

"그것보다 모양도 빛깔도 냄새도 없는 것 중에도 좋은 것이 있지."

"그게 뭐예요, 엄마?"

어머니는 '가지고 갈 것은 오직 지식'이라고 일러줍니다.

유대인의 격언에는 책에 관한 내용이 많이 있습니다.

'여행하다가 고향 사람들이 모르는 책을 보면 반드시 그 책을 사서 돌아가라.'

8월 16일
암소와 돼지의 생각

어느 부자가 친구에게 말했습니다.

"여보게, 친구! 내가 죽으면 전 재산을 사회나 자선단체에 기부하겠다고 약속했는데도 사람들은 왜 나를 구두쇠라고 비난하는지 도대체 모르겠어."

그러자 친구가 말했습니다.

"이보게, 친구. 암소와 돼지의 차이점을 아나? 하루는 돼지가 암소에게 자기가 왜 사람들에게 인기가 없는지 모르겠다고 불평을 말했어. 사람들은 항상 너의 부드럽고 온순함을 칭찬하잖아. 물론 너는 사람들에게 우유를 만들어 주지. 하지만 난 햄과 가죽을 남겨주고, 심지어 발까지 식탁에 올려주는데도 날 좋아하지 않는단 말이야. 도대체 인간들은 왜 그러는지 모르겠어?"

그러자 암소는 잠시 생각해보더니 말했습니다.

"그건 말이야, 내가 살아있으면서 사람들에게 유익한 것을 제공하기 때문이겠지! 그게 다른 점일 거야."

8월 17일
점 하나

러시아 작가 체호프의 일화에 이런 내용이 있습니다.

체호프는 원래 의사였는데, 어느 날 환자에게 처방전을 써 주어서 돌려보내고 보니, 자기가 쓴 처방전에 문법적으로 틀린 부분이 있었다는 걸 알게 되었습니다.

문법적으로 틀린 부분이라고 했지만, 실은 구두점 한 개를 잘못 찍은 것이었습니다.

'물론 구두점도 문법에 포함되는 문제이긴 합니다만,'

그것이 마음에 걸려서 한밤중인데도 마차를 빌려서 점 하나를 고쳐 주러 갔다는 이야기가 전해지고 있습니다.

完璧완벽
구슬을 온전히 한다.

8월 18일

어리석음

그리스 최고의 종교 지도자 델피 신탁은 소크라테스가 이 세상에서 가장 지혜로운 사람이라고 선언했습니다. 그러자 소크라테스의 제자들이 달려가 이 소식을 전했습니다.

"선생님, 기뻐하십시오. 델피 신탁이 선언하기를 소크라테스 선생님이 세상에서 가장 현명한 사람이라고 했습니다."

소크라테스는 조용히 웃으면서 제자들에게 말했습니다.

"돌아가서 다시 한번 물어보아라. 분명히 착오가 있었을 것이다. 내가 어찌 지혜로운 사람이란 말이냐? 내가 알고 있는 것은 오직 한 가지, 나 자신은 아무것도 모른다는 사실 뿐인데, 내가 지혜로운 사람이란 말인가? 실수한 것이 분명하니 다시 가서 신탁에 물어보라."

제자들은 델피 신탁으로 가 물었습니다.

"우리 소크라테스 선생 본인이 그 사실을 인정하지 않고 있으니 대체 어찌 된 일입니까? 선생 자신은 지혜롭지 못하다고 합니다."

이에 신탁은 이렇게 대답했습니다.

"그 점이 바로 소크라테스가 가장 지혜로운 사람이라고 선언한 이유다. 진정으로 현명한 자만이 자신이 아무것도 모른다고 말할 수 있기 때문이다."

8월 19일

낮도둑, 밤도둑

이 세상에서 아주 오래된 직업 중 하나에 도둑질이 있습니다.

외국의 통계에 의하면 낮에 활약하는 도둑이 45%나 된다고 하니, 낮에도 조심해야 한다는 결론입니다. 낮 중에도 빈집털이가 가장 많이 활약하는 시간은 2시에서 4시, 그다음이 4시에서 6시까지라고 합니다.

어떤 도둑이 잡혀서 재판받게 되었습니다.

처음에는 낮에 범행을 저질러서 1년 형을 받고, 다음에 다시 체포되었을 때는 밤에 범행을 저질렀는데 또 1년 형을 받게 되자,

"재판장님! 낮에 범행해도 1년, 밤에 범행해도 1년, 그렇게 매번 똑같이 형량을 매기면 나는 어떻게 장사를 합니까요?"
했다는 우스갯소리도 있습니다.

실제로 일본 에도江戸시대에는 밤낮에 따라 형량이 달랐습니다. 특히 밤에 도둑질하면 중죄가 되었다는 것인데, 낮 도둑질은 단속을 안 한 집주인에게도 책임이 있으니 죄를 덜어 줄 수도 있지만, 밤에 집안 식구가 모두 있을 때 도둑질하는 게 몹쓸 짓이라고 생각했다는 것입니다.

8월 20일

최초의 술꾼

미국의 천재적인 극작가 유진 오닐이 젊은 시절 술 때문에 웃지 못할 실수를 범한 적이 있습니다.

어느 날 엉망진창으로 취했다가 아침에 깨어나 보니 옆에 웬 여자가 누워있었습니다.

"당신, 누구요?"

"우리 어젯밤에 결혼했잖아요?"

그는 절망한 나머지 선원이 되어 배를 타고 세상을 방랑하는 계기로 삼습니다. 이 경험이 바다를 무대로 한 연극을 낳기도 했습니다. 그러나 황당한 그 첫 번째 결혼은 술이 원수였던 셈입니다.

그런데 세계 최초의 술꾼은 누구일까요?

기록에 나타난 것으로는 구약성서에 나오는 노아였다고 합니다. '노아의 방주'로 유명한 노아는 대홍수가 끝난 후 육지로 돌아와서 포도밭을 일구며 농사를 짓고 살았습니다.

어느 날 포도주를 빚어 마신 것에 취해서 벌거벗고 누워있는 모습을 멀리서 본 두 아들이 보지 않으려고 돌아서서 뒷걸음질로 가서는 옷으로 덮어주었다는 일화가 전해지고 있습니다.

그때 노아의 나이는 6백 세, 풍류를 아는 멋진 할아버지였던 듯합니다. 그러나 그 아들들 역시 매우 착한 자식들(?)이었다고 해야겠습니다.

8월 21일

슬픈 약속

중국 노나라에 미생이라는 젊은이가 있었습니다.

애인이 내일 밤, 마을 어귀 다리 밑에서 만나자고 했습니다. 미생은 다음 날 밤 약속 시간에 다리 밑으로 갔으나, 애인은 나타나지 않고 시간은 자꾸 흘러갔습니다.

그때 바닷물이 밀려와 강물이 불어났습니다. 그래도 계속 기다리고 있는데 물은 발에서 무릎으로, 무릎에서 가슴으로 차 올라왔습니다. 드디어 목까지 차고 키를 넘길 기세로 불어났습니다. 할 수 없이 교각을 붙잡고 버티었지만, 보람도 없이 익사하고 말았습니다.

이 고사는 '미생의 믿음尾生之信'이라고 해서 목숨을 걸고 약속을 지킨 선행으로 평가하는 사람이 있는가 하면, 형편없는 바보라고 폄훼하는 사람도 있습니다.

공자와 제자 소진은 신의를 지킨 좋은 사람이라고 평가하는 반면, 장자는 도척이라는 도적의 입을 빌려 매도했습니다.

'기둥에 묶인 개, 물에 떠내려가는 돼지, 이 빠진 그릇을 든 거지와 같다. 소중한 생명을 쓸데없는 명분으로 버린 자는 도道를 저버린 놈이다.'

8월 22일

게으름

종일 하는 일 없이 침대에 누워 시간을 보내는 게으른 남자가 있었습니다. 하루는 친구가 찾아와서 왜 이렇게 침대에 누워서만 지내느냐고 물었습니다.

그는 묘한 웃음을 흘리며 대답했습니다.

"아침마다 내 머리맡에서는 두 아가씨가 서로의 주장을 놓고 다툼을 벌인다네. 한 아가씨는 '부지런'이고, 다른 아가씨는 '게으름'이지. '부지런' 아가씨는 나에게 빨리 일어나라고 간청하고, 게으름이라는 아가씨는 그대로 누워있으라고 유혹하는 거야. 그런 다음 내가 왜 일어나야 하는지, 아니면 그러지 말아야 하는지에 대해 여러 가지 이유를 말하지. 양쪽의 주장 모두 들어주는 것이 공정한 재판관의 임무이듯 나도 그들의 권리를 보장해주기 위해 자리에 누워있어야만 한다네. 자네라면 이해할 수 있지 않나!"

8월 23일

천국과 지옥의 모습

너무 바빠서 눈코 뜰 사이 없는 사람이 있었습니다. 회답을 못 한 편지가 산더미처럼 쌓여 있고, 약속은 밀려있고, 처리해야 할 일이 너무 많았습니다.

집은 잔디 깎을 시간이 없어서 정원에 풀이 덤불처럼 엉켜 있었습니다. 아무 일 없이 빈둥빈둥 노는 사람이 얼마나 부러운지 모릅니다.

어느 날, 그 사람이 잠깐 눈을 붙인 사이에 꿈을 꾸었습니다. 꿈속에서의 그는 아주 멋진 사무실에 앉아 있는데, 편지나 서류 한 장 없는 깨끗한 책상에다 약속 메모도 없고, 처리할 일도 없었습니다. 창밖을 보니 잔디는 깨끗이 손질되어 있고 고요하고 아늑한 맛이 마치 천국 같았습니다.

'아, 이것이 바로 행복이구나.'하고 기뻐했습니다.

그런데 갑자기 '내가 무엇을 하고 있지?' 하는 생각이 났습니다.

그때 마침, 매일 오던 우편배달부가 오늘은 자기에게 들르지도 않고 그냥 지나가는 것이 보였습니다. 황급히 우편배달부를 불러서 물어보았습니다.

"여기가 도대체 어디지요?"

"그것도 아직 모르셨습니까? 여기가 바로 지옥입니다."

8월 24일

야심

동물원 우리에 갇혀 있는 사자나 호랑이를 보면 측은한 생각이 들기도 합니다.

개나 고양이보다 얌전히 앉아 있는 모습에는 조금도 무섭다는 생각이 들지 않습니다. 그래서 가까이 가서 장난을 치다가 팔이 잘린 불상사도 있었습니다.

그런데 그 야수들은 무슨 생각을 하고 있을까요? 들판을 마음대로 달리고, 마음대로 잡아먹고 마음대로 짝짓기(야합:野合)를 하고 그야말로 마음대로 살고 싶을 것입니다.

야생 동물의 세계에는 법도 없고 도덕도 없으니까요. 그러나 야생 동물도 길들이면 서커스에서 재롱을 부리기도 하고 애완동물처럼 사람들과 가깝게 지내기도 합니다.

그러나 위험은 항상 숨어 있어 배불리 먹이고도 조심해서 다루지 않으면 키운 공도 모르고 주인을 물기도 합니다. 그 마음속에는 들판의 야심野心이 있기 때문입니다.

자기 분수에 맞지 않은 욕심을 야심이라고 부르고, 좋지 못한 목적으로 모이는 것을 야합이라고 하는 이유도 바로 그런 뜻에 있습니다.

8월 25일

비단과 걸레

'비단'은 모든 사람에게 꼭 필요한 물건은 아닙니다. 그러나 더러운 것을 닦아내는 '걸레'는 생활에 꼭 필요한 물건입니다.

19~20세기를 대표하는 화가 고흐와 피카소, 이 둘 중 누가 더 뛰어난 예술가인지 판단하기는 힘듭니다. 하지만 누가 더 행복하고 성공적인 삶을 살았느냐고 묻는다면 그 대답은 명백합니다.

19세기의 고흐는 생전에 단 한 점의 그림도 팔지 못해 찢어지는 가난 속에서 좌절을 거듭하다가 결국 서른일곱의 젊은 나이에 스스로 목숨을 끊었고, 피카소는 살아생전에 20세기 최고의 화가로 대접을 받으며 부와 풍요 속에서 아흔이 넘도록 장수했습니다.

많은 예술인은 두 화가의 인생을 갈라놓은 원인을 '인맥의 차이'에서 찾습니다. 인생에서 실패하는 가장 큰 원인은 '인간관계'라고들 합니다.

고흐는 사후에 피카소를 능가할 만큼 크게 이름을 떨쳤습니다. 그가 남겨놓은 걸작들이 피카소의 그림보다 값이 더 나가기 때문입니다.

그러나 죽은 뒤의 성공이 살아생전의 성공과 같을 수는 없지 않을까요? 살아생전 고흐는 불행했고 피카소는 행복했습니다.

8월 26일

거지의 선물

어느 날 거리를 걸어가고 있었습니다.

그때 늙은 거지가 나의 발걸음을 멈추게 하였습니다. 핏발이 서고 눈물에 젖어 있는 멍청한 눈, 핏기 없는 입술, 누더기, 오물만큼이나 불결한 이곳저곳의 상처…. 이 불행한 인간을 가난과 빈곤이 이토록 추하게 물고 늘어진 것입니다.

그는 부석부석하게 부은 더러운 손을 나에게 내밀었습니다. 그러면서 신음하듯 도와달라는 것이었습니다.

나는 주머니를 황급히 뒤지기 시작했습니다. 지갑도, 시계도, 손수건도 없었습니다. 무엇 하나 가지고 나오지 않았던 것입니다. 그러나 늙은 거지는 끈질기게 기다리고 있었습니다. 내민 손이 가늘게 떨리고 있었습니다. 나는 지금의 내가 빈털터리라는 사실에 매우 난처해져서 그 떨고 있는 불결한 손을 꼭 잡았습니다.

"용서해 주시오. 지금 나는 아무것도 가진 게 없어요."

늙은 거지는 나에게 핏발선 눈길을 보내며 창백한 입술에 웃음을 머금었습니다. 그쪽도 힘없는 내 손을 힘껏 움켜잡았습니다.

"아닙니다. 그런 말씀 하지 마시오. 분에 넘칩니다. 이것도 고마운 선물인 걸입쇼."

나 또한 이 형제에게 아름다운 선물을 받았음을 깨달았습니다.

톨스토이의 『인생 독본』 에서

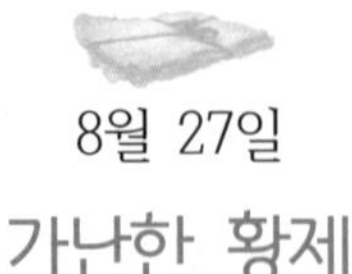

8월 27일

가난한 황제

알렉산더에 대한 이런 이야기가 전해 오고 있습니다. 그는 죽기 전에 신하들에게 말했습니다.

"그대들이 내 시체를 거리로 운반할 때, 내 양손이 밖으로 나오도록 하라. 그것을 덮지 말라."

이것은 예기치 않은 일이었습니다. 아무도 죽은 뒤에 그런 식으로 운구되지 않았기 때문입니다. 신하들은 도무지 이해할 수가 없어서 물었습니다.

"무슨 말씀이십니까? 이는 일반적인 장례 방식이 결코 아닙니다. 몸 전체를 덮는 것이 보통입니다. 왜 두 손을 밖으로 내놓기를 바라십니까?"

알렉산더가 대답했습니다.

"나는 내가 빈손으로 죽는다는 사실을 알리고 싶다. 누구나 그것을 보아야 하며, 아무도 다시는 알렉산더처럼 되려고 해서는 안 된다. 나는 많은 것을 얻었으나 사실은 아직 아무것도 얻지 못했으며, 내 왕국은 거대하지만, 나는 여전히 가난하기 때문이다."

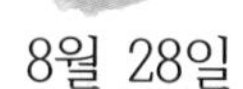

8월 28일

열 번 찍어도 안 넘어가는 나무

어떤 목표를 달성하기 위해서는 남모르는 노력과 인내력이 필요합니다. 속담에 '열 번 찍어서 안 넘어가는 나무 없다.'라고 합니다만, 과연 열 번이라도 찍어보는 사람은 몇 명이나 될까요.

미국의 어떤 조사기관에서 세일즈맨의 성과를 조사한 것이 있어서 소개해 보기로 합니다.

48%의 세일즈맨은 한 번 방문해 보고 나서 포기했고, 25%의 세일즈맨은 두 번째에 포기했고, 15%는 세 번째에 포기했다고 합니다.

방문 횟수가 세 번 이하인 예를 합치면 88%나 됩니다. 나머지 12%의 세일즈맨이 계속해서 방문을 한 결과 전체 목표의 88%를 달성했더라는 것입니다. 그러니까 나머지 88%의 사람들은 목표 달성에 겨우 20%만 기여한 셈입니다.

입으로는 "열 번 찍어서 안 넘어가는 나무가 어디 있느냐?"고 하면서도 사람들 대부분은 두세 번 찍어보고 "이 나무는 열 번 찍어도 안 넘어가는 나무야." 하면서 일찌감치 포기했던 것입니다.

성공은 열 번 찍어서 안 되면 열두 번 찍는 그런 사람들의 몫이 아닐는지요.

8월 29일

별

생텍쥐페리가 쓴 『어린 왕자』를 보면 자기 별을 가진 사람들이 등장합니다. 물론 어린 왕자도 자기 별을 가지고 있었습니다. 그러나 어떤 별의 주인은 명령하고, 거드름을 피우고, 지배하는 것을 좋아하는 왕이고, 어떤 별의 주인은 숭배해 주기를 바라는 허영꾼이고, 어떤 별의 주인은 부끄러움을 잊으려고 술에 빠진 술꾼이고, 어떤 별의 주인은 부자가 되려고 쉴 새 없이 계산하는 사업가이고, 어떤 별의 주인은 남을 위해서 가로등에 불을 켜는 인부이고, 어떤 별의 주인은 지리학자입니다.

이런 경우의 별이야 상징적인 의미를 갖겠습니다만, 혹시 별을 소유하고 싶은 사람이 있다고 해도 현재는 불가능한 일입니다. 1967년 10월 10일, 세계 여러 나라 대표들이 모여서 별을 소유하는 일이 없도록 조약을 맺었기 때문입니다. 조약 이름이 「달, 기타의 천체를 포함한 우주 공간의 탐사 및 이용에 있어서 국가 활동을 규제하는 원칙에 관한 조약」으로 좀 깁니다. 이 조약에 '우주의 영토는 국가의 취득 대상이 되어서는 안 된다.'라는 내용이 있어서, 현재는 개인은 물론 국가도 소유할 수 없게 된 것입니다. 별을 갖고 싶은 분들에게 별을 소유하는 건 누구도 막을 수 없는 일이라 하겠지요. 시인 베르길리우스가 "그대 만일 그대의 별을 따른다면…"하고 노래한 것처럼, 누구나 자기 별을 정해서 그 별을 따라가는 것이 인생이 아닐는지요.

8월 30일

부자의 차이

어느 날 엄청난 재산을 소유한 부자가 아들에게 가난한 사람들의 생활을 체험하게 하여 지금 우리가 얼마나 부유한지 깨닫게 하고자 가난한 사람들이 사는 시골로 체험 여행을 보냈습니다.

여행을 다녀온 아들은 아버지에게 소감을 밝혔습니다.

"우리 집에는 개가 한 마리 있는데 그 집에는 네 마리가 있었고, 우리 집에는 수영장이 하나 있는데 그 시골집에는 끝없이 흐르는 맑은 계곡이 있었고, 우리 집에는 전등이 몇 개 있지만, 그 집에는 무수한 별들이 밤을 밝히고 있고, 우리 집에는 작은 정원이 있는데 그 작은 집 앞으로는 넓은 들판이 펼쳐져 있고, 우리 집은 가정부의 도움을 받는데 그 가난한 집에서는 동네 사람들이 서로서로 도움을 주고받고, 우리 집에는 돈을 주고 먹을 것을 사는데 그 집에는 돈이 없어도 손수 농사를 지은 먹을거리가 논과 밭에 쌓여 있고, 우리 집은 높은 담장만 우리를 보호하고 있는데 그 집은 울타리도 없이 이웃들이 서로서로 보호해주고 있었어요."

그리고 마지막에 한마디를 덧붙였다.

"아버지! 저는 우리 집이 얼마나 가난한지 비로소 깨달았어요."

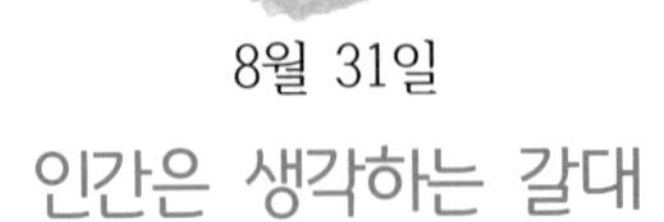

8월 31일

인간은 생각하는 갈대

갈대는 지극히 약한 식물입니다. 조그마한 새 한 마리가 앉아도 부러집니다. 인간도 갈대처럼 약한 존재입니다. 급소를 조금 다치거나 독약을 몇 방울만 먹어도 생명을 잃습니다. 그러나 인간은 생각하는 힘을 갖고 있습니다. 사고력이 인간의 위대성입니다. 인간을 동물과 구별하는 근본 질서는 이성을 가지고 생각하는 데 있습니다. 생각하는 힘, 그것은 위대한 사상과 창조의 근본입니다. 문명의 건설도, 달나라에 가는 과학의 기적도 모두가 사고력의 산물입니다.

인간의 품위, 인간의 존엄성은 생각하는 데 있습니다. 생각하지 않는 인간은 인간이라고 할 수 없습니다. 그러나 오늘날 현대인은 생각하는 힘이 점점 약해져 가고 있습니다. 현대의 대중 문명, 기술 사회, 조직 사회 속에서 현대인은 자기 머리로 생각하는 자주적 사고의 훈련과 관습을 잃어가고 있습니다. 생각하는 인간이 생각하지 않는 인간, 생각하지 않으려는 인간으로 변해가고 있습니다. 그러므로 우리는 자주적 사고력을 다시 회복해야 합니다.

우리는 생각해야 합니다. 그러나 생각하는 것만으로는 안 됩니다. 우리는 바른 생각을 해야 합니다. 바른 사고가 중요합니다. 나쁜 생각, 옳지 않은 사고는 나와 남, 인간과 사회를 불행하게 하는 요인입니다. 우리는 자주적 사고와 정당한 사고를 해야 합니다. 스스로 생각하고 바르게 생각하는 인간은 생각하는 갈대입니다.

9월

오늘만큼은

오늘만큼은

| F. 패트리지 |

오늘만큼은 기분 좋게 살자
남에게 상냥하게 미소를 짓고
예의 바르게 행동하며
아낌없이 남을 칭찬하자.

인생의 모든 문제는
한 번에 해결되지 않는다
하루가 인생의 시작인 기분으로
계획하고 계획을 지키도록 노력해 보자.

조급함과 망설임이라는
두 마리 해충을 없애도록 노력하고
나의 인생에 대해
올바른 판단을 할 수 있도록 애써보자.

9월 1일
인생은 삶의 예술가

사람 성격의 근본 바탕은 5~6세 때에 이미 형성된다고 심리학자들은 말합니다. 그러나 최근 학자들은 이 견해에 이의를 제기하고 있습니다. 성격의 형성은 일생 계속된다는 견해가 힘을 얻고 있습니다. 즉 어려서부터 죽을 때까지 계속한다는 것입니다.

그 예는 30, 40세가 넘어서 큰 충격이나 큰 감동, 큰 신앙으로 완전히 새로운 성격이 형성되는 경우를 우리는 자주 발견하고 목격합니다. 그러므로 인간은 날마다 자기의 성격을 형성해 나가는 삶의 예술가들입니다.

어제의 행동이 오늘의 나를 결정하고, 오늘의 행동이 내일의 나를 형성합니다. 과거가 현재를 결정하고 현재가 미래를 지배합니다.

선의 씨를 뿌리면 선의 열매를 거두고 악의 씨를 뿌리면 악의 열매를 거둡니다. 사고력이 행동을 결정하고 행동이 습관을 형성하고 습관이 성격을 만들고 성격은 운명을 지배합니다.

그러므로 교육은 인간의 이상적 성격을 만드는 바람직한 노력입니다. 어렸을 때 어머니의 무릎에서 받은 교육도 중요하지만, 20세 전후 감수성이 왕성한 시기에 받는 교육은 성격 형성에 결정적 영향을 줍니다.

그 결과로 자각, 결심, 사명감, 신념 이런 요소들이 중요한 역할을 한다는 사실을 잊어서는 안 됩니다.

9월 2일

삶의 기술

인생에서 가장 중요한 것은 첫째, 자기 삶의 목표 선택이며, 둘째는 힘의 집중입니다.

인생은 유한합니다. 삶의 시간과 힘은 한정되어 있습니다. 우리는 무슨 일이든 다 할 수 있는 초능력자가 아닙니다. 인생의 여러 목표 중에서 하나를 선택해야 합니다. 그 선택의 기준은 두 가지입니다.

첫째는 그 일이 완성되도록 나의 천분天分에 맞고, 나의 개성을 살릴 수 있고, 나의 정열을 쏟을 수 있는 일이어야 합니다. 무엇보다도 내 생의 보람을 느낄 수 있는 일이어야 합니다.

둘째는 그 일이 사회에 이익을 주고 가치가 있는 일이어야 합니다. 목표를 정한 다음에는 온 힘을 집중해야 합니다. 이 세상에서 집중된 힘처럼 더 무서운 것은 없습니다.

정신을 하나의 목표에 집중하면 안 되는 일이 없습니다. 티끌 모아 태산이라고 하는 말은 명언입니다. 적은 것도 오래 쌓이면 큰 성과를 거둘 수 있고, 천 리 길도 한 걸음부터 시작된다는 것은 삶의 진리입니다. 천재는 집중하는 능력의 소유자입니다. 그러므로 생각과 능력, 시간과 정성을 한 목표에 집중해야 합니다. 끊임없이 집중해야 자기 성공의 큰일을 해낼 수 있습니다.

올바른 목표 선택과 부단한 힘의 집중은 성공의 비결이며, 인생을 살아가는 비결입니다.

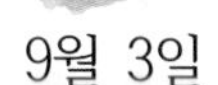

9월 3일

운명의 지배자가 되는 처방전

새로운 아이디어가 떠오르면 먼저 의심하는 것이 인간의 특징입니다. 그러나 만일 당신이 여기에 제시된 처방전에 따른다면, 당신의 의심은 신념으로 굳어질 것입니다.

인간은 지상의 물질을 지배할 수 있기에 운명의 지배자가 된 것입니다. 인간은 인류의 환경을 지배할 수 있습니다.

왜냐하면 인간은 자신의 잠재의식을 일깨우고 그것을 발전시켜 나갈 힘을 가지고 있기 때문입니다.

따라서 욕망을 돈으로 전환하려면 자신의 잠재의식을 발견해야 하며, 잠재의식을 일깨워 현실화하려면 자기암시를 매개체로 활용해야 합니다. 그 밖에도 여러 가지 원칙이 있겠지만, 그 원칙들은 사실 자기암시를 움직이게 하는 도구에 지나지 않습니다.

이런 생각을 머릿속에 새겨둔다면, 당신은 부를 축적하는 방법 가운데 제일 중요한 구실을 하는 것이 바로 자기암시의 원칙이라는 사실을 깨달을 수 있을 것입니다.

9월 4일

목표한 인간이 되는 기술

인생은 극장이고 무대입니다. 그리고 자신이 그 무대의 연출가이며 주역입니다. 그러므로 인생 무대의 완전한 주역이 되는 기술을 몸에 익히는 것이 중요합니다.

성공하여 승자가 되기 위해서는 평탄한 길만이 아니라 산과 계곡의 험로를 넘어야 합니다. 괴롭고 힘들어서 도중에 목표를 포기하지 않고 손쉽게 승자가 되는 방법을 생각해보길 바랍니다.

그것은 자기식의 의미 변환, 목표 변환을 하여 다른 생각으로 잠시 쉰 후에 다시 전진하는 방법이 있습니다. 괴롭고 힘들 때를 극복하는 또 다른 방법은 인간의 습관을 활용하는 것입니다.

아무리 괴롭고 힘들어도 한 가지 일을 2주일 이상 계속하면 몸에 밴 습관처럼 되고, 도중에 포기하면 오히려 정신적으로 불안해져 안정되지 않습니다. 이 습성을 잘 활용하는 것입니다.

그리고 후회 없는 오늘, 내 인생이 끝나도 후회가 없도록 하루하루를 충실하게 살아가면 만족스러운 삶의 방법이 될 것입니다.

9월 5일
친구, 나의 슬픔을 지고 가는 사람

영화 「늑대와 함께 춤을」을 보신 분들은 아시겠습니다만, 북미 대륙의 인디언들은 사물을 표현하는 방법이 아주 독특합니다.

'주먹 쥐고 일어서', '바람처럼 빠른 사람'이 있는가 하면, 영화의 주인공이 늑대와 함께 노는 모습을 보고 인디언들은 그를 '늑대와 함께 춤을'이란 이름으로 불렀던 것입니다.

그런데 그 인디언들이 '친구'를 가리키는 말은 '나의 슬픔을 자기 등에 지고 가는 사람(one who carries my sorrows on his back)'이라고 합니다.

우리가 말하는 친구란 '오랫동안 가깝게 지낸 사람'이란 뜻이라면, 그들이 말하는 친구는 시적인 운치도 있고 인생에 대한 깊은 통찰도 들어있습니다.

로마 시대의 키케로(시세로)는 '친구는 나의 기쁨을 배로 하고, 슬픔을 반으로 한다.'라고 말했습니다. 슬픔이나 기쁨만이 아니라 여러 가지 일을 포함할 수도 있다고 생각합니다.

만일 슬픔이란 말 대신 '어려운 일', 또는 '괴로운 일'이라는 말로 바꾸어도 뜻이 훌륭하게 통합니다. 친구뿐만 아니라 동료, 부부도 마찬가지입니다.

9월 6일

완벽한 인간

숲속을 흐르는 강을 따라가는 배에 노인과 소년이 함께 타고 있었습니다. 노인은 물속에서 나뭇잎 하나를 주워 들고 소년에게 물었습니다.

"얘야, 너는 나무에 대해 아는 게 있느냐?"

"아무것도 모릅니다. 아직 그런 것을 배우지 못해서…."

이 말을 듣고 노인이 말했습니다.

"그렇다면 너는 인생의 25%를 잃어버린 거다."

이윽고 배가 기슭에 닿자, 노인은 물속에서 반짝이는 돌을 주워 손바닥에 굴리며 소년에게 물었습니다.

"얘야, 이 돌을 보아라. 너는 지구에 대해 아는 게 있느냐?"

노인은 조약돌을 물속에 던지며 말했습니다.

"네가 만일 흙에 대해 모른다면 인생의 나머지 25%도 잃어버린 것이다. 이것으로 너는 인생의 50%를 잃은 것이 된다."

그들은 물을 따라 계속 내려갔고, 이윽고 세상이 회색빛으로 저물자, 별이 하나둘 나타났습니다.

노인은 하늘을 보며 말했습니다.

"얘야, 저 별을 보렴. 저 별의 이름을 알고 있느냐? 너는 하늘에 대해 알고 있느냐?"

소년은 슬픈 듯이 말했습니다.

"죄송합니다만, 그것에 대해 전혀 배운 바가 없습니다."

노인은 소년에게 충고했습니다.

"애야, 너는 나무에 대해서도 모르고, 흙에 대해서도 모르고 하늘에 대해서도 모르고 있다. 이것으로 너는 인생의 75%를 잃고 있구나."

그때 갑자기 노인과 소년은 앞에서 솟구치는 거대한 물결 소리를 들었습니다. 통나무배는 급류에 휩쓸려 여울목으로 들어가고 있었습니다.

소년은 외마디 소리를 지르며 외쳤습니다.

"폭포에요. 물속에 뛰어들지 않으면 살아날 수 없어요. 할아버지는 헤엄칠 줄 아세요?"

"애야, 나는 아직 헤엄치는 걸 배우지 못했다."

노인의 말을 듣고 소년은 말했습니다.

"그러면 할아버지는 인생의 100%를 잃게 됩니다!"

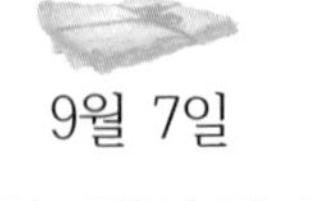

9월 7일
스승과 제자의 거리

큰스님이 법회를 열자, 그 가르침을 듣고자 전국 각지에서 불자와 많은 신자가 구름같이 몰려들었습니다. 그들 중에는 도둑이나 강도 등으로 옥살이를 한 전과자들도 끼어 있었습니다. 큰스님의 제자들은 의심의 눈초리로 그들의 행동을 지켜보았습니다.

그런 중에 한 젊은이가 돈을 도둑맞았습니다. 절 안의 사람들이 전과자를 의심하자, 제자들이 큰스님을 찾아갔습니다.

"저희는 불안해서 견딜 수가 없습니다. 그 전과자들을 큰스님께서 내쫓아주십시오."

제자들의 말에 큰스님은 고개를 끄덕이며 알았노라 대답했습니다. 그런데 다음 날도 그다음 날도 전과자들은 계속 법회에 나왔습니다.

제자들은 또 큰스님을 찾아갔습니다.

"큰스님, 혹시 잊어버리셨나 해서 다시 왔습니다. 그자들을 빨리 처리하여 주시기 바랍니다."

이번에도 큰스님은 그렇게 하겠다고 고개를 끄덕였습니다. 그러나 전과자들은 여전히 절 안에서 생활하고 있었고, 제자들은 또다시 큰스님에게 부탁했습니다. 하지만 아무리 청을 드려도 큰스님은 어떠한 조치도 취하지 않았습니다. 참다못한 제자들이 떼지어 몰려가 대들듯이 말했습니다.

"큰스님, 도대체 어찌 된 일입니까? 그토록 여러 번 부탁을 드렸는데 그들은 여전히 절을 떠나지 않고 있습니다. 이제 저희는 더 이상 물러설 수가 없습니다. 그자들을 내쫓지 않으신다면 저희가 산에서 내려가겠습니다!"

화를 이기지 못한 젊은 제자들이 고개를 빳빳이 들고 큰스님의 대답을 기다렸습니다.

"정 그렇다면 너희들 마음대로 하려무나. 그대들 같이 정직한 사람들에게 내 가르침은 더 이상 필요 없다. 내가 가르치고자 하는 사람은 그 전과자들 같은 용서 받아야 할 사람이니라. 어떻게 해서든 그들을 바른길로 인도해 주고 싶은 것이 내 뜻이니, 너희 같은 사람은 더 이상 산에 머물러 있을 필요가 없느니라."

斷機之教단기지교
짜던 베를 잘라 가르침

9월 8일

갈대의 용기

넓은 평원에는 갈대숲이 이어져 있고 그 주위에 올리브 나무가 이웃해 있었습니다. 갈대와 올리브 나무는 태풍이 불어와도 끄떡 안 한다고 다투듯이 서로 장담했습니다.

생명이 있는 것들은 남을 부러워하기보다 자신에 대한 만족감에 젖어 있을 때가 가장 행복한 순간인지도 모릅니다.

마침내 서로의 장담이 너무 지나쳐서 말다툼이 벌어졌습니다.

"갈대의 마음이라더니…. 너는 바람이 조금만 불어도 고개를 숙이잖니!"

올리브 나무가 빈정거리듯이 놀렸습니다.

갈대는 아무런 대답도 하지 않았습니다. 다만 조용한 갈대의 모습이 호수에 비칠 뿐이었습니다.

얼마 후 태풍이 불어왔습니다. 그러자 갈대는 부드럽게 고개를 숙이고 자세를 낮추어 바람을 피했습니다.

그러나 올리브 나무는 세찬 바람을 피하지 않고 맞섰습니다. 결국은 뿌리째 뽑혀 버렸습니다.

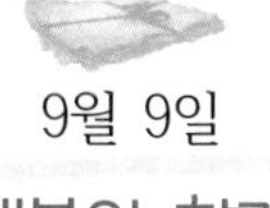

9월 9일
행복의 향기

누구든 좋은 사람을 만나고 싶어 합니다. 좋은 사람을 눈에 담으면 '사랑'을 느끼고, 좋은 사람을 마음에 담으면 '온기'가 느껴집니다. 좋은 사람과 대화를 나누면 '향기'가 느껴지고, 좋은 사람을 만나면 좋은 일만 생깁니다.

웃는 얼굴에는 가난이 없습니다. 한 번의 웃음소리가 그 인생을 유익하게 하고 복되게 살게 합니다. 인생이란 한 번밖에 살 수 없으니 살아있는 동안은 행복하게 살아야 합니다. 오늘이 내 생애 최고의 날로 최선을 다해 살고, 지금이 최고의 순간인 듯 행복해야 합니다.

행복은 누려야 하고 불행은 버리는 것입니다. 소망은 좇는 것이고 원망은 잊어야 하는 것입니다. 기쁨은 찾는 것이고 슬픔은 견디는 것입니다. 건강은 지키는 것이고 병마는 벗하는 것입니다.

사랑은 끓이는 것이고 미움은 삭이는 것입니다. 가족은 살피는 것이고 이웃은 어울리는 것입니다. 자유는 즐기는 것이고 속박은 날려버리는 것입니다. 웃음은 나를 위한 것이고 울음은 남을 위한 것입니다.

기쁨이 바로 행복의 향기입니다.

9월 10일

마음을 비우는 지혜

갈대밭에 바람이 불면 갈댓잎이 수런수런 소리를 냅니다.
그 바람이 지나가면 언제 그랬냐는 듯 조용합니다.
소리가 남지 않는 탓입니다.

기러기가 고요한 호수 위를 날면 그림자가 물 위에 비칩니다.
그러나 기러기가 지나가고 나면 그림자는 남지 않습니다.

눈앞에 일이 생기면 마음이 움직이는데, 일이 끝나고 나면 과연, 우리의 마음은 비워질까요?
이렇게 마음을 비울 수만 있다면 건강한 육체에 밝은 정신이 깃들 것입니다.

枯木死灰고목사회
無爲無欲무위무욕의 경지

9월 11일

마음의 흐름

다음 글을 읽어 보시길 바랍니다.

① 마음속에 딴생각이 없으면 몸이 편하다.
② 마음속에 자만이 있으면 존경심을 잃는다.
③ 마음속에 욕심이 없으면 의리를 행한다.
④ 마음속에 사심私心이 없으면 의심받지 않는다.
⑤ 마음속에 노여움이 없으면 말씨도 부드러워진다.
⑥ 마음속에 용기가 있으면 뉘우침이 없다.
⑦ 마음속에 인내가 있으면 일을 성취한다.
⑧ 마음속에 탐심貪心이 없으면 아부하지 않는다.
⑨ 마음속에 미혹迷惑이 없으면 남을 의심하지 않는다.
⑩ 마음속에 잘못이 없으면 두려움이 없다.
⑪ 마음속에 흐림이 없으면 고요히 지낼 수 있다.
⑫ 마음속에 교만이 없으면 남을 공경한다.

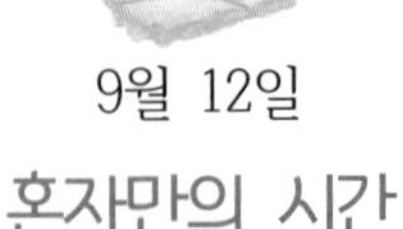

9월 12일

혼자만의 시간

노르웨이의 탐험가 난센은 스물일곱 살 때 그린란드 560㎞를 횡단하여 얼음 벌판으로 되어 있다는 것을 확인했고, 서른두 살 때는 목숨을 걸고 북극을 탐험하여 해류에 관한 자기의 가설을 증명하기도 했습니다.

혹한과 망망한 얼음 벌판과 고독과….

젊은 난센에게 탐험은 자기와의 싸움이자, 자연과의 싸움이기도 했습니다. 어쨌든 그는 성공했고 후에는 외교관이 되어 노벨평화상을 받기도 했습니다.

그가 한 말에 이런 것이 있습니다.

"인생에 있어서 가장 중요한 일은 자기를 발견하는 것이다. 그 때문에 때로는 혼자 조용히 생각하는 시간을 가질 필요가 있다."

자기의 능력, 자기의 실력, 자기의 계획, 자기만의 방법. 혼자서 생각해야 할 일들은 너무도 많습니다.

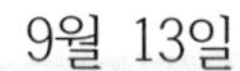

9월 13일

걸을 때는 걷는 일이 중요하다

어떤 사람이 선사에게 물었습니다.

"당신은 어떤 방법으로 종교적 수행을 하십니까?"

"나의 수행 방법은 일상생활과 조금도 차이가 없소. 별것 없지요. 배가 고프면 먹고 졸리면 잡니다."

질문한 사람은 어리둥절해져서 물었습니다.

"그렇다면 수행하는 데 특별한 것이 없군요."

"특별한 것이 없다는 사실이 중요한 점이죠."

질문을 한 사람은 더욱 혼란스러워, "배고프면 먹고 졸리면 자는 것은 모든 사람이 하는 일상적인 생활이 아닙니까?"하고 또 물었습니다.

선사가 웃으며 대답했습니다.

"그렇지 않소. 우리가 먹을 때는 다른 많은 것들과 함께하고 있소. 당신도 먹으면서 생각하고 꿈꾸고 상상하고 기억할 것이오. 단순히 먹기만 하면서 존재하는 것이 아니란 말이오. 하지만 나는 먹을 때 단순히 먹기만 합니다. 거기에는 먹는 것만이 존재할 뿐, 다른 것은 아무것도 존재하지 않지요. 그것은 순수한 것이오. 당신은 잠잘 때 수많은 일을 할 것이오. 자면서 꿈꾸고 싸우고 악몽에 시달리는 것이 바로 그것이오. 그러나 나는 잘 때는 단순히 잠만 잘 뿐, 다른 것은 하지 않소. 잠잘 때는 오직 잠만 자고 자신조차도 존재하지 않는단 말이오. 걸을 때는 오직 걷는 것만 존재하지요."

9월 14일

우정의 체온

세 나그네가 눈보라 속에서 들길을 헤매고 있었습니다. 온 세상이 눈으로 덮여 길이 묻혀버린 것입니다.

이미 날은 저물었고 인가마저 찾을 길이 없었습니다. 그때 일행 중 한 사람이 눈 위에 쓰러졌습니다.

그러자 한 사람이 자기 자신도 지쳐 죽을 지경이었지만 쓰러진 사람을 부축하며 다른 사람에게 도움을 청했습니다. 그러나 그는 별 볼 일 없다는 듯 혼자 달아나며 큰 소리로 말했습니다.

"이런 매서운 눈보라 속에서 헤매다가는 죽고 말걸세. 자네도 어서 자네 몸이나 돌보게."

남은 사람은 하는 수 없이 혼자서 쓰러진 사람을 업고, 인가를 찾아 헤매는 동안 날이 밝았습니다. 그 사이 등에 업힌 사람도 기운을 차려 혼자 걸을 수 있게 되었습니다.

이제는 떠오르는 햇빛으로 온 세상이 밝아졌습니다. 이미 눈보라도 멈추어 천지가 하얗게 빛나고 있었습니다. 그때 두 사람은 고목 나무 아래 혼자 달아났던 친구가 쓰러져 있는 것을 발견했습니다. 지난밤의 매서운 추위를 견디지 못하고 꽁꽁 언 채로 죽어 있었습니다.

살아남은 두 사람은 서로의 체온이 합쳐져 몸을 덥혔으므로 혼자보다는 따뜻했을 것입니다.

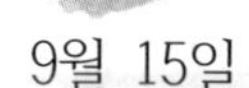

9월 15일

우정과 사랑의 차이

우정은 시간이 흐를수록 두터워지는 성장이 느린 나무와 같습니다. 사람의 관계는 갑자기 친해지지 않는 거리감이 있어, 우정의 강화에는 시간이 필요합니다. 오래 사귀면 사귈수록 우정이 깊어집니다. 일순간에 우정이 이루어진다는 건 거짓말입니다. 서로 만나고 이야기하고 먹고 마시고 함께 여행하고 같이 지내는 사이에 우정의 뿌리는 점점 두꺼워지고 깊어집니다.

새 친구를 사귀려고 하기보다 가까이 있는 오랜 친구를 잃지 않도록 힘써야 합니다. 특히 노령에 접어들면 새 친구는 잘 사귀어지지 않으므로 오랜 친구를 소중히 여겨야 합니다.

연애는 우정과 다릅니다. 사랑은 성장이 빠른 나무와 같아 시들기도 잘합니다. 연애는 일순간에 사랑이 이루어질 수도 있고, 첫눈에 반한다든가 천생연분이라는 말은 그런 경우를 두고 하는 말입니다. 사랑이 이루어지는 데는 긴 시간이 필요치 않습니다. 한두 번 만난 여자와 깊은 애정에 빠질 수도 있고, 쉽게 뜨거워지고 식기도 합니다. 시간은 사랑을 약하게 합니다. 우정은 좀체 깨지지 않지만, 사랑은 쉽게 깨집니다. 우정에는 질투가 따르지 않지만, 사랑은 질투와 걱정이 있습니다. 이렇듯 우정에는 질투가 없지만, 연애는 질투가 따르고, 우정은 뜨겁지 않은 대신에 오래 지속되고, 연애는 뜨겁지만 망각하기 쉽고, 우정은 성장이 느린 나무와 같고 사랑은 성장이 빠른 나무와 같습니다.

9월 16일

지혜의 무게

두 승려가 절로 돌아가는 중이었습니다. 해가 뉘엿뉘엿 서산을 넘어갈 무렵 두 승려는 냇가에 이르렀습니다. 그때 한 처녀가 냇가에서 머뭇거리는 모습을 발견하였습니다.

이를 보자 나이 많은 승려는 재빨리 눈을 감아버렸습니다. 계율을 잘 지키기로 이름난 그는 색정에 휘말리지 않을까 두려웠던 것입니다. 이러한 난관을 극복하기 위해 선배 수도승은 눈을 감고 앞서서 개울을 건너기 시작했습니다. 그런데 계율을 잘 모르는 젊은 수도승은 처녀에게 먼저 말을 걸었습니다.

“왜 여기 서 계시는가요? 금방 어두워질 겁니다. 이곳은 인적이 매우 드문 곳이오.”

그러자 처녀가 수줍게 대답했습니다.

“개울을 건너야 하는데 너무 무서워요. 도와 주세요.”

마침 장마 뒤라 개울물이 많이 불어 있었던 것입니다. 젊은 승려는 거침없이 말했습니다.

“물이 깊어 보이니 제 등에 업히십시오.”

먼저 개울을 건너간 나이 많은 승려는 뒤를 돌아보고는 깜짝 놀랐습니다. 수도승이 처녀를 등에 업고 있는 것이 아닌가. 그는 매우 당황하여 마음속으로 생각했습니다.

‘이는 계율을 어기는 죄다.’

사실 그는 죄의식을 느끼고 있었습니다. 자신이 선배이기 때문에 더욱 그러했고, 젊은 수도승을 말렸어야 했습니다. 이와 같은 행위는 명백한 죄악이며, 이 사실을 큰스님에게 고할 책임을 느꼈습니다.

개울을 건넌 젊은 수도승은 그 처녀를 내려놓고 선배 수도승을 따라 절을 향해 걷기 시작했습니다. 절까지는 아직 십 리 길이 남아있었지만, 선배 수도승은 화가 나서 아무 말도 하지 않고 묵묵히 걸어갔습니다.

그들은 계속 말없이 걷다가 마침내 절 입구에 이르자, 그제야 선배 수도승이 입을 열었습니다.

"자네는 오늘 큰 잘못을 저질렀네. 그것은 금지된 행동이야."

젊은 수도승은 어리둥절해서 물었습니다.

"제가 무슨 잘못이라도 저질렀다는 말씀인가요? 저는 계속 침묵을 지켰습니다. 한마디도 하지 않았어요."

이에 선배 수도승이 말했습니다.

"여기까지 함께 걸어오는 동안을 말하는 것이 아닐세, 자네가 개울에서 업어준 그 처녀에 대해서 말하는 것이네."

그러자 젊은 수도승이 미소 지으면서 말했습니다.

"저는 이미 처녀를 그곳에 내려놓았는데, 스님은 아직도 그 처녀를 업고 계시는군요."

9월 17일

단점보다 장점을 보는 지혜

어느 날 공자는 제자들과 함께 길을 걷고 있었습니다.

그때 맞은편에서 걸어오는 사람이 한쪽 다리를 절룩거렸습니다.

"저 사람은 한쪽 다리가 짧은 모양입니다."

제자는 상대편 사람의 부족함을 드러내며 말했습니다.

"네 눈에는 다리 하나가 짧게 보이는 것 같으냐? 이왕이면 다른 다리가 길다고 하는 게 더 좋지 않겠느냐?"

제자는 머리를 깊이 숙였습니다.

居移氣거이기

사람은 지위와 상황에 따라 달라진다.

9월 18일

관용의 눈

어느 시골 성당에 신부를 돕는 어린 소년이 있었습니다. 어느 날 성찬용 포도주를 옮기다가 실수로 포도주 담은 그릇을 떨어뜨리고 말았습니다. 순간 화가 난 신부가 소년의 뺨을 때리면서 외쳤습니다.

"빨리 꺼지지 못해! 그까짓 일도 제대로 못 하는 녀석, 다시는 제단 앞에 얼씬거리지도 마라."

그 후로 소년은 평생 성당에 나오는 일이 없었습니다. 훗날 무신론자가 되어 공산국가의 대통령이 되었습니다. 그가 바로 유고슬라비아의 티토 대통령입니다.

다른 성당에도 똑같은 심부름을 하는 소년이 있었습니다. 그도 역시 실수로 성찬용 포도주를 땅바닥에 쏟았지만, 신부는 부드러운 눈빛으로 소년을 바라보며 이렇게 말했습니다.

"너무 걱정하지 말렴. 넌 앞으로 훌륭한 신부가 될 거다. 나도 너처럼 어렸을 때 실수로 포도주를 쏟은 적이 있단다. 그런데 지금은 이렇게 신부가 되어 있잖니?"

그 후 어린 소년은 자라서 훌륭한 신부가 되었습니다. 그가 바로 유명한 풀톤 대주교입니다.

9월 19일
문명의 그늘

공자의 제자 자공子公이 길을 가다가 강이 흐르는 마을에 이르렀습니다. 그는 한 노인이 밭에 고랑을 파고 우물물을 동이로 길어다 물을 대는 광경을 보았습니다. 땀 흘리며 열심히 일했으나 좀처럼 나아지지 않는 것을 본 자공은 노인이 딱해 보여 말을 붙였습니다.

"노인장, 정말 어렵게 농사를 지으시는군요. 하루 백 이랑의 물을 대도 힘들지 않은 기계가 있는데, 그걸 이용하시면 어떨까요?"

"어떤 기계가 그토록 훌륭하다는 말인가요?"

"뒤는 무겁고 앞은 가볍게 만들어 물을 길어 올리는 기계이지요. 용수레라고 합니다."

노인은 못마땅하다는 듯한 얼굴을 하다가 그 표정을 부드럽게 바꾸며 말했습니다.

"우리 선생님께서 기계를 사용하게 되면 반드시 기교한 일이 생기고, 기교한 생각이 마음을 차지하면 그 마음이 진실을 잃게 되고, 마음이 진실을 잃게 되면 그 정신이 불안해지며, 그 정신이 불안해지면 도에 어긋나 편히 살 수 없다고 하였소. 내가 기계의 편리함을 모르는 게 아니라, 마음이 끌리지 않아 쓰지 않는 거라오."

노인의 말에 자공은 조용히 머리를 숙여 인사를 하고 다시 길을 떠났습니다.

9월 20일

탐욕

나무 위에 앉아 즐겁게 노래 부르던 종달새 한 마리가 작은 상자를 들고 지나가는 젊은이에게 궁금한 듯 물었습니다.

"그 상자 속엔 무엇이 있죠?"

"네가 좋아하는 지렁이란다."

젊은이가 대답했습니다.

구미가 당긴 종달새가 또 물었습니다.

"어휴! 어떻게 하면 그것을 얻을 수 있죠?"

젊은이의 대답은 간단했습니다.

"네 깃털 하나에 지렁이 한 마리씩 줄 수 있지."

종달새는 즉시 깃털 하나를 뽑아 지렁이와 바꾸어 먹었습니다.

수많은 깃털 중 하나쯤 뽑아낸들 아무 상관 없을 것 같아서였습니다. 맛있는 먹이를 얻는 방법이 너무 손쉽다는 데 일종의 희열을 느끼며 종달새는 유쾌하게 노래를 불렀습니다.

이 방법에 재미가 붙은 종달새는 얼마 지나지 않아 털 하나도 남지 않은 벌거숭이가 되고 말았습니다.

자기 자신을 봐도 부끄럽기 짝이 없는 종달새는 마침내 노래마저 중단하고 말았습니다.

9월 21일

부처의 모습

임제臨濟가 그의 스승을 뵙고 눈물을 흘리면서 나는 어떻게 해야 부처가 될 수 있느냐고 울부짖으며 물었습니다.

그러자 스승은 힘껏 그의 얼굴을 후려쳤습니다. 빰을 한 대 아프게 때렸다고 합니다.

임제는 깜짝 놀라며 황급히 말했습니다.

"왜 이러십니까? 제가 무슨 잘못된 것이라도 여쭈었습니까?"

"그렇다. 이것은 사람만 물을 수 있는 마지막 질문이다. 또 한 번 물어보아라. 더 세게 때려줄 테니. 얼마나 어리석으냐! 네가 곧 부처이다. 한데 어떻게 부처가 되느냐고 물어?"

如是我聞여시아문
나는 이렇게 들었다.

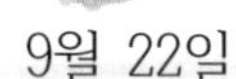

9월 22일

농부에게서 배우는 황희 정승

어느 봄날, 황희 정승이 산골 들녘을 지나다 밭에서 일하는 중년의 농부를 만났습니다. 정승은 농부에게 말을 건넸습니다.

"여보시오. 그 두 마리 소 중에 어느 소가 일을 더 잘하오?"

농부는 대답하지 않았습니다. 황 정승은 자기의 말을 잘 알아듣지 못했는가 싶어서 큰 소리로 다시 물었습니다. 역시 농부는 아무 대꾸도 하지 않았습니다.

이에 황 정승은 괘씸하다고 생각하기에 이르렀습니다. 그러자 잠시 뒤 농부는 하던 일을 멈추고 황희 정승 앞으로 가까이 다가서더니 귀에 입을 대고 속삭였습니다.

"저기 검정소가 더 일을 잘하지요."

황희 정승은 이와 같은 태도를 의아하게 여기며 그 까닭을 물었습니다. 그제야 농부가 큰 소리로 말했습니다.

"아무리 짐승이라도 잘 못 한다고 말하면 좋아할 리가 없지요. 그래서 소가 듣지 못하도록 말씀드린 것입니다."

이 말을 들은 황희 정승은 크게 깨달은 바가 있어 나랏일을 돌볼 때 늘 농부의 말을 잊지 않았다고 합니다.

9월 23일

명성과 마음

장자가 몇 년을 어느 마을에서 살다가 갑자기 그곳을 떠나야겠다고 제자들에게 말했습니다.

이에 제자들은 놀라며 말했습니다.

"왜 떠나시려고 합니까? 저희는 그 이유를 모르겠습니다. 지금 모든 일이 잘되어가고 있고 편안한데 말입니다. 사실 이제야 우리는 편안하게 지낼 수 있게 되었습니다. 그런데 스승님께서 떠난다고 하십니다. 대체 어찌 된 일이옵니까?"

장자가 말했습니다.

"이제 사람들이 나를 알기 시작했다. 내 명성이 퍼지고 있다. 명성이 생길 때 주의해야 한다. 그 이유는 머지않아 나를 존경하고 따르던 사람들이 비방하기 때문이다. 그래서 나는 그들이 나를 비방하기 전에 떠나려는 것이다."

명성이 비방으로 변하는 때가 옵니다. 성공이 실패로 돌아서는 경우도 옵니다. 늘 중간에 머물러야 한다는 자기 관리를 기억해 두는 편이 좋습니다.

우리의 삶은 끊임없는 주의가 필요합니다. 그렇지 않으면 마음이라는 것은 성공했을 때 왜 더 성공하지 못하는가 하는 욕망에 사로잡히게 됩니다.

마음이 말합니다.

"당신은 성공했다. 그러나 그것이 당신의 전부는 아니잖은가? 왜 더 성공하려 하지 않는가? 앞길은 탄탄대로이다. 누구도 방해하려 하지 않는다. 왜 더 성공하려 하지 않는가?"

마음은 강박적입니다. 항상 집착합니다. 마음은 휴식이 없습니다. 어떤 면에서 마음은 악마이기도 합니다. 그러므로 너무 마음을 믿어서는 안 된다는 것을 기억하시기 바랍니다.

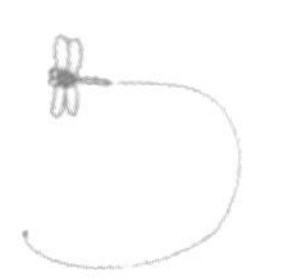

明哲保身명철보신

이치에 맞는 도리로 몸을 보전함

9월 24일

희생

암탉 한 마리와 돼지 한 마리가 함께 길을 가고 있었습니다.

그때 어떤 사람이,

"가난한 사람을 도웁시다. 가난한 사람을 도웁시다."

하고 사람들 앞에 서서 외치고 있었습니다.

암탉이 잠시 생각에 잠기더니, 돼지를 보면서,

"좋은 방법이 있어. 우리 '햄 앤드 에그'를 만들어 주자."

고 하는 것이었습니다.

햄 앤드 에그란 돼지고기로 만든 햄과 달걀 부친 것을 말합니다만, 햄을 만들려면 돼지는 죽어야 할 형편이고, 닭은 달걀 한 개만 낳으면 되는 셈입니다.

돼지가 부루퉁해서 말했습니다.

"너는 달걀 한 알이면 되고, 나는 온몸을 바쳐야 한단 말이냐?"

쉽게 말씀드리면, 닭은 살짝 빠져나가고 돼지를 희생양, 아니 희생돼지로 바치고 자기만 생색내겠다는 것이었습니다.

희생이나 자선이란 인간을 사랑하고 사회를 사랑하는 마음으로 자기 자신은 손해를 보면서도 기쁨을 느낄 수 있을 때 뜻이 있다고 하겠습니다.

9월 25일

자기 한정

어떤 낚시꾼이 고기를 잡고 있었습니다.

고기를 잡으면 그 길이를 재어 보고는 큰 것은 버리고 작은 것을 어망에 담았습니다.

"실례입니다만, 한 가지 여쭤봐도 될까요?"

"물론이지요."

"큰 고기는 버리고, 작은 고기만 담으시는데 무슨 이유인가요?"

"그야 까닭이 있지요. 우리 집 프라이팬의 크기가 10인치(약 25cm)밖에 안 되니까요. 그래서 10인치가 넘는 것은 곤란하지요."

우리는 이 낚시꾼을 어리석다고 비웃을 수 있지만, 실제로 우리도 이와 비슷한 일을 하고 있는지도 모릅니다.

우리 인간들의 삶이란 어떤 형태로도 자기 자신이 원하는 크기를 한정시켜 놓고 그 이상의 것은 포기해 버리는 이율배반적인 존재가 아닌가 생각해 볼 일입니다.

9월 26일
실수의 교훈

기차를 기다리던 노인이 점심을 먹으려 역사 안의 식당을 찾았습니다. 식탁에 앉아 음식을 먹으려는데 갑자기 화장실에 가고 싶어졌습니다. 노인은 음식을 놔둔 채 화장실에 다녀왔습니다.

노인이 돌아와 보니 자신의 식탁 앞에 한 흑인이 앉아 음식을 먹고 있었습니다. 이에 노인은 화가 났지만 남루한 행색에 허겁지겁 음식을 먹고 있는 그에게 아무 말도 할 수가 없었습니다.

왜냐하면 그의 모습이 그의 불행한 삶을 대변해 주는 듯했기 때문입니다. 노인은 자신의 음식을 먹고 있는 그를 동정의 눈길로 바라보았습니다. 음식을 먹던 흑인이 노인을 보자, 빵 한 쪽을 건넸습니다. 노인은 미소를 보이며 받아서 맛있게 먹었습니다.

출발 시간이 되어 플랫폼으로 가던 노인은 그 순간 가방을 놓고 왔다는 사실을 깨달았습니다. 식당으로 되돌아온 노인은 깜짝 놀랐습니다. 노인의 가방이 있던 자리에 음식이 그대로 놓여 있는 것이 아니겠습니까.

급히 화장실을 다녀온 노인이 자기의 자리가 아닌 다른 자리에 가서 앉았던 것입니다. 노인의 작은 실수로, 자기의 음식을 남이 먹고 있다고 착각해 흑인에게 동정을 베풀었고, 그 흑인도 자기 음식을 나눠줌으로써 노인을 동정한 것입니다.

9월 27일

신념이란 명약

그동안 종교인들은 인류에게 신념을 가지라고 강조해 왔습니다. 하지만 어떻게 해야 신념을 갖게 되는지는 말하지 않았습니다.

즉 종교인들은 신념이란 '자기암시에 의해 창출되는 마음의 상태'라는 점을 믿지 않았던 것입니다.

우리는 다음에 나오는 글로 신념을 키울 수 있습니다. 따라서 다음 글을 소리 내어 여러 번 읽길 바랍니다.

"신념을 가지자. 신념은 나의 사고에 생명을 부여하고 힘을 주는 '명약'이다. 나는 부자가 되고 싶다. 신념을 가지는 일이 그 첫걸음이다. 신념은 과학으로 분석할 수 없다. 신념은 '기적'이다. 신념이야말로 나를 절망에서 끌어내 일으켜주는 '흥분제'다. 신념은 '기도'다. 무한의 지성을 번뜩이게 하는 마그네슘이다. 신념이야말로 나의 고정관념을 파괴하는 다이너마이트다. 나는 신념을 가졌다. 그러므로 이제 무서운 것은 하나도 없다. 우주의 모든 것이 내 편이다."

9월 28일

기회

어느 날, 존 워너메이커에게 어린 시절의 친구가 찾아왔습니다. 그 친구가 아주 딱한 형편에 놓여 있다는 것을 금방 알아볼 수 있을 만큼 모습이 남루했습니다.

워너메이커는 우선 친구를 자기가 운영하는 식당으로 데리고 가서 맛있는 것을 마음대로 먹도록 했습니다. 그리고는 돈을 두둑이 주고 자기네 호텔에 묵도록 했습니다. 내일부터는 아주 멋진 일을 할 수 있게 주선해 주겠다는 약속까지 했습니다.

이튿날 친구는 오지 않았습니다. 호텔 지배인을 불러서 이러이러한 손님이 묵었을 텐데, 지금 무엇을 하고 있느냐고 물었습니다. 그런데 유감스럽게도 밤사이에 그 친구는 급체로 세상을 떠났다는 것입니다.

그 친구가 좀 더 일찍 워너메이커를 찾았더라면 아마도 그런 일은 없었을지도 모릅니다. 형편을 이야기하고 협조를 구할 필요가 있을 때는 늦기 전에 기회를 만들어야 합니다. 너무 늦으면 돕고 싶어도 돕지 못하는 불상사가 생기고 맙니다.

자만심이나 비굴함을 버리고 겸허한 자세로 도움을 청하면 도와줄 분은 반드시 있습니다.

9월 29일

상상 여행

눈을 감고 특별히 제작된 타임머신을 타고 미래로 간다고 상상해봅시다. 현재로부터 1년, 3년, 5년 후를 선택하여 자신이 원하는 곳에 타임머신을 착륙시킵니다.

자신이 꿈꾸었던 긍정적인 장소라면 더 이상적일 것입니다.

그곳은 최상의 기후와 완벽한 날씨입니다. 그곳에서 당신을 존경과 위엄으로 대하는 사람과 함께 있으면, 강한 내면의 평화와 안락함을 느낄 것입니다. 주변의 모든 것들은 당신의 긍정적인 내면의 감정을 확신하고 지지하고 있습니다.

또 주변 세상이 아름답다는 것을 깨달을 수 있을 것입니다. 나무, 꽃, 관목, 동물, 하늘, 강과 작은 해안, 호수, 연못, 모든 생물. 자신을 이 장대한 아름다운 것들의 일부로 연관하여 보게 될 것입니다. 당신은 우주의 한 부분이며, 창조주의 소중한 일부입니다.

당신이 태어난 것, 살아있는 것, 살아가는 목적을 분명하게 깨닫게 됩니다. 매일 매일 다른 존재들에게 친절한 행동을 베풀며 선을 행하고 악으로 인해 고통받는 세상을 치유하는 등의 신성한 맹세를 함으로써 신의 동업자가 되었다는 느낌을 받습니다.

이제 다시 타임머신을 타고 현재로 돌아올 때 모든 경험, 감정, 느낌을 흡수하여 특별한 선물로 가지고 올 것입니다.

9월 30일

천국의 문

어느 날 성인이 천국의 문을 두드렸습니다. 그러자 때를 같이 하여 한 죄인도 문을 두드렸습니다. 성인은 그 죄인에 대해서 잘 알고 있었습니다. 그 죄인은 같은 동네 바로 이웃에 사는 사람이었습니다. 그리고 그들은 같은 날에 죽었습니다.

문이 열리자, 문지기 성 베드로는 성인은 쳐다보지도 않고 죄인을 반갑게 맞아들였습니다. 이에 성인은 아주 기분이 상했습니다.

그는 성 베드로에게 따졌습니다.

"이게 어찌 된 일이오? 나를 화나게 할 작정이오? 모욕할 생각입니까, 무슨 까닭으로 나는 들여보내 주지 않는 겁니까? 죄인은 저토록 대환영하여 맞아주면서 말이오."

이에 성 베드로가 말했습니다

"바로 그 때문이라오, 당신은 기대하고 있어요. 그는 기대 따윈 전혀 하지도 않소. 천국에 온 것을 그저 고마워할 뿐이지요. 그러나 당신은 천국을 스스로 얻은 것이라 여기겠지요. 저 사람은 하나님의 은혜를 겸허하게 느끼고 있어요. 하지만 당신은 천국에 오게 된 것이 자신의 노력 덕분이라 생각하고 있습니다. 당신은 그것을 스스로 쌓은 '업적'이라고 믿고 있단 말입니다. 그런 업적 따위는 모두 자만심에 지나지 않아요. 저 사람은 겸허하오. 그는 자기가 천국에 온 것조차 믿지 않는다오."

10월

초원의 빛

초원의 빛

| 워즈워스 |

한때는 그렇게도 찬란했던 빛이
이제는 속절없이 사라져간다
돌이킬 길 없는
초원의 빛이여, 꽃의 영광이여.

우리는 서러워하지 않으며
뒤에 남아서 굳세게 지킬 것이다
존재의 영원함을 티 없이 가슴에 품어서.

인간의 고뇌를
사색으로 달래서
죽음도 눈빛처럼 보내고
밝고 깨끗한 믿음으로 세월 속에 남으리라.

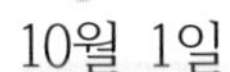

10월 1일

슬픔을 삶의 꽃으로 가꾸는 인생

우리의 인생에는 여러 가지 슬픔이 있습니다. 그러므로 슬픔이 없는 인생은 없습니다. 각종 사물에 그림자가 따라다니듯 우리 인생에도 필연적으로 슬픔이라는 그림자가 따라다닙니다.

사랑하는 이와의 이별, 부모나 자식의 죽음, 사업의 실패, 친구의 배신, 견디기 힘든 질병과 가난, 직업을 잃는 실직, 모두 인간의 슬픔입니다. 그러나 일을 하면 슬픔이 없어집니다.

하지만 일을 하려 해도 병자는 일할 수가 없습니다. 그런 예외도 없지 않지만, 이것이 현실을 사는 우리의 인생입니다.

그렇다면 슬픔을 이기는 최상의 방법은 무엇인가. 일을 하는 것입니다. 슬픔은 우리의 심신을 침식합니다. 이때 마음은 빈사 상태에 빠집니다. 그것을 이기는 유일한 방법은 일하는 행위이며, 일에 몰두함으로써 자신의 슬픔을 잊어버리는 것입니다.

시간도 슬픔을 치료하는 명약의 하나입니다. 시간이 지나고 세월이 가면 슬픔은 점점 잊혀 갑니다. 처음에는 견딜 수 없던 슬픔도 시간이라는 망각의 힘에 그림자처럼 사라집니다. 그래서 우리는 슬픔 속에서도 살아갈 수 있습니다. 일하는 것은 슬픔을 잊는 비결입니다. 일에 전심전력할 때 슬픔의 감정은 잠이 듭니다. 시간이 지나 세월이 지나면 슬픔은 하나의 추억으로 변합니다. 이렇듯 슬픔을 이기는 큰 힘을 인간은 갖고 있습니다. 슬픔을 삶으로 꽃피우는 인생은 아름답습니다.

10월 2일

우리를 슬프게 하는 것들

타향에서 사는 사람들의 마음속에는 두고 온 고향과 어린 시절의 집과 작은 뜰이 항상 자리 잡고 있어서 삶이 고통스러우면 그만큼 자유스러운 시간을 보냈던 순간을 떠올리게 됩니다.

소년 시절을 보냈던 숲과 개울에서의 물장구, 자주 말썽을 일으키며 장난치던 어둑어둑한 방과 진지한 표정을 짓는 늙으신 부모님의 모습이 사랑과 근심을 안고 약간 꾸중하는 빛을 띠며 나타나기도 합니다. 손을 뻗어 그 영상을 잡으려 하지만 헛된 일입니다. 그러면 걷잡을 수 없는 슬픔과 고독이 엄습해 오고 큰 형상들이 어둠처럼 덮쳐옵니다.

자기만의 고독한 시간은 우리를 슬프게 합니다. 지난 젊은 시절, 가장 가까운 사람을 고통 속으로 몰아넣고, 사랑을 이유 없이 거절하고, 한 번쯤 남의 호의를 무시해 보지 않은 사람이 누가 있겠습니까.

자신을 위해 마련된 행복에 대해 이유 없는 반항과 오만으로 젊음의 한때를 잃어버리지 않은 사람이 그 누구란 말입니까. 자신의 경외심을 스스로 손상해 보지 않는 사람이 누가 있습니까?

이들 모두가 이제 당신 앞에 나타나서 한마디의 말도 하지 않고 조용한 눈길로 바라보고 있을 뿐입니다.

10월 3일

고독을 사랑하는 사람

'복잡한 세상, 어디론가 훌쩍 떠나서 사람도 없고, 경치도 없고 소리도 없는 곳에서 혼자서 쉬고 싶다.' 혹시 이런 생각을 해보셨나요? '혼자 있고 싶다. 고독을 사랑한다.'라고 혼잣말을 해보셨나요? 그러나 과연 우리는 고독을 얼마나 참을 수 있을까요.

학자들이 연구한 것을 보면 고독이란 생각한 만큼 달콤하지 않고, 공포와 불안의 연속이며 인간성의 파괴까지 일으킨답니다. 인간은 본능적으로 집단생활의 욕구를 가지고 태어났기에 고독을 견디지 못하는 특성이 있습니다. 평소 집단생활하는 동물을 격리해 놓으면 4~6주 사이에 극도로 신경질이 되고, 10주가 지나면 걷잡을 수 없이 난폭한 행동을 하고 피부에 염증까지 생겼다는 연구 결과가 있습니다.

미국과 캐나다에서 실험한 것입니다. 아무 소리도 없는 쾌적한 독방에 들어간 피험자被驗者는 처음에는 잠을 자기 시작하다가 시간이 감에 따라 불안, 초조 때문에 참지 못하고 심지어는 헛것이 보이는 환시幻視가 나타나고 환청이 들린다고 합니다.

지루함을 잊으려 몸을 움직이고 노래 부르고 휘파람을 불고 혼잣말을 하기도 하지만, 단 며칠을 견디는 사람이 드물다고 합니다. 절대고독은 편안함이 아니라, 오히려 스트레스라는 결론입니다.

마음을 열고 집단의 따스함 속에 자기를 적응시키지 않으면 몸과 마음에 병이 생깁니다.

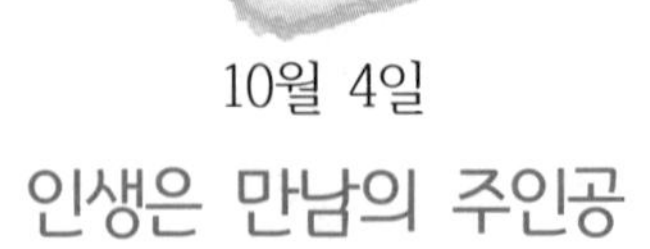

10월 4일

인생은 만남의 주인공

우리는 거리에서, 차 안에서, 또 직장에서 많은 사람을 만납니다. 남자는 여자를 만나고 여자는 남자를 만납니다. 또한 사회생활을 하면서 선생님을 만나고 제자를 만나고 이웃을 만나고 동료를 만납니다.

이렇듯 많은 인생의 만남 중에서도 특별히 깊은 만남이 있습니다. 예수와 베드로의 만남이 그것입니다. 그것은 혼과 혼의 깊은 종교적 만남입니다. 공자孔子와 안연의 만남, 그것은 인격과 인격의 성실한 교육적 만남입니다. 괴테와 실러의 만남, 그것은 우정과 우정의 두터운 인간적 만남입니다. 단테와 베아트리체의 만남, 그것은 이성과 이성의 맑은 사랑의 만남입니다. 카인과 아벨의 만남, 그것은 미움과 미움의 저주스러운 비극적 만남이었습니다.

이처럼 인생의 만남에는 두 가지 형태가 있습니다.

하나는 겉 사람과 겉 사람끼리의 옅은 파상적인 만남이며, 또 하나는 인격과 인격끼리의 깊은 실존적 만남입니다.

나와 너의 깊고 성실한 만남, 이것이 우리가 갖고 싶은 만남이며, 이 만남 속에 인생의 행복이 건설됩니다.

이렇듯 인생은 만남으로 삶을 이어가는 역사의 주인공입니다.

10월 5일

인간은 자기 자신에게로 돌아가는 존재

인간의 생활은 모두 자기 자신에게로 돌아가는 하나의 길이며, 죽음의 시도이고 골목과 같은 미로이며 암시적인 존재입니다.

어떤 인간도 완전하게 자기 자신이었던 예는 없습니다. 누구나 다 그렇게 되려고 애쓸 뿐입니다. 어떤 자는 막연하게, 어떤 자는 뚜렷이 그 힘에 의존합니다.

인간은 모두 탄생의 유산인 원시의 점액과 알껍데기를 죽을 때까지 숙명적으로 몸에 지니고 있습니다. 그러나 끝내 인간이 되지 못하고, 개구리나 도마뱀, 개미인 채로 남아있는 것도 있습니다.

상반신은 인간이고 하반신은 물고기인 사람과 같은 동물도 있습니다. 그러나 개개인은 자연을 향해서 몸을 던지는 존재에 불과합니다. 우리는 어머니라는 존재를 공통으로 가지고 있습니다. 그러므로 우리는 모두 같은 곳에서 생명을 얻은 숙명적 존재입니다.

그것은 깊은 곳에서의 배설이며 던져진 개개인은 서로 다른 목표를 향해 노력하고 있을 뿐입니다. 그러나 우리는 서로를 이해할 수 있습니다. 하지만 개개인은 자기 자신밖에 설명할 수 없는 제한된 존재입니다.

이렇듯 인간의 삶의 시작과 끝은 자기 자신에게로 돌아가는 여정입니다.

10월 6일

인간은 정성에 감동하는 동물

아무리 메마른 땅이라도 깊이 파면 맑은 물이 솟습니다. 아무리 연약해 보이는 사람도 그의 가슴 속 깊은 곳에는 진심의 샘터가 있고 정신의 맑은 물이 흐르고 있습니다. 온 세상이 두려워하는 살인강도나 흉악범도 그의 마음 깊숙이에는 인간의 투명한 양심이 존재합니다.

이렇듯 인간은 정성에 감동합니다. 우리의 정성이 부족하기에 상대방을 감동케 하지 못하고 오히려 오해받는 때도 있습니다. 그러므로 지극정성을 다하고 진심으로 상대방을 대하면 반드시 나의 지성至誠과 진심에 감복할 것입니다. 지성이면 감천感天이라고 하였습니다. 지성이면 귀신도 움직인다고 합니다. 지극한 정성으로 대할 때 움직이지 않는 사람은 없습니다.

이는 공허한 수식어가 아니라, 인간성의 진실을 뜻합니다. 작용이 있으면 반작용이 있듯, 이것은 물리의 법칙일 뿐만 아니라 인간 심리의 기본 법칙입니다. 내가 진심으로 대하면 남도 성의로 응답합니다. 내가 미움으로 대하면 남도 미움으로 대합니다.

인생은 반드시 인과업보因果業報의 법칙이 지배합니다. 가는 말이 고아야 오는 말이 곱다는 말은 이를 두고 하는 말입니다. 나의 성심성의에 대해서 상대방도 나에게 성심성의로 대하는 것은 인생의 아름다운 보상작용의 하나입니다. 우리 인간에게 이러한 아름다움이 있기에 삶의 희망과 정을 나누며 살아갈 수 있는 것입니다.

10월 7일

천성

가을이 되면 초가지붕의 박이 익어갑니다. 처음에는 밤알만 하다가 점점 커져서 마침내는 보름달을 닮은 모습이 됩니다. 밤마다 보름달을 보며 자란 탓일까요? 박은 보름달이 되고 싶었습니다.

"달님."

"왜 그러니?"

"제가 달님을 닮았지요?"

"그런 것 같구나."

"그런데 왜 나는 빛을 낼 수 없을까요?"

박은 볼멘소리로 물었습니다.

"아름다운 소녀가 있었단다. 그 소녀는 노래 부르는 사람을 보자 성악가가 되려고 했지. 또 그림을 잘 그리는 사람을 보고는 화가가 되고 싶은 마음이 간절했어. 그러나 소설을 쓰는 작가가 되었단다."

"왜 그랬을까요?"

"그야 사람마다 타고난 천성이 다르니까."

박은 고개를 숙였습니다. 남의 흉내를 내려고 한 것이 잘못임을 깨달았기 때문입니다.

박은 공손히 말했습니다.

"난 목마른 사람에게 물을 떠주는 바가지가 되겠어요."

10월 8일
이웃

파랑새 한 마리가 여름 내내 행복한 소리로 아름다운 노래를 불렀습니다. 앞으로 닥쳐올 추위나 먹을 것에 대한 걱정도 없이 오직 노래만 불러 산속의 모든 동물을 즐겁게 했습니다.

그 근방 바위틈에 들쥐 한 마리가 살고 있었는데, 그 들쥐는 무척 부지런했습니다. 아름다운 노래만 부르는 파랑새와 달리 들쥐의 관심은 오직 온갖 곡식을 끌어와 곳간을 채우는 일이었습니다.

여름이 지나고 가을이 가자, 어느덧 겨울이 닥쳐왔습니다. 그동안 노래만 불렀던 파랑새는 먹을 것이 없어 배고픔의 시련을 겪어야 했습니다. 파랑새는 여름 동안 부지런히 일한 들쥐를 찾아가 식량을 빌려 달라고 수 없이 간절히 청했습니다.

그러나 들쥐는 파랑새의 게으름을 핀잔하며 들은 척도 하지 않았습니다.

결국 추위와 굶주림에 지친 파랑새는 죽고 말았습니다. 더 이상 파랑새의 아름다운 노래를 들을 수 없게 되었습니다.

들쥐는 파랑새의 죽음 따위에는 아랑곳하지 않고 먹을 것이 가득한 곳간에서 풍족한 생활에 배를 두드리며 나날을 보냈습니다. 그러다가 문득 파랑새의 아름다운 노래가 들리지 않고 산속이 매우 적막해진 것을 깨달았습니다.

들쥐의 마음은 견딜 수 없이 공허해졌습니다. 전에는 무심코 듣던 파랑새의 아름다운 노래가 견딜 수 없이 그리웠습니다.

그럴 때마다 들쥐는 밖으로 나와 파랑새가 노래 부르던 숲을 바라보았으나, 찬 겨울바람의 고함에 귀가 먹먹할 지경이었습니다. 이렇듯 허전하고 너무도 외로워 쓸쓸함만 깊어갔습니다. 어떻게든 파랑새의 노랫소리를 다시 듣고 싶지만, 그건 불가능한 일이었습니다.

마침내 파랑새의 노랫소리를 듣지 못하게 된 들쥐는 극심한 외로움에 곡식을 가득 쌓아둔 곳간에서 서서히 죽어갔습니다.

同苦同樂동고동락

즐거움도 함께하고 괴로움도 함께 한다.

10월 9일

선물

미국 최초의 칼럼니스트로 알려진 유진 필드가 신문사에 근무할 때의 일입니다.

신문사 사장은 크리스마스가 되면 사원들에게 칠면조를 선물하곤 했습니다.

어느 해인가, 유진은

"칠면조 말고, 옷을 한 벌 주실 수 없겠습니까?"

하고 부탁을 드렸습니다.

그러자 그다음 날 죄수복 한 벌이 배달되어왔답니다. 그다음부터 이 신문사에 유명인이 방문하는 날이면 반드시 죄수복을 입은 신사가 출근하는 일이 생겼다고 합니다.

재미있는 선물에 짓궂은 응대가 웃음을 자아내게 합니다.

프랑스의 『홍당무』의 작가이자 콩쿠르 회원인 쥘 르나르는 어떤 책이 무척 갖고 싶었지만, 돈이 없어 살 수 없는 게 유감이라고 친구에게 무심코 푸념한 적이 있었습니다. 이 말을 엿들은 그의 아내는 그날부터 저축하기 시작해서 남편의 생일날, 바로 그 책을 사서 선물했다고 합니다.

이보다 더 감동적인 것은 오 헨리의 작품 『동방박사의 선물』에 나오는 짐과 델라의 이야기입니다.

아내의 아름답고 긴 머리카락을 돋보이도록 하려고 조상 대대로 내려오는 금시계를 팔아 예쁜 빗을 사서 돌아와 보니 아내는 그 아름다운 머리를 스카프로 감싸고 있었지요.

서로 선물을 교환하려는 순간, 아내는 남편의 금시계가 자기의 머리카락을 위해서 없어진 것을 알았고, 남편은 자기의 금시계를 위해서 아내의 머리카락이 없어진 것을 알게 되었습니다.

오 헨리는 어쩌다가 옥살이를 한때가 있었습니다만, 자기 딸에게 주는 선물로 소설을 쓰기 시작했고, 딸을 실망하게 하지 않게 하려고 오 헨리라는 가명을 썼다고 합니다(본명은 William Sydney Porter).

아! 선물로 이처럼 따스한 마음을 나누던 시절도 있었나 봅니다.

栢舟之操백주지조
잣나무 배에 비유한 절개

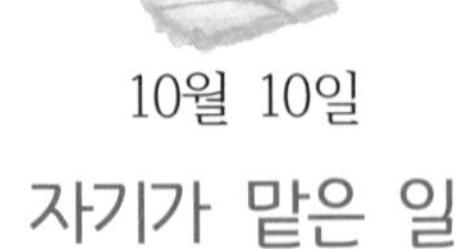

10월 10일

자기가 맡은 일

미국 어느 전구 회사의 로스앤젤레스 지사에 청년 햄 슈라이너가 입사했습니다. 자기에게 주어진 일에 최선을 다하자고 결심하고, 전구를 더 많이 파는 일에만 마음을 쏟았습니다.

그러나 쉬운 일은 아니었습니다. 유명 브랜드명이 각인된 판매점 점원들에게는 아직 지명도가 낮은 자기 회사 제품을 팔아달라고 부탁하고 설득하는 일이 여간 어렵지 않았습니다.

그래서 햄은 여러모로 궁리한 끝에 판매전략을 세웠습니다.

첫째, 연쇄점 몇 곳을 특판점으로 지정해 전구 진열장을 개설하고, 둘째, 정기적으로 각 매장을 돌며 적절한 진열 방법을 모색하고, 셋째, 연쇄점 판매 담당자들에게도 특별한 판촉 활동을 펴자, 가게마다 슈라이너의 새로운 판촉 방식과 서비스에 흡족해했고, 소문이 퍼져 전구를 취급하지 않던 가게에서도 주문이 오고, 이러한 새로운 방식을 취하는 가게가 늘어 판매 성적은 나날이 좋아졌습니다.

뉴욕 본사에서 이 사실을 알고, 멋진 일을 해낸 그 젊은이에게 관심을 가졌고, 드디어 본사 간부가 로스앤젤레스로 날아가 어떻게 그토록 눈부신 실적을 올렸는지 조사하기에 이르렀습니다.

새로운 판촉 방법을 설명 듣고 탄복한 그 간부는 슈라이너를 본사 사업부 소매 담당 부장으로 영전시켰습니다. 슈라이너는 현재의 일에 주의를 집중하고 개선함으로써 성공한 것입니다.

10월 11일

마음이 큰 사람이 되려면

K 씨는 올해 세 번째로 직장을 그만두었습니다. 퇴직한 이유는 늘 같습니다.

"내가 일을 시작하려고 하는데, 상사가 먼저 지시한다. 설명을 듣지 않아도 알고 있는 일을 가르치려 든다. 그런 일이 계속되다 보면 회사가 마음에 들지 않게 되고, 그러다가 어느 날 사표를 내고 만다."

K 씨뿐만 아니라 이런 식으로 회사를 그만두는 사람이 늘고 있습니다. '시작하려고 하는데 지시를 받는다.'라는 것은 알고는 있지만, 곧바로 이행하지 않았기 때문입니다. 또 '말하지 않아도 알고 있다.'라고 생각하는 것은 교만한 마음이 드러난 것입니다.

이러한 마음이나 버릇을 고치지 않는 한 K 씨는 아무리 좋은 회사로 옮겨도 장기근속할 수 없을 것입니다.

남 탓을 하는 태도나 교만한 마음가짐은 자신의 인간적인 성장에 방해가 될 뿐만 아니라 인긴관계도 원만치 못하게 합니다.

마음을 비우고 모든 것을 받아들이는 자세가 되면 그릇이 큰 사람으로 변해갑니다. 그릇이 큰 사람이 모인 직장은 밝고 활기가 넘치게 됩니다.

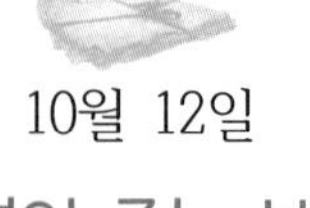

10월 12일

인격이 주는 보답

두 양반이 집으로 돌아가는 길에 고기를 사게 되었습니다. 푸줏간에는 나이가 많이 들어 보이는 백정이 이들을 맞았습니다.

"여봐라, 고기 한 근만 다오."

"예, 그렇게 하지요."

함께 온 다른 양반은 백정이 천한 신분이기는 해도 나이가 많아 보여 함부로 말할 수가 없었습니다.

"여보게, 나도 고기 한 근 주게나."

"예, 그렇게 하겠습니다."

조금 전보다 매우 공손한 태도를 보였습니다. 그리고 저울을 넉넉하게 달아 주었습니다.

"이놈아, 같은 한 근인데, 어째서 이 사람 것은 많고, 내 것은 적단 말이야?"

불같은 호령에도 나이 많은 백정은 태연했습니다.

"예, 별것 아닙니다. 그야 손님 고기는 '여봐라'가 자른 것이고, 이 분의 고기는 '여보게'가 잘랐을 뿐입니다."

10월 13일

과거가 없는 사람

만일 이 세상에 과거가 없는 사람이 있다면, 어떤 사람일까요. 아마도 갓 태어난 어린아이겠지요. 그래서 과거가 없는 사람은 있을 수 없다고 해도 과언이 아닙니다.

과거, 현재, 미래를 말하는 시제時制를 나타낼 때의 과거는 누구에게나 있게 마련이니까요.

그러나 흔히 과거라는 말은 '좋지 못했던 한때'를 나타내기도 하지요. '과거를 묻지 마세요.'라고 할 때의 과거, 부끄럽고 창피한 과거, 깨끗지 못한 과거, 남에게 알리고 싶지 않은 과거 말입니다.

좋은 일이 쌓이면 경력이 되고, 나쁜 일은 한 가지만이라도 과거가 됩니다.

'10년 선행善行을 해도 하루의 잘못으로 허사가 된다.'라는 중국 속담이 있습니다. 나쁜 짓은 아무리 작은 것이라도 냄새를 풍기고 소문이 납니다.

그래서 한때의 잘못은 일생을 따라다니며 괴롭힙니다. 과거란 지우개로 지워지지 않으니까요.

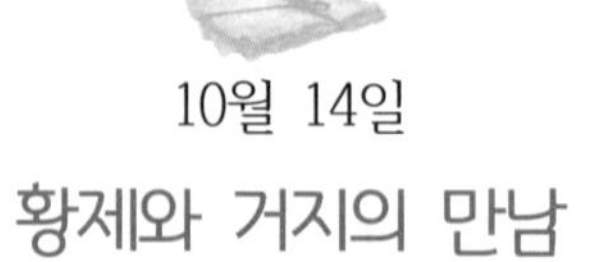

10월 14일
황제와 거지의 만남

세기의 영웅 알렉산더 대왕이 죽은 바로 그날, 위대한 철학자 디오게네스도 죽어 두 사람이 이 세상과 저세상 사이를 흐르는 강을 건너면서 만났습니다.

디오게네스는 웃으면서 말했습니다.

"보라, 그대 어리석은 자여, 기억하는가? 마침내 그대는 죽었다. 그대는 그대의 꿈을 성취하지도 못한 채 중도에 죽은 것이다. 그대의 승리 또한 완전하지 못했다."

이에 알렉산더는 체면을 구기지 않기 위해 웃으려 했으나 어색한 표정을 짓고 말았습니다.

"이 강에서 위대한 황제와 벌거벗은 거지가 만났다는 사실이 참 우습군. 이런 일은 일찍이 없었을 것이고, 앞으로도 다시는 일어나지 않을 거다."

"그대의 말이 옳다. 그러나 그대는 누가 황제이고 거지인지 모르고 있다. 그대가 틀렸는지, 아니면 내가 옳은 것인지. 그대가 옳다. 황제와 거지의 만남이라고 하지만, 지금은 내가 황제이고 그대가 거지라는 사실이다. 그대는 온 세계를 구걸했다. 그대는 일찍이 존재한 적이 없었던 가장 위대한 거지였다. 지금 그대의 제국에 무슨 일이 일어나는지 보라. 그러나 나는 평생 황제처럼 살았다."

이제 알렉산더도 벌거벗은 모양새였습니다. 이 강변에서는 이승의 모든 것은 버려야 하기 때문입니다. 그는 부끄럽고 당황스러웠습니다.

그러나 디오게네스는 당당하고 침착한 태도를 보였습니다.

그는 말했습니다.

"이 세상 사람은 언젠가 벌거벗어야 한다는 사실을 잘 알고 있었기 때문에 나는 옷을 벗어 던져 버렸다. 그대는 지금 신 앞에서 얼마나 부끄러워하고 있는가. 나는 웃으면서 서 있지만, 그대는 죄의식에 당황하고 있다. 그대 주위에 있는 모든 것이 잘못된 것임을 깨달아야 할 것이다."

孤雲野鶴고운야학

속세를 버리고 명리를 초월해서 은거하는 사람

10월 15일

황제 가수

폭군으로 유명한 네로가 동경해 마지않던 직업이 있었습니다. 황제 이외에 그가 하고 싶었던 일은 과연 무엇이었을까요?

그것은 가수가 되는 것이었다고 합니다.

파를 먹으면 목청이 좋아진다고 하면, 일주일에 한 번은 종일 파만 먹기도 했고, 폐활량이 커진다고 해서 매일 밤 구리판板을 가슴에 얹고 자기도 했습니다.

화려한 것을 좋아한 네로는 5천 명이나 되는 청년을 모아 박수 부대를 만들기도 했습니다.

손바닥을 펴서 강하게 치는 것은 '벽돌 부대', 손을 고동처럼 둥글게 해서 소리를 내며 치는 것은 '속이 빈 기와 부대', 정신없이 빨리 치는 것은 '날갯짓 부대' – 이 박수 부대를 이끌고 서기 67년, 그리스 쪽으로 음악 콩쿠르 원정(?)을 떠났습니다. 돌아올 때는 우승 트로피가 무려 1천8백8개나 되었다고 합니다.

이 위대한(?) 가수가 멋진 황제가 되기보다 딴 일에 정신을 파니, 드디어 반란이 일어났고 그는 최후의 순간을 맞이하게 되었습니다.

이때 네로는 탄식하면서,

"아, 내가 죽음으로써 아까운 예술가 한 사람을 잃는구나."

했다고 합니다.

10월 16일

제갈공명의 위기 탈출의 리더십

제갈공명이 기산 전투에서 마속의 실책으로 사마중달에게 대패하여 퇴각 작전을 진행하던 중 불과 2천 명의 병력으로 사마중달의 15만 대군을 맞이해야 할 위급한 때였습니다. 이런 절체절명의 위기에서 제갈공명은 오히려 여유를 보였습니다.

"성문을 활짝 열어라. 물을 뿌려 깨끗이 청소하고 모닥불을 피워라. 적이 가까이 오더라도 각자의 깃발 밑을 떠나지 말라. 떠나는 자는 목을 벨 것이니라."

그리고 그는 머리에 쓰던 윤건綸巾을 다른 것으로 바꾸고 옷도 깨끗한 것으로 갈아입었습니다. 그리고 성루의 가장 높은 곳으로 올라가 향불을 피워놓고 거문고 앞에 단정히 앉았습니다.

15만 대군을 이끌고 당도한 사마중달은 제갈공명의 뜻밖의 행동에 공명이 자기를 유인하는 계략을 쓰는 것이라 여기고 퇴각 명령을 내렸습니다.

공명이 거문고 하나로 사마중달의 15만 대군을 물리친 것입니다. 제갈공명은 자기가 지켜야 할 분명한 세계가 있었습니다. 그러기에 기상을 잃지 않고 극한의 위기 속에서도 상황을 주도하는 여유를 발휘할 수 있었던 것입니다.

이렇듯 리더십은 상황에 따라 매우 다양하게 정의된다는 사실입니다. 그러나 그 내용을 종합하여 보면 '리더십이란 일정한 상황에서 공동의 목표 달성을 위하여 개인이나 집단의 행위에 영향력을 행사하는 과정'으로 요약할 수 있습니다.

즉 리더십의 요체는 영향력 행사의 과정이며, 그 궁극적 목적은 기업의 목표입니다. 따라서 훌륭한 사장은 구성원들에게 영향력을 행사하여 기업의 공동목표를 달성하도록 직원들의 마음속에 꿈을 담아주는 사람이라고 할 수 있습니다.

才高八斗재고팔두

재주의 뛰어남이 여덟 말이다.

10월 17일

도둑의 자격

왕보다 명성이 자자한 도둑이 있었습니다. 그는 대도였습니다. 어느 날 그의 아들이 그에게 말했습니다.

"아버지, 이젠 아버지도 늙으셨잖아요. 그러니 아버지의 기술을 저에게 전수해 주세요."

아버지가 말했습니다.

"그래, 좋다. 하지만 결코 가르쳐 줄 수 없는 기술이다. 이것은 지식이라기보다는 숙련된 솜씨와 같은 거란다. 네가 그렇게 원하니 한 번 해보자꾸나. 오늘 밤 나와 함께 나가 보자."

아들은 첫 원정에 설레어 부들부들 떨었습니다. 그러나 늙은 아버지는 궁궐 같은 집 안으로 당당하게 들어갔습니다. 몹시 추운 밤이었는데도 아들은 땀을 흘렸습니다. 그러나 아버지의 행동은 집에서처럼 자연스러웠습니다.

그는 벽에 구멍을 내고 안으로 들어가 손짓으로 아들을 불렀습니다. 아들은 너무 두려운 나머지 아무것도 보이지 않습니다.

아버지는 아들을 데리고 계속 집 안으로 들어갔습니다. 그는 집의 구조를 미리 조사하기라도 한 것처럼 몇 개의 문을 열고 방 안을 살폈습니다. 이윽고 아버지가 벽장문을 열고 아들에게 말했습니다.

"네가 들어가서 제일 값비싼 옷을 골라 꺼내오너라."

아들은 아버지가 시키는 대로 벽장 안으로 들어갔습니다. 그러자 아버지는 밖에서 문을 걸어 잠그더니 크게 소리를 지르며 재빨리 달아났습니다.

한밤중의 갑작스러운 외침 소리에 집 안 사람들이 모두 잠에서 깨어 웅성거렸습니다. 벽에 구멍이 뚫려있으니 붙잡힐 것은 뻔하였습니다. 벽장 안에 갇힌 아들은 예상하지 못한 사태에 어쩔 줄을 몰라 그저 숨을 죽인 채 벌벌 떨고 있었습니다.

"아버지가 미쳤나? 도대체 이게 무슨 가르침이란 말인가?"

아들은 하느님께 기도하였습니다.

"이것은 저의 처음이자 마지막 도둑질입니다. 하느님! 앞으로 이런 짓은 절대 하지 않겠으니 살펴주십시오."

그때 하인이 촛불을 들고 들어와 방 안을 살피기 시작했습니다. 놀란 아들은 황급히 쥐 소리를 흉내 내었습니다. 그것은 순간적인 기지에서 나온 행동이었습니다.

그러자 하인은 벽장 문을 열고 안을 들여다보았습니다. 이에 아들은 재빨리 촛불을 불어 끄고는 밖으로 뛰쳐나와 도망치기 시작했습니다. 하인과 동네 사람들이 그를 뒤쫓았습니다.

우물가에 이르렀을 때 아들은 커다란 돌 하나를 들어 우물 속에 힘껏 던지고는 재빨리 나무 뒤에 몸을 숨겼습니다. '풍덩!' 하는 소리가 어둠 속에 울려 퍼졌습니다. 뒤쫓아오던 사람들이 모두 우물가에 멈춰

서서 빙 둘러섰습니다. 사람들은 도둑이 우물에 빠졌다고 생각하는 모양입니다.

"날이 밝으면 우물 속을 살펴보고 도둑이 죽었는지 확인해 보세. 그때까지 죽지 않았다면 잡아 관가로 넘기면 되지 않겠나?"

아들이 겨우 집에 돌아와 보니, 아버지는 코를 골며 평화롭게 잠들어 있었습니다. 이를 본 아들은 화가 나서 소리 질렀습니다.

"아버지, 정말 그래도 되는 거예요?"

그러자 아버지가 눈을 비비며 일어나 앉더니 말했습니다.

"어, 내 아들이 돌아왔구나. 잘했다. 넌 이제 자격이 충분하다. 자, 가서 자거라, 내일부터는 너 혼자 해 보아라."

"그런데 아버지 왜 그러셨어요?"

"왜 그게 알고 싶으냐? 내가 하는 일은 결코 가르칠 수 없는 기술이란다. 그건 직관적인 솜씨와 같은 것이어서 그렇게 얻어지는 거란다. 그래서 난 너를 궁지에 빠지게 했던 거다. 그런데 네가 이렇게 무사히 집에 돌아온 것을 보니, 넌 천성적으로 타고난 도둑인 것 같구나. 너 역시 자격을 가진 내 아들이야."

10월 18일

졸 같은 사람

우리 인간은 장기판의 말을 움직이는 기사 같은 존재와 움직임을 당하는 졸 같은 존재로 구분되어 있습니다. 졸 같은 사람은 자발성이나 의욕이 없고 타인의 지시에 따라 움직이는 피동적인 사람을 말합니다.

원래 인간의 심성은 졸 같은 존재가 아니라, 자신의 의지대로 행동하는 존재가 되고 싶은 미래 지향적입니다.

졸 같은 사람이 능동적, 자발적으로 바뀌려면 자기도 할 수 있다는 확고한 깨달음이 필요합니다.

심리학자 드샴은 이것을 '자기 원인성의 자각'이라고 지적하였습니다. 자기 원인성의 자각에는 다음과 같은 항목이 있습니다.

① 자기가 행동의 주체라는 자각
② 목표 설정
③ 수단적 활동의 설정
④ 현실성의 자각
⑤ 책임감의 자각
⑥ 자신감
⑦ 주위의 응원

10월 19일

명예 훼손

톨스토이가 짧은 이야기 하나를 지었습니다.

어느 날 톨스토이가 날이 새기도 전에 교회에 갔습니다. 그는 깜짝 놀라지 않을 수 없었습니다. 교회의 안은 아직 어두웠지만, 그 도시에서 제일가는 부자가 기도를 하고 있습니다. 십자가 앞에 무릎을 꿇고 고해성사를 올리는데, 자기는 죄인이라고 말하고 있었습니다. 이에 톨스토이는 흥미를 느끼기 시작했습니다.

더구나 그 부자는 자기의 죄를 줄줄이 늘어놓는 중이었습니다. 자기가 아내를 어떻게 속였는지, 어떻게 부정을 저질렀는지, 어떻게 다른 여자, 남의 아내와 정사를 가졌는지 등을 말입니다.

톨스토이는 그만 호기심에 이끌려 조금씩 그에게로 다가가 바로 옆에 앉았습니다. 그러나 부자는 여전히 커다란 기쁨을 느끼며 지껄였습니다.

"저는 죄인이옵고, 당신이 용서해주지 않는다면 구제 불능한 놈입니다. 닥치는 대로 착취하고 많은 사람으로부터 훔치며 살아오고 있습니다. 저는 죄인입니다. 이제부터 당신의 은혜가 베풀어지지 않는다면, 저는 어떻게 저 자신을 바꾸어야 할지 알지 못합니다. 저에게는 아무 가능성도 없습니다."

그런데 바로 곁에 누가 있는 것을 알았는지 부자는 고개를 돌려 톨스토이를 보았습니다. 이미 날은 밝았습니다.

그러자 그는 화를 벌컥 내며 톨스토이에게 말했습니다.

"잘 기억해 두시오! 방금 내가 한 말은 하나님께 한 말이오. 당신에게 한 말이 아니오. 만일 이 사실을 누구에게 지껄이거나 하면 나는 당신을 법정에 고발하겠소. 명예 훼손으로 말이오. 그러니 듣지 않은 것으로 해두는 것이 좋을 거요. 이것은 나와 하나님 사이의 개인적인 대화니까 말이오. 게다가 나는 당신이 거기에 있다는 것조차 몰랐단 말이오."

이렇듯 신 앞에서 참회하며 용서를 빌던 인간의 얼굴이 세상으로 돌아와서는 완전히 다르게 바뀌는 존재입니다.

覆水不返盆복수불반분
엎어진 물은 다시 담지 못한다.

10월 20일
악처 열전

링컨의 부인은 성미가 급한 여인으로 유명했습니다.

어느 날 일이 있어 찾아온 친구와 링컨이 이야기하고 있을 때, 그녀가 불쑥 나타나더니 링컨에게 물었습니다.

"조금 전에 부탁한 일, 어떻게 됐어요?"

"시간이 없어서 아직 하지 못했는데…."

부인은 자기보다 다른 일을 더 소중히 여긴다고 화를 내며 문이 부서지라 요란하게 닫고는 방을 뛰쳐나갔습니다. 친구가 놀라 멍하니 앉아 있는 모습을 보면서 대통령 링컨은 웃으며 말했습니다.

"저렇게 감정을 폭발시켜야 아내의 기분이 가라앉기 때문에 그냥 내버려 두는 걸세."

시인 밀턴은 눈이 멀고 나서도 계속 실낙원과 복낙원을 쓴 것으로 유명합니다. 눈이 먼 후 재혼한 아내는 아름다웠지만, 성질이 매우 난폭하였습니다.

어느 날 웰링턴 공작이,

"아름다운 부인이십니다. 마치 장미 같습니다."

하며 칭찬하자,

"나는 빛깔을 알 수 없지만, 장미임은 틀림없습니다. 가시로 매일 찌르니까요."

하고 대답하였습니다.

소크라테스의 아내도 소문난 악처였습니다.

친구가,

"자네 같이 식견이 있는 사람이 어떻게 그런 아내를 맞이했나?" 하고 물었습니다.

그러자 소크라테스가 대답했습니다.

"훌륭한 기수는 명마를 골라 탄다네. 사나운 말을 다룰 줄 알면 그 다음부터는 아무 말이든 문제가 되지 않지."

강태공은 아내에게 쫓겨났다가 크게 성공한 후 아내가 용서를 빌자 물을 바닥에 쏟아놓고 다시 담아보라고 인정 없이 복수했다고 합니다.

악처도 없는 것보다는 있는 편이 낫다는 말에는 남편의 인내심과 포용력을 길러준다는 뜻이 아울러 담겨 있는지도 모릅니다.

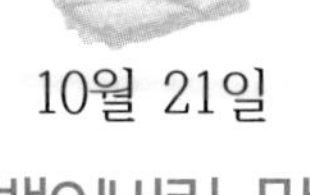

10월 21일

뱉어버린 말

미국 동부 해안의 어느 휴양지에서 마을 유지들이 모여 마을의 재정난을 어떻게 타개할까 논의하고 있었습니다. 갑론을박하며 대책 회의를 이어갔지만, 묘안이 나오지 않았습니다.

그때 낯선 신사 한 사람이 들어오더니 뒷자리에 앉았습니다. 회의 광경을 지켜보더니,

"제가 한 말씀 드려도 될까요?"

했습니다.

그러자 마을 유지 하나가,

"당신이 뭘 안다고 그래. 입 닥쳐요."

했습니다.

신사는 쑥스러운 듯 자리를 떠났습니다.

뒤늦게 도착한 한 유지가 들어오면서 말했습니다.

"지금 나간 그 양반, 여기서 무슨 말을 했지요?"

"그가 한마디 하겠다기에 우리가 막아버렸는데, 그가 누구죠?"

"아이고, 그 양반은 대재벌 록펠러란 말씀입니다."

'적극적 경청'까지는 못하더라도 '한 말씀'을 들었더라면, 횡재(?)할 뻔도 했는데, 입 하나가 일을 망쳤습니다.

다시 돌아오지 않는 것 네 가지는 다음과 같습니다.

① 뱉어버린 말 ② 날아간 화살 ③ 지나간 세월 ④ 놓쳐버린 기회.

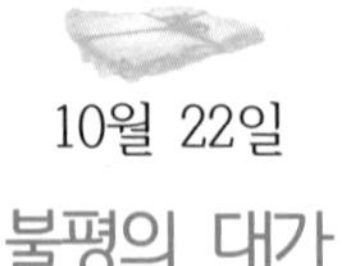

10월 22일

불평의 대가

한 작은 마을에 구멍가게로 연명하는 할머니와 손녀가 함께 살고 있었습니다.

할머니는 늘 불평불만만 말하는 사람이 가게 안으로 들어서면 소녀를 불렀습니다. 그리고는 낮게 속삭였습니다.

"애야, 저 손님이 하는 이야기를 잘 들어보려무나."

그리고는 손님을 맞이했습니다.

"어서 오렴, 봉수야. 오늘은 어떻게 지냈니?"

"그냥 그렇죠. 뭐 재미있는 일이 있어야죠. 날이 너무 더워서 완전히 녹초가 되었어요. 이놈의 여름은 언제 끝날지, 빌어먹을…."

봉수는 짜증 섞인 목소리로 불만을 늘어놓았습니다.

할머니는 가볍게 고개를 저으며 손녀를 바라봅니다.

봉수가 돌아가자, 윗동네 농장 주인이 들어와 볼멘소리를 늘어놓습니다.

"이놈의 황소가 오늘따라 왜 이렇게 말을 듣지 않는지, 원! 종일 일해 봐야 남는 것도 없고…. 사는 일이 지옥이오."

할머니는 고개를 끄덕이며 손녀에게 눈길을 주었습니다. 불평불만을 늘어놓던 사람들이 모두 돌아가자, 할머니는 기다렸다는 듯 손녀를 향해 말했습니다.

"너도 동네 사람들이 불평하는 소리 들었지?"

손녀가 고개를 끄덕이자, 할머니는 정색하며 말했습니다.

"얘야, 너도 어젯밤에 잠을 잤지. 안 그러냐? 너처럼 저들도 잤을 것이다. 또한 그들 모두는 아침에 틀림없이 깨어날 줄 알았을 것이야. 하지만, 그렇지 않다는 것을 알아야 한다. 왜냐하면 그들 중에는 불행하게도 깨어나지 못한 사람도 있게 마련이지. 잠자리에서 일어나지 못한 사람은 결국 땅에 묻히게 되겠지. 그렇게 죽은 사람들은 조금 전 봉수가 그토록 짜증스러워한 더운 여름 날씨를 몇 분이라도 즐기고 싶었을 것이다. 또 밭갈이가 힘들다고 불평하던 농장 주인은 한 번만이라도 더 땅을 파고 싶었을 게다. 그러니 자기가 하는 일이 마음에 들지 않는다고 불평해서는 안 된다. 정말 불만스럽거나 하기 싫으면 다른 일을 해라. 그것마저 여의찮다면 네 생각을 바꿔라. 절대로 세상을 불평하면 안 된다. 얘야, 명심하거라."

할머니의 가르침에 손녀는 훗날 극작가이며 프로듀서로 명성을 얻었습니다.

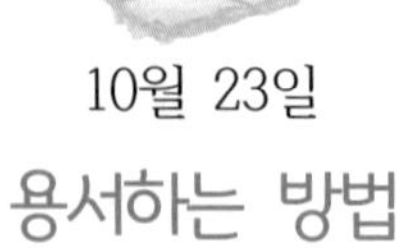

10월 23일

용서하는 방법

많은 사람이 용서란 받아들일 수 없는 행위를 눈감아 주는 것이라고 잘못 생각하고 있습니다.

참된 용서란 자신의 내부에서 진정으로 새롭게 생각하고 행동하는 방식을 말합니다. 왜냐하면 이는 자신을 화나게 하고 분노를 느끼게 하는 특정 대상에 대한 자신의 개념, 사고, 감정들을 다루는 것이기 때문입니다.

용서는 유익하지 않은 사고와 감정을 떨쳐버리는 것과 관련된 모든 것입니다. 이는 실제로 마음의 평화와 심신의 건강을 위해 자기 자신에게 주는 선물입니다.

이는 몸과 마음을 세탁하는 일입니다.

진심으로 행할 때 용서는 자신의 정신을 치유하고 영혼을 닦아줍니다. 자신을 공격하는 사람을 용서한다는 것은 그 사람을 위한 것이 아니라 자신을 위한 것입니다.

만약 자신의 보복적인 행동 때문에 잘못을 범하게 된다면 자기를 용서하는 것이 자신의 신상에 가장 이로울 것이라는 점을 이해해야 합니다.

10월 24일

나쁜 습관 고치기

『법구경』에 다음과 같은 구절이 있습니다.

'해야 할 일을 소홀히 하고,
해서는 안 될 일을 즐거이 해서
풍류를 즐기고 방탕하게 놀면
나쁜 버릇은 날로 늘어가리라.'

건전한 사람이라면 나쁜 습관을 버리고 자기 성장을 위해 무엇인가를 하려고 노력해야 합니다. 그런데 그것이 좀처럼 되지 않는 이유는 우선 마음의 변화가 일어나지 않은 탓이고, 어느 정도 변화가 있었다고 해도 행동의 변화를 가져오지 못한 탓입니다.

스위스의 철학자 아미엘이 쓴 일기를 보면 다음과 같은 유명한 글이 쓰여 있습니다.

'마음이 변하면 태도가 변한다.
태도가 변하면 습관이 변한다.
습관이 변하면 인격이 변한다.
인격이 변하면 인생이 변한다.'

10월 25일

대접받는 법

한때 공자가 자공子貢과 자로子路를 데리고 다니다 길을 잃어 산간 오두막집에서 쉬게 되었습니다.

늙은 주인은 콧물을 들이마셔 가며 냄비에 좁쌀죽을 끓여 이 빠진 그릇에 담아 대접했습니다.

주인의 더러운 손과 그릇을 본 제자들은 감히 먹을 엄두도 내지 못했는데, 식성이 까다롭기로 유명한 공자는 받아서 맛있게 먹었습니다.

"너희들은 이 빠진 그릇이나 콧물만 보고, 그 노인의 성의와 친절을 받아들이지 못하다니 슬프구나. 대접은 할 줄도 알아야 하지만 받을 줄도 알아야 한다."

공자는 '네가 원하지 않는 것을 남에게 하지 말라己所不慾 勿施於人'고 했는데, 이 말이 서恕라는 말을 설명하고 있다고도 합니다. 서는 인仁이라는 말로 바꾸어도 됩니다. 타인에 대한 배려, 인간으로서의 공감, 연대감입니다.

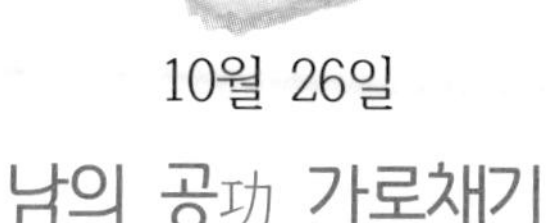

10월 26일

남의 공功 가로채기

어떤 늪에서 개구리와 오리가 사이좋게 살고 있었습니다. 그런데, 가뭄이 들어서 늪이 말라가기 시작했습니다. 오리는 걱정이 되어서 개구리와 상의했습니다.

"물이 없어지면 너는 어떻게 하지? 나는 날개가 있으니, 다른 물가로 날아가면 되는데 말이야."

개구리는 대책이 없을 수밖에 없습니다. 개구리의 망연자실한 모습을 본 오리가 제안했습니다.

"만일, 네가 내 목덜미에 올라앉아서 내가 땅 위에 내려앉을 때까지 붙어있기만 한다면 좋겠는데 어쩌지."

어쩔 수 없이 개구리는 그렇게 하기로 했습니다. 다행히도 오리와 개구리는 무사히 다른 호수에 도착했습니다. 그들이 내려앉은 것을 본 마을 사람이 물었습니다.

"참 좋은 꾀를 냈구나. 그런데 이 아이디어는 누가 낸 거지?"

그러자 얼른 개구리가 말했습니다.

"그야 물론 제가 생각해 낸 거지요."

이런 경우를 두고 '배은망덕도 유분수'라고 하겠지요. 부하의 공, 동료의 공을 가로채는 일은 부끄러운 일입니다.

10월 27일

불행을 부르는 생각

- 무엇이든 이분법으로 하는 생각 – '전부가 아니면 전무다.', '좋은 사람이 아니면 나쁜 사람이다.'라는 융통성이 없는 사고방식.
- 보편적이 아닌 것을 보편적인 일로 하는 생각 – 한두 번의 실패로 영원히 실패할 것이라고 믿어버린다.
- 편견적인 고집 – '나에게는 나쁜 일만 생긴다'라는 식으로 실패나 나쁜 일만 상기하는 사고방식
- 좋게 볼 수 있는 일인데도 나쁘게 보는 습관 – 안 되는 쪽, 비관적인 면만 본다.
- 잘못된 자기 평가 – '나는 원래 그런 놈이다!'하는 자기 비하에 빠져 있다는 생각.
- 독단적인 추론, 상대의 마음을 곡해하는 버릇 – 남이 자기를 어떻게 생각하는가에 신경을 쓴다.
- 작은 실패도 절망적으로 판단 – 무슨 일이든 주관적으로 받아들이는 시행착오를 한다.
- 해야만 한다는 극단적인 생각 – 지나치게 엄격한 기준을 정해서 지키려고 한다.
- 무엇이든 자기 탓이라는 생각 – 남에게 폐만 끼친다고 생각하여 사회와 스스로 격리되는 소극적인 행동을 자처한다.

10월 28일

반복의 대가

어느 겨울 아침 고슴도치 두 마리가 추위에 떨고 있었습니다.

그들은 서로의 몸을 따뜻하게 하고자 가까이 다가갔습니다. 그러나 가까이 갈수록 몸에 나 있는 날카로운 바늘 때문에 서로에게 상처만 입히는 것이었습니다.

그래서 두 마리의 고슴도치는 가까이 접근하다가는 멀어지고 하기를 반복하는 동안 적당히 따뜻하면서도 서로에게 상처를 주지 않는 알맞은 거리를 찾아냈습니다.

格物致知격물치지

사물의 이치를 연구하여 학문을 넓힘

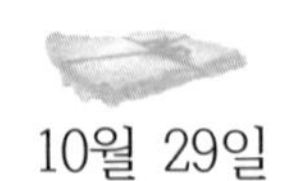

10월 29일

느림의 대가

"우리가 천천히 길을 간다면 예정 시간에 도착하지 못할 것이네. 성문은 일몰 직전에 닫으므로 이제 한두 시간밖에 남지 않았는데, 그 먼 거리를 어찌 천천히 갈 수 있겠는가? 늦으면 다시 성문이 열릴 때까지 기다려야 하는데 사나운 동물의 위험을 어떻게 피한다는 말인가? 여하간 우리는 서둘러 가야만 하네."

노승의 이야기를 다 듣고 난 사공이 말했습니다.

"좋습니다. 이는 제 경험담입니다만, 천천히 가는 사람만이 성에 도착할 수 있습니다."

그러자 젊은 승려는 사공의 말을 듣고 깊이 생각했습니다.

'나는 이 지방의 지리를 전혀 모르지 않는가? 이 사공의 말에는 무슨 뜻이 있는 게 틀림없나 보다. 사공의 충고를 듣는 것이 좋겠다.'

그래서 젊은 승려는 천천히 걸어갔습니다. 그러나 노승은 바삐 서두르며 걸음을 재촉했습니다. 그의 등에는 많은 경전을 짊어지고 있었습니다. 이윽고 얼마를 달려가다 노승은 발을 심하게 다쳤습니다. 성으로 가는 길은 자갈이 많고 험했기 때문입니다. 그래서 그는 극심한 피로와 발의 상처로 얼마 안 가서 쓰러졌습니다. 너무 서두른 탓에 연로한 체력이 감당해 낼 수 없었기 때문이었습니다.

반면에 젊은 승려는 무리 없이 성에 다다를 수 있었습니다. 사공이 걱정되어 그들을 찾아갔을 때 얼마 가지 않아 길가에 쓰러져 있는 노승을 발견하여 살펴보니, 그의 발바닥에는 피가 흐르고 있었습니다.

사공이 노승에게 말했습니다.

"스님, 이런 경우가 생길 것을 말씀드렸습니다. 만일 스님께서 제 말씀을 듣고 천천히 걸으셨다면 이런 곤경을 당하지 않으셨을 것입니다. 이 길은 매우 험하고 자갈이 많아 서둘러 걸으시면 꼭 사고를 당하시게 됩니다. 왜 제 말을 안 들으셨습니까?"

이 이야기는 우리나라 고담 선禪의 일화 중 하나입니다. 인간의 삶에 있어서 서둘지 말고 천천히 그리고 꾸준히 가라는 교훈을 알려주고 있습니다.

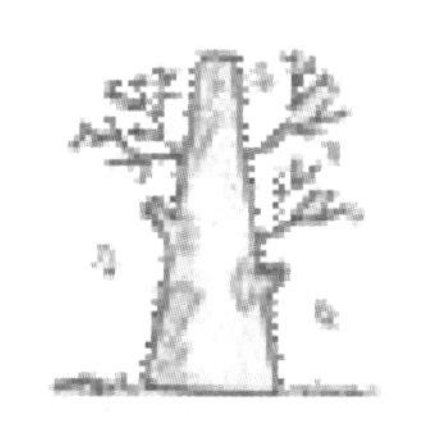

欲速不達욕속부달

너무 서둘러 일이 진척이 안 됨

10월 30일

사람을 찾아다니는 등불

고대 그리스에는 디오게네스라는 이름의 철학자가 몇 있었는데, 그들 중에 시노페의 디오게네스는 기인으로 유명했습니다.

이 디오게네스는 나무통 속에 살면서 밥은 걸식해서 먹고 옷은 단벌밖에 없었다고 합니다.

그야말로 단벌 신사, 아니 단벌 거지였던 셈이지만, 어린아이가 손으로 물을 떠먹는 것을 보고는,

"내가 쓸데없는 것을 가지고 다녔구나."

하면서 하나뿐인 밥그릇마저 버렸다고 합니다.

그리고 자기를 스스로 개犬라고 불렀습니다. 그래서 견유학파犬儒學派, 키니코스학파라고 하면 세상을 냉소적으로 보는 학파를 가리키는 말이 되었습니다.

디오게네스는 주장했습니다.

"행복이란 인간의 자연스러운 욕구를 손쉬운 방법으로 만족시키는 것이며, 부끄럽거나 흉하지 않으니 감출 것도 없다. 이 원리에 반대되는 관습은 자연에 어긋나는 것이므로 따를 것이 없다."

알렉산더 대왕이 그리스를 정복했을 때 많은 사람이 인사차 찾아갔지만, 디오게네스는 가지 않았습니다. 알렉산더는 등불을 들고 사람을 찾아다닌다는 그 유명한 디오게네스를 보려고 부하들의 호위를 받으며 친히 행차하였습니다.

"나는 알렉산더 대왕인데, 내가 두렵지 않은가?"

"대왕은 착한 인간인가?"

"물론이지!"

"좋은 인간이라면 두려워할 필요가 없지."

"나에게 부탁할 것은 없는가?"

"그렇다면 좀 비켜주시오. 햇볕을 가리니까."

만일 보통의 왕이라면,

"여봐라, 저 무례한 놈의 목을 당장 쳐라!"

하고 외쳤을지 모르지만, 역시 대왕이었습니다.

"내가 알렉산더가 아니었다면 디오게네스가 되고 싶도다."

하고 탄식하였다고 합니다.

전쟁이 나서 모두 바쁘다고 하자, 자신은 나무통을 굴리며 바쁜척 했다는 디오게네스, 한낮에 등불을 들고 거리를 돌아다니며 옳은 사람을 찾는다고 외치는 디오게네스의 행복을 이해할 수 있다면 당신도 현자임이 분명합니다.

10월 31일

천국 만들기

어느 날 한 여자가 가정생활을 비관하며 간절히 기도를 올렸습니다.

"하나님! 빨리 천국에 가고 싶어요. 너무 힘들어요."

그때 갑자기 하나님께서 나타나셨습니다.

"살기 힘들지? 네 마음을 이해한다. 이제 네 소원을 들어주겠다. 그 전에 몇 가지 내 말대로 해보겠느냐?"

"예."

"그럼 우선 집 안이 지저분한 것 같은데, 네가 죽은 후 마지막 정리를 잘하고 갔다는 말을 듣도록 집 안 청소를 좀 하렴?"

그 후 며칠간 그녀는 열심히 집 안을 청소했습니다.

3일 후, 하나님이 말씀하셨습니다.

"수고했다! 아이들이 맘에 걸리지. 그러면 네가 죽은 후 아이들이 엄마가 우리를 정말 사랑했다고 느끼게 3일 동안 최대한 사랑을 주어 보렴?"

그 후 3일간 그녀는 아이들을 사랑으로 품어주고 정성스럽게 음식을 만들어 주었습니다.

다시 3일 후 하나님이 말씀하셨습니다.

"이제 갈 때가 됐다. 마지막 부탁 하나만 하자! 남편 때문에 상처 많이 받고 미웠지? 그래도 장례식 때는 '참 좋은 아내였는데….'라고 말하게 3일간 남편에게 최대한 친절하게 대해 줘 보려무나."

그녀는 마음이 내키지 않았지만, 천국에 빨리 가고 싶어 3일간 남편에게 최대한 친절을 베풀어주었습니다.

다시 3일이 지났습니다.

"이제 천국으로 가자! 마지막으로 네 집을 한번 둘러보려무나."

그래서 집을 돌아보니 집 안은 깨끗하고 아이들 얼굴엔 오랜만에 웃음꽃이 피었고, 남편 얼굴에도 흐뭇한 미소가 번져 있었습니다. 그들의 모습을 보니 천국으로 가고 싶지 않았고 결혼 후 처음으로 '내 집이 천국이구나.'하는 생각이 들었습니다.

여자가 말했습니다.

"하나님! 이 행복이 갑자기 어디서 왔죠?"

하나님이 말씀하셨습니다.

"지난 9일간 네가 만든 거란다."

그러자 여자가 말했습니다.

"정말요? 그러면 여기서 천국을 만들어가며 살아볼래요."

'9일 동안 천국 만들기'의 기적은 어디에서나, 누구에게나 일어날 수 있습니다. 희생의 길은 행복으로 가는 밝은 길입니다. 희생의 짐을 지면 인생의 짐이 가벼워집니다.

11월

빛나는 별

빛나는 별

| 존 키츠 |

빛나는 별이여, 내가 너처럼 변함없이
외로이 홀로 떨어져 밤하늘에 반짝이며

변함없이 정진하며 잠자지 않는 자연의 수도자로
그와 같이 영원히 눈뜨고 지켜보면서

인간이 사는 해안 기슭을 깨끗이 씻어주고
출렁이는 바닷물을 지켜보며

넓은 들과 산봉우리에 내려 덮인
첫눈의 깨끗함을 기억하리라.

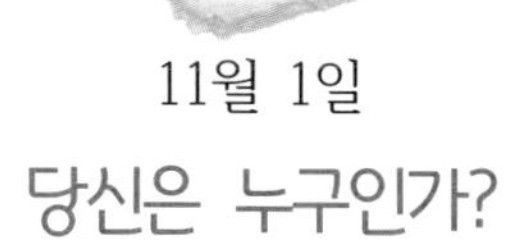

11월 1일
당신은 누구인가?

당신은 지식인이나 대단한 학자는 아닐지 모르지만, 그들 못지않게 세상일에 밝다. 숲속의 동물처럼 당신은 기민하고 민첩하며 적응력이 강하다.

당신은 세상 돌아가는 이치를 잘 알고 있고, 올바른 상식을 가지고 있다.

당신은 가슴 속 깊이 만족감을 느끼고 싶어 할 뿐만 아니라 물질적인 축복도 받고 싶어 한다.

당신은 인생이 빈약하고 무미건조하기보다는 풍요롭기를 바라지만, 이러한 소망은 당신을 이상주의자와 구별해 준다.

당신이 원하는 것의 보답이 별로 크지 않다는 생각에 젖어도 헛되이 시간을 보내지 않는다.

당신은 자신이 원하는 인생을 위해 치러야 할 대가가 다름 아닌 일이라는 것을 알고 있다.

열심히 일하라. 열심히 일하지 않고는 좀 더 나은 인생을 바랄 수 없다는 것을 잘 알고 있다.

당신은 그러한 인생을 살기 위해서는 스스로 열심히 일해야 한다는 목적을 인식하고 있다.

11월 2일
천하를 움직이려면 나를 움직여야 한다

부르면 대답하고 소리 지르면 메아리가 있습니다.

남을 움직이려면 내가 먼저 움직여야 합니다. 내가 움직이지 않는데 남이 움직일 리가 없습니다.

그러나 신神은 스스로 움직이지 않으면서 천하 만물을 움직이게 할 수 있습니다. 하지만 인간은 그럴 수 없는 존재입니다.

남을 움직이려면 먼저 나 자신이 움직여야 합니다. 나는 가만히 앉아서 다른 사람에게 명령하면 절대 움직이지 않습니다.

내가 먼저 앞장서서 움직일 때 남도 따라 움직입니다. 우리는 이것을 솔선수범이라고 합니다.

솔선은 남보다 앞장선다는 뜻이며, 수범은 스스로 본보기를 보인다는 뜻입니다.

리더가 구성원을 움직이게 하려면, 지도자가 국민을 동원하려면. 리더 자신이, 지도자가 몸소 앞장서서 실천과 모범의 본보기를 보여야 합니다.

세상에 실천처럼 강한 설득력은 없고, 본보기처럼 강한 영향력은 없습니다. 스스로 솔선수범할 만한 적극성과 열정과 용기가 없는 자는 진정한 지도자가 될 수 없습니다.

세상을 움직이려면 나를 움직여야 합니다.

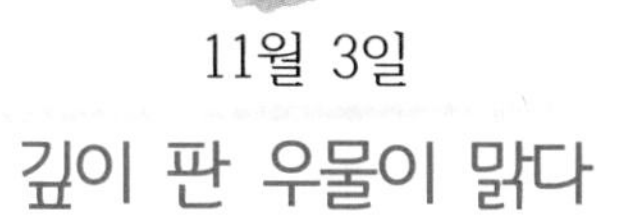

11월 3일

깊이 판 우물이 맑다

아무리 뛰어난 재능을 가지고 태어났다더라도 내버려 두면 시들어서 쓸모없게 됩니다. 강한 무쇠도 갈고 닦지 않으면 녹이 슬고 맙니다. 옥도 닦아야 빛이 납니다.

우리의 재주나 타고난 재질, 천분天分도 마찬가지입니다. 아무리 탁월한 재주와 천분을 가졌어도 공부하지 않고 허송세월로 무위도식하면 그 재주와 천분이 녹슬고 메말라 버립니다. 우물도 깊이 파야 맑은 물이 나오고 원천이 고갈되지 않습니다.

세상에는 자기의 재주만 믿고 게으름 피우는 사람이 있습니다. 특히 우리나라 사람은 조숙하여 일찍 시들어 버리는 습성이 있어, 시종일관 꾸준한 노력으로 대기만성하는 사람이 드뭅니다.

성공에는 끈기와 노력이 절대적으로 필요합니다. 부지런히 책을 읽고 부단히 배우고 진지하게 사색하고 성실하게 탐구하는 자만이 성공과 대성의 영광을 차지할 수 있습니다.

밥 안 먹고 배불러 보겠다는 사람은 어리석은 사람입니다. 거름도 주지 않고 많은 수확을 하려는 사람은 지혜가 부족한 사람입니다. 영양소의 공급이 부족하면 강한 신체의 소유자도 마르고 쇠약해집니다.

천분도 마찬가지입니다. 부지런한 노력으로 우리의 천분을 더욱 풍성하게, 탁월하게 기르고 가꾸어야 합니다. 가장 탁월한 천분의 소유자도 무위도식하면 망한다는 교훈을 되새겨 봐야 합니다.

11월 4일

위대한 인물은 위대한 목표를 가진 사람

'나는 확실한 목표를 가지고 있다.'

살면서 이것만큼 중요한 것은 없습니다. 우리는 뚜렷한 목표를 가질 때, 그것을 달성하려는 열의가 생기고, 그 목표가 이루어지는 만큼 보람을 느끼며, 할 수 있다는 자신감이 생깁니다. 목표가 없는 사람과 있는 사람은 병자와 건강한 사람만큼 차이가 있습니다. 병자는 창백하고 기운이 없지만, 건강한 사람은 생기가 약동하고 기운이 넘칩니다.

우리는 목표를 가지되 크고 높게 가져야 합니다. 위대한 인물이란 위대한 목표를 가진 사람을 말합니다. 인물의 차이는 그가 가진 목표의 크고 작음에 의해서 결정되므로 저마다 위대한 목표를 가슴 속에 품어야 합니다. 그러나 그 목표만으로는 부족합니다. 마음먹은 대로 일이 이루어지지 않기 때문입니다. 목표를 달성할 수 있는 체력과 능력이 필요합니다.

체력은 신체의 원동력이며, 능력은 정신의 버팀목입니다. 격무와 과로에도 견딜 수 있는 저력을 가져야 합니다. 그러나 체력만으로 일이 성사되는 것은 아닙니다. 능력을 갖추어야 합니다. 능력이란 문자 그대로 어떤 일을 할 수 있는 힘을 말합니다.

원대한 목표의 확립, 그것을 실현할 수 있는 체력과 능력의 완비, 이것이 큰일을 이룰 수 있는 조건입니다. 위대한 목표를 이룰 때 위대한 인물이 됩니다.

11월 5일
천릿길도 발밑부터

노자老子의 『도덕경』에 ‘천리지행 시어족하千里之行始於足下’라는 글이 나옵니다. 노자의 짤막한 표현 속에는 처세를 가리키는 명언이 많습니다.

천릿길을 가는 사람도 발밑 한 걸음부터 시작해야 합니다. 인생의 무슨 일이든 가까운 데서부터 처리해 나가야 한다는 처세훈입니다. 어려운 일을 당하면 쉬운 것부터 풀어나가야 하고, 큰일은 작은 데서부터 해결해 나가는 지혜가 필요합니다.

로마제국은 하루아침에 이루어지지 않았고, 만리장성을 하룻밤에 쌓아지지 않았습니다. 티끌 모아 태산입니다.

천 리를 가는 것은 멀고 힘든 일입니다. 그러나 단번에 천릿길을 갈 수는 없습니다. 한 걸음이 작은 것 같지만, 그 작은 걸음이 수천수만이 모이고 쌓여서 천 리에 도달할 수 있습니다. 인생의 만사가 다 순서가 있고 단계가 있고 사정이 있습니다. 우리는 그것을 제대로 밟지 않고는 큰일을 성취할 수 없습니다. 그 순서와 단계를 밟아 나가는 길은 사소하고 비근하므로 작은 데서부터 시작해야 합니다.

그러나 그 작은 것들이 모여서 큰 것을 이룹니다. 하늘을 찌를 듯한 고산준령도 조그마한 흙덩어리의 집합이며, 유유히 흘러가는 장강 대하도 작은 물방울의 무수한 축적에 지나지 않습니다. 작은 것이 큰 것이 됩니다. 우리는 작은 것을 가볍게 보면 안 됩니다.

11월 6일

양심의 거울 앞에 마주 서는 시간은 짧다

우리의 인생이 영혼의 모습을 의식할 수 있는 시간, 즉 감각과 정신이 뒤로 물러서고 영혼이 적나라하게 양심의 거울 앞에 마주 서는 시간은 매우 짧습니다.

이러한 현상은 대개 큰 고통을 체험하고 난 후에 일어납니다. 어머니의 병상에서, 가까운 사람의 임종 곁에서, 혹은 길고 먼 고독한 여행을 끝내고 지친 몸으로 집에 돌아왔을 때, 잠깐 그런 일이 일어날지도 모릅니다. 그것은 언제나 좌절과 방해, 혼돈 속에서 진행됩니다. 바로 여기에 뜬눈으로 지새운 숱한 밤의 가치를 음미하게 되는 시간이 있습니다.

이유를 알 수 없는 불안 속에서 잠 못 이룰 때 우리의 영혼은 현실의 사슬을 벗어버리고 벅찬 생명의 환희로 넘치는 충만감에 또 놀라게 될 것입니다.

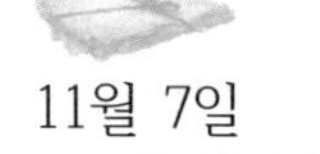

11월 7일
잠재능력이 미래를 만든다

사람들이 자신의 숨겨진 잠재능력을 깨닫지 못하고 활용하지 않는다면, 그 인생은 패배자라는 각인을 떠안고 살아야 합니다.

인생에서 가장 소중한 것은 이 잠재하고 사장된 능력을 끌어내기 위해 얼마나 잠재의식을 다듬고 자각하고 활용하느냐입니다. 그것이 바로 인생의 목적입니다.

'당신이 절망과 낙담, 그리고 우울증이라는 늪에 빠지는 근본적인 원인은 당신의 생각과 감정, 즉 당신의 마음가짐에 있으며, 조건이나 환경은 참고사항에 지나지 않는다.'

이같이 모든 문제의 근본 원인이 자기 내부에 있다는 것을 인정하지 않는 한 인간은 자신이 만든 삶의 움막에서 영원히 헤어 나올 수 없으며 영광으로 빛나는 미래를 만날 수 없습니다.

영광된 미래에 도달하려면 '지금', '여기', '나'라는 세 가지의 핵심어를 가지고 모든 것을 믿고 생각해야 합니다.

그것을 깨닫고 실천할 때, 비로소 결실 있는 내일을 손에 넣을 수 있습니다.

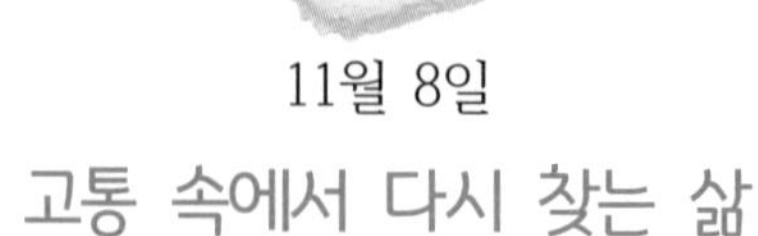

11월 8일

고통 속에서 다시 찾는 삶

우리가 사소한 일로 번민할 때, 대수롭지 않은 일로 쓸데없이 분노할 때, 다른 사람보다 나아지려고 안간힘을 쓸 때, 자기보다 못한 사람을 도와주지 않을 때, 돈을 제대로 쓸 줄도 모르면서 재물을 탐내어 서로 싸울 때, 권력 사용 방법도 모르면서 맹목적으로 욕심부릴 때, 수단만 일삼고 목적을 이루지도 못하면서 밤낮으로 동분서주할 때, 그들은 이러한 삶의 비애에 더 큰 고통을 느끼게 됩니다.

시간은 부족하고 하나도 성취한 것 없는 삶, 공연히 허망한 노력만 하고 타인의 성공 기회마저 해치고 쓸데없이 싸움만 일삼는다면, 이는 심신과 정신을 낭비하는 것일 뿐입니다. 이같이 인생의 곳곳에는 좌절만 우리 곁에 있습니다.

그렇다면 고통과 절망에서 벗어나는 힘은 무엇인가, 그것은 희망이라는 유기체입니다.

우리는 아무리 어려운 고난과 시련 속에서도 절망하지 않는 원기를 가져야 합니다.

어두운 밤이 지나면 반드시 밝은 새 아침이 옵니다. 검은 구름 저편에는 밝은 태양이 빛나고 있습니다.

11월 9일

꿈꾸는 사람과 실천하는 사람

실천하는 사람은 꿈꾸는 사람보다 더 큰 성공을 거둡니다.

실천하는 사람은 목표를 세우고 끊임 없이 노력하지만, 꿈꾸는 사람은 목표를 향해 출발하지도 못하고 쉽게 포기합니다.

실천하는 사람은 스스로 자기 삶을 변화시킬 능력을 갖추고 자기 목표를 달성합니다. 그러나 꿈꾸는 사람은 그런 것을 꿈꾸기만 합니다.

倍日併行배일병행
이틀분의 일정을 하루에 하는 것

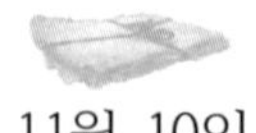

11월 10일

육체적 고통은 정신으로 치유할 수 있다

살아가노라면 고통은 피할 수가 없고, 막을 방법도 없습니다.

하지만 마음먹기에 따라 모든 고통은 일정부분 조절할 수 있습니다.

옛 성인들은 일부러 고통을 찾아 맞서기도 했습니다. 젊어 고생은 사서도 한다는 옛말도 있습니다.

힘을 기르면 육체는 강해집니다. 그러므로 정신 함양에도 힘써야 합니다.

다만 고통이 없다면, 그것들은 아무런 의미가 없습니다. 인간의 본성에서 가장 강력한 것은 정신력입니다. 육체의 힘과 정신의 힘이 한데 합쳐지면 그 강력한 힘은 어떠한 것으로도 막을 수 없습니다.

한 가지 일, 한 가지 문제에 전력투구하는 사람의 앞은 장애물도 가로막지 못합니다.

螢雪之功형설지공

반딧불과 눈빛으로 이룬 공

11월 11일
창조적인 삶의 지혜

사람은 무엇 때문에 아침이면 일어나서 먹고, 마시고, 그리고 또 잠드는 것일까?

어린이, 젊은이, 야만인, 동물들까지 이 무관심한 일상이나 행동의 순회에 고민하지 않습니다. 사색을 모르거나 괴로워하지 않는 자는 매일 반복되는 아침을 맞이하여 눈을 뜨고 기상하여 음식을 즐기며, 탐욕을 부리며 거기서 만족을 느끼며 세상일에는 별 신경을 쓰지 않습니다.

그러나 그것이 확실한 삶의 방법이라고 생각하지 않는 사람은 하루하루를 살아가면서 예리하게 주위를 돌아보며 참된 생활의 지혜를 구합니다.

이것을 창조적인 삶의 지혜라고 말할 수 있습니다. 왜냐하면 그와 같은 삶의 순간순간은 창조주와 합일된 감정을 맛볼 수 있는 생활의 향기이며 매사를 우연이라고 할 수 있는 것들조차 의욕적으로 받아들여지기 때문입니다.

11월 12일

만족한 삶을 위한 비결

1. 자신을 과소평가하지 말고 유능한 사람이라고 생각합니다.
2. 자기 연민을 버리고, 자신이 가진 것만 생각하고 잃은 것은 생각하지 않습니다.
3. 대가를 바라지 말고 주위 사람들에게 도움을 줍니다.
4. "강인한 의지가 있는 자가 세계를 정복할 수 있다"라는 괴테의 말을 되새겨 봅니다.
5. 목표를 가지고 그것을 실천할 계획표를 작성합니다.
6. 지금 해야 할 일이 무엇인지 생각해 봅니다.

克己復禮극기복례

자기를 극복하고 예로 돌아감

11월 13일
사랑의 승리

사람의 삶에는 세 가지 질서가 있습니다.

첫째는 힘의 질서입니다. 폭력이나 물리적으로 모든 것을 해결하려고 합니다. 그러나 이것은 링컨의 말처럼, 그 승리의 기간이 짧습니다.

둘째는 법의 질서입니다. 법이나 정의를 가지고 모든 것을 해결하려고 합니다. 이것은 냉엄하고 인간미가 없습니다.

셋째는 사랑의 질서입니다. 사랑의 힘으로 모든 것을 해결하려고 합니다. 이것은 가장 높은 차원이며, 최고의 이상입니다. 사랑은 모든 것을 이깁니다. 폭력을 이기고 증오를 이깁니다.

맹자는 인자무적仁者無敵이라고 했습니다. 인자仁者에게는 적이 없다는 의미입니다. 간디는 폭력은 동물의 법칙이고, 비폭력은 인간의 법칙이라고 했습니다. 힘이나 법보다 사랑의 방법으로 대하는 것이 인간다운 길입니다. 사랑은 인간의 주성분입니다. 인간에게 있어 사랑은 가장 높고 가장 강하고 밝은 빛입니다. 이 빛이 활동할 때 인간관계는 따듯해지고 세상은 평화로워집니다.

우리 말의 사람과 사랑은 어원語原이 같다고 합니다. 사람의 근본은 불인不人이라고 했습니다. 인이 없으면 사람이 아니라는 뜻입니다. 사랑은 승리를 가져옵니다. 사랑의 승리는 상대를 넘어뜨리는 것이 아니라, 높이 끌어올립니다. 그러므로 사랑의 승리는 모든 승리 중에서 으뜸입니다.

11월 14일

인생이란 고통의 대가를 치르는 공연장이다

인생이란 대가입니다. 당신은 인생으로부터 원하는 거의 모든 것을 노력으로 얻을 수 있습니다. 만약 당신 자신에게 주어지는 몫을 모두 다 차지하지 못한다면 무능하다는 말을 듣게 될 것입니다.

아직 성공하지 못한 사람에게는 늘 역경이 닥치게 마련입니다. 당신은 그 역경을 디딤돌로 삼아 성공을 쟁취해야 합니다. 그러므로 당신도 대가를 치를 마음가짐을 갖지 않으면 안 됩니다.

이렇듯 우리의 인생은 대가를 치르는 삶의 공연장입니다.

反求諸己반구제기

모든 잘못의 원인을 자기에게서 찾는다.

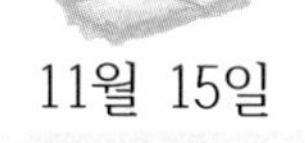

11월 15일

장수의 비결

인생을 유유히 살아가는 것은 분명히 장수의 비결입니다.

인생은 백 미터 단거리 경주가 아니라, 백 년을 내다보고 살아야 하는 긴 마라톤의 여정입니다.

인생 행로에는 높은 산도, 험한 골짜기도, 행복한 날도, 어려운 역경의 날도 있습니다. 순조로운 날엔 교만하지 않아야 하고 역경의 날엔 낙심하지 말아야 합니다.

그런가 하면 득의의 날도, 실의의 날도, 이유 없이 오해받는 때도 있고, 만사가 쉽게 잘 풀리는 때도 있습니다.

남들이 나보다 앞섰다고 조급해 말고, 내가 남보다 앞섰다고 자만해서도 안 됩니다.

누구에게나 좋은 기회는 찾아옵니다. 실력을 갖춘 사람은 기회가 왔을 때 놓치지 않고 붙잡는 지혜를 갖고 있습니다.

그러나 실력이 없는 사람은 성공의 호기가 와도 그것을 포착하지 못합니다. 성급하면 안 됩니다. 비관도, 낙관도 해서는 안 됩니다. 유유히 살아가야 합니다.

백릿길을 가는 사람은 달리지 않습니다. 천천히 그러나 쉬지 않고 걸어야 합니다.

아집과 독선의 노예가 되지 말아야 합니다. 유유히 흘러가는 흰 구름은 거리끼는 데가 없고 조급한 데가 없습니다.

인생 행로는 일직선이 아닙니다. 굽은 길은 돌아가고, 쉬어야 할 때는 쉬고, 달려야 할 때는 달려가야 합니다.

무슨 일에나 무리하지 말고 제 분수에 맞게 행동하며 유유히 살아가는 자가 오래 살고 또 성공의 정상에 도달합니다.

이것이 바로 장수의 비결입니다.

迂直之計우직지계
돌아서 가는 지혜

11월 16일
양생의 도

노자는 말했습니다.

“사람을 다스리고 하늘을 섬기려면 아낌, 즉 색嗇보다 더한 것은 없다.”

사람을 다스리는 정치의 도나 자기의 몸을 기르는 양생養生의 도는 될 수 있는 한 일을 적게 하여 욕심부리지 않고 일의 분량, 음식의 분량을 적게 하는 것이 좋음을 지적한 말입니다.

앞에서 여러 번 언급했지만, 노자는 좀 지저분한 문자를 쓰는 버릇이 있는데, 여기서도 색이라는 말을 쓰고 있습니다.

이 색은 모든 것을 적게 한다는 뜻인데, 논어에 나오는 약約이라는 말과 같은 뜻입니다.

논어에 ‘약이지실자約以之室者는 불선不鮮이라.’라고 하여 모든 일에 소극적이야 할 필요성을 말하고 있습니다.

즉 먹는 것도 서운할 정도로, 일도 서운할 정도에서 끝냄이 양생의 도가 된다는 뜻입니다.

11월 17일

평생의 일

고등학교를 졸업한 소년이 잡화상 점원으로 취직한 지 몇 주일 후, 소년의 아버지가 대학 진학 준비는 어떻게 되었느냐고 물었습니다.

"전 대학에 안 가겠어요. 평생의 직업을 찾았기 때문이에요."

"평생의 직업을 찾다니, 그게 무슨 소리냐?"

"트럭으로 일용품을 배달해 주는 것이 아주 즐거워요. 월급도 막 올랐거든요."

"하지만 너는 평생 일용품을 배달해 주는 것 외에도 다른 할 일이 많단다."

"아버지는 제게 늘 말씀하시길 행복하게 인생을 보내야 한다고 하셨잖아요."

"물론 그랬지."

"그러니까 저는 지금 아주 행복하고, 이게 제가 바라던 것이에요."

인생은 지금 행복해지는 것이 아니라, 멀리 보고 성장하는 것이 삶의 원칙이라는 사실을 설득할 수 없다는 것에 비애를 느낀 아버지는 다른 방법을 생각하고는 잡화점 주인을 만났습니다.

"내 아들을 파면시켜 주셔야겠소."

"파면이라니요? 나는 아직 당신 아들같이 훌륭한 청년은 본 적이 없소."

"그 녀석이 대학교에 안 가겠다고 해요. 당신이 내 아들을 파면하지 않으면, 그 애의 일생을 망치게 될 거요."

가게 주인은 상황을 짐작하고 둘이서 대책을 마련했습니다. 금요일 아침 소년이 월급을 받으러 오자, 가게 주인은 말했습니다.

"넌 오늘부터 해고야."

"제가 뭘 잘못했나요?"

"무조건 해고야."

소년은 해고당하자 풀이 죽어 진학 준비를 했습니다.

이 이야기는 실화라고 합니다. 그로부터 약 30년이 지난 후, 이 소년이 장성하여 어느 유명한 대학의 총장이 되고 나서 아버지에게 이렇게 말했다고 합니다.

"아버지, 그때 아버지가 절 해고하게 하신 것을 늘 감사하게 생각하고 있습니다."

11월 18일

지구 교향곡

아프리카 케냐의 사바나 벌판에는 키 작은 관목과 사슴들이 드문드문 보이고, 새들이 날고 있을 뿐 아무것도 보이지 않았습니다.

벌판을 향하여 한 백인 할머니가 "엘레나!"하고 부릅니다. 그때 어디서 나타났는지 거대한 코끼리 한 마리가 할머니를 코로 감아올립니다. 그리고는 코끝으로 할머니의 등을 쓰다듬습니다.

이 장면을 카메라가 촬영하고 있습니다. 감독의 눈과 코끼리의 눈이 마주칩니다. 코끼리가 할머니를 내려놓더니 카메라 쪽으로 달려옵니다. 조감독, 카메라맨, 스텝들이 혼비백산하여 우왕좌왕하자, 감독이 스텝들을 진정시킵니다.

코끼리가 눈이 마주친 감독에게로 가서 코로 감아올리더니, 코끝으로 감독의 등을 쓰다듬습니다.

이 모습은 '지구 교향곡'이라는 영화에 나오는 한 장면입니다. 쓰다듬는 그 감촉에 거대한 코끼리의 힘은 느껴지지 않고 따스한 손길처럼 부드러웠다고 감독은 말했습니다.

그 할머니의 이름은 다프니 젤드릭, 나이로비 국립공원에서 동물 고아원을 운영하고 있습니다. 다프니는 부모 잃은 동물을 길러 다시 초원으로 돌려보내는 일을 하고 있습니다.

코끼리 엘레나도 어릴 때 상아 밀렵꾼들에게 부모를 잃고 생사를 헤맬 때 다프니가 구해서 살려냈던 것입니다. 그 후 30년 동안 엘레나는 어머니와 딸처럼 다프니를 따랐습니다.

이 영화를 만든 감독은 코끼리가 사람을 안아주는 모습을 보고 눈물이 났다고 합니다. 그리고 이 영화에는 현대인들의 상식을 뛰어넘는 감동적인 장면들이 연출되고 있습니다.

감독에게 그런 영화를 만든 이유를 묻자,

"감동을 나누며, 사람들이 마음의 진화, 의식의 진화를 전달해주었으면 좋겠다."

라고 했습니다.

우리 인간은 지구의 일부이며, 크나큰 지구 생명의 일부라고도 덧붙여 말했습니다.

吮疽之仁연저지인
종기를 입으로 빨아낸 사랑

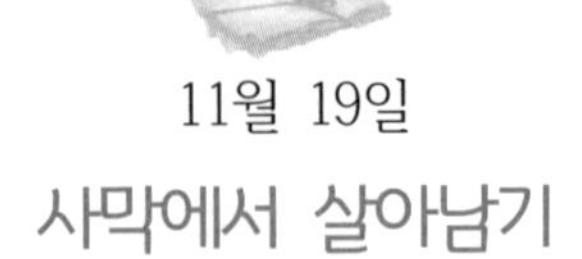

11월 19일

사막에서 살아남기

- 리비아 사막에 홀로 남은 한 영국 특수부대 장교는 무려 225㎞를 걸어가서 샘을 찾아냈습니다. 그는 나침반도 성냥도 없이 겨우 소금물 한 통만 지니고 있었습니다.
  모든 생존 지침서들은 절대로 자기 오줌을 받아먹지 말라고 했지만, 이 장교는 절망적인 상황에서 이 규칙을 깼습니다. 그리고 살아남아 이 이야기를 전했습니다.
  그는 마침내 샘을 찾아냈고, 그곳을 지나가는 군용차에 의해 구조되었습니다. 놀랍게도 그는 한 달도 지나지 않아, 자신의 부대를 지휘하기 위해 복귀했습니다.

- 멕시코 사막의 타는 듯한 열기 속에서 한 남자가 길을 잃었습니다. 물은 거의 없었고 물을 찾아 먼 길을 가야 했습니다. 그는 8일 동안 하루에 단 1ℓ의 물만 마시면서 217㎞를 걸어 안전한 곳에 도착했습니다. 그의 피부는 검게 탔고, 입술과 코와 눈꺼풀은 움푹 들어가 있었습니다. 체중은 원래보다 4분의 1이 줄어들어 있었습니다. 나중에 그는 건강을 완전히 회복했습니다. 비록 머리카락이 회색으로 변하긴 했지만.

- 로렌 엘더는 캘리포니아의 시에라네바다 산맥에서 추락한 비행기

승객 중 유일한 생존자였습니다. 여성인 로렌은 중상이었습니다. 팔이 하나 부러지고, 다리에는 깊은 상처가 났으며, 발은 상처와 동상으로 정상이 아니었습니다. 그런 상황임에도 불구하고 로렌은 2,500m나 되는 가파른 비탈을 기어 내려가서 수풀을 헤치며 천연림을 통과하고, 온종일 오웬스 밸리 사막을 터덜터덜 걸어서 건넜습니다. 그렇게 해서 그녀는 결국 살아남았습니다.

생존 기술에 대한 지식이 많은 도움이 될 수는 있습니다. 하지만 중요한 것은 용기와 결단력입니다.

墨守묵수
자신의 의견을 굽히지 않고 지킨다.

11월 20일
천재란?

에디슨 같은 대 발명가도 '천재란 1%의 영감과 99%의 땀'이라는 점을 강조했습니다. 큰 업적을 남긴 사람들은 태어날 때부터 가진 '천부적 재능'보다는 살아가면서 어떻게 했느냐가 중요하다고 말합니다.

'천재란 곧 인내이다.' — 뷔퐁 프랑스, 학자

'천재란 근면勤勉의 결과이다.' — 해밀턴 영국, 철학자

'천재? 그런 것은 결코 없다. 단지 공부일 뿐이다. 방법일 뿐이다. 끊임없는 계획일 뿐이다.' — 로댕 프랑스, 조각가

'천재를 아는 자가 천재이다.' — 헤겔 독일, 철학자

'세상에는 창조하는 천재가 있는가 하면 발견하는 천재가 있고, 작품을 쓰는 천재가 있는가 하면 그것을 읽는 천재도 있다.' — 발레리 프랑스, 시인

인내로, 신념으로, 부지런함으로, 공부하고 방법을 찾고 계획을 세워서 업적을 이룬 천재도 있습니다. 그리고 천재에는 여러 부류가 있습니다. 지능, 예술, 체육의 천재도 있고, 발명, 사업의 천재도 있습니다. 천재가 아닌 사람은 인내, 근면, 공부로 노력하는 수밖에 달리 방법이 없습니다.

에디슨은 또 "성공이란 것은 그 결과를 보고 평가할 것이 아니라, 그것에 쏟아부은 노력의 합계로 평가해야 하는 것이다."라고도 말했습니다.

11월 21일
인간의 욕구 5단계

미국의 심리학자 A.H 마즐로는 인간의 욕구를 5단계로 분류합니다. 이 5단계 설은 인간은 낮은 차원의 욕구를 충족하면 차례차례 더 높은 차원의 욕구를 충족하려고 하는데, 그 차원이 다섯 단계라는 것입니다.

① 생리적생존 욕구 : 생존에 필요한 욕구로 음식, 수면, 성욕 등 본능적인 욕구이다.

② 안정과 안전의 욕구 : 안정되지 못한 사람은 안정을 구하고, 안정된 사람은 안정을 잃을지 모른다는 불안감에 시달린다. 낯선 일이나 신기한 사물로부터 도피하는 것도 이 욕구의 표현이다.

③ 소속과 사랑친화親和의 욕구 : 동료나 사회로부터 인정받고 싶어하고 누군가를 사랑하고 싶어 한다. 사랑받고 싶은 욕구로 애사심愛社心이나 유행 등의 원인이 된다.

④ 승인자존自尊의 욕구 : 지위, 재산, 지식, 기능 등에서 남보다 앞서고 싶다, 다른 사람으로부터 관심을 끌고 싶다, 높은 평가명성를 받고 싶다, 자유롭고 독립된 존재이고 싶다, 타인으로부터 이해받고 싶다는 등의 욕구이다.

⑤ 자아실현의 욕구 : 자기의 가능성을 실현하고 싶다는 욕구, 현실을 바로 보고, 현실로부터 도피하지 않고 자기의 노력과 책임으로 현실과 대결하는 것이 자아실현이다.

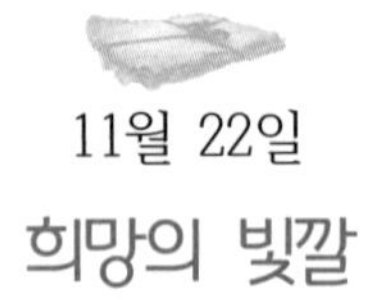

11월 22일

희망의 빛깔

희망을 빛깔로 표현한다면 무슨 색일까요?

시인 헤르더는 다음과 같이 읊었습니다.

희망, 희망의 빛깔은 녹색/ 가난한 자가 아무것도 가진 것 없이/ 모든 사람에게 외면당하고,/ 모든 것에게 고통을 당할지라도/ 희망이여, 가난한 자에게 힘을 주어라.

시인 베르레느는 이렇게 읊었습니다.

희망은 햇빛과 닮았다./ 희망과 햇빛, 어느 것이나 다 밝은 것/ 하나는 거친 마음에 깨끗한 꿈이 되고/ 하나는 진흙에 금빛을 띤다.

어떤 시인은 '햇빛은 개똥에도 미인에게도 비춘다'라고 했지만, 피동적 수동적으로 기다리는 희망이 아니라 스스로 만드는 희망도 있습니다.

제2차 세계대전이 끝난 후 독일의 어떤 지하실 벽에 다음과 같은 글이 새겨져 있었습니다. 아마 유대인이 숨어 지내며 썼겠지요.

나는 태양을 믿는다./ 설사 지금은 비치지 않을지라도/ 나는 사랑을 믿는다./ 지금 느낄 수는 없어도….

11월 23일
친구의 공적

어느 날 아침 꿈에서 깨어보니, 자신이 보기 흉한 독충으로 변해 있었다는 주인공 그레고르 잠자의 이야기로 유명한 소설 『변신變身』의 작가 프란츠 카프카는 20세기 문학의 새로운 분야를 개척한 인물로 알려져 있습니다.

생전의 작품은 주목받지 못하다가 죽은 후에 발표된 아메리카 · 심판審判 · 성城 등 '고독의 3부작'이 세계적으로 주목받게 됩니다.

카프카는 죽기 전, 대학 시절 친구인 막스 브로트에게 유고遺稿를 태워달라고 부탁했지만, 브로트는 그의 유언을 어기고 정리하여 출판했습니다.

카프카는 유대인 잡화상의 장남으로 태어나 대학에서 법학을 공부한 후, 노동재해보험협회에 근무하면서 창작 활동을 했습니다. 발표된 원고는 대부분 소품이었지만, 한편으로는 대작을 쓰고 있었습니다.

카프카는 개개의 인간이 전체와 어떤 연관성을 가지느냐를 추구하며, 전체 앞에 개인은 언제나 무력하게 압도당한다는 사실을 작품으로 그렸습니다.

이처럼 조화되지 않는 전체와 개인과의 문제, 인간의 나약함에 대한 통찰에 대하여 평론가들은 갖가지 해석을 내립니다. 신학적인 해석, 실존주의적 해석, 심층 심리학적 해석 등등….

그러나 전체적으로는 소외당한 소시민을 그렸다는 평입니다.

고독과 질병에 시달리면서 살다가 41세로 세상을 떠난 카프카, 그가 써 모은 원고를 태워 없애라고 했지만, 약속을 어긴 친구 덕분에 카프카는 역사에 이름을 남기게 되었습니다.

카프카를 돌아볼 때, 막스 브로트의 안목과 의리(?)와 사명감을 함께 평가하는 건 어떨까요?

蓋棺事定개관사정
죽은 후에야 정당한 평가를 받는다.

11월 24일

작은 정성, 큰 정성

석가가 사위국舍衛國의 어느 정사精舍에서 설교할 때의 일입니다.

사위국에 난타라는 한 가난한 여인이 있었는데, 몸을 의지할 곳 없어 얻어먹으며 돌아다녔습니다.

국왕을 비롯해 많은 사람이 신분에 맞는 공양을 하는 것을 보고 난타는 스스로 탄식하며 말했습니다.

"나는 전생에 범한 죄 때문에 가난하고 천한 몸으로 태어났다. 모처럼 고마우신 큰스님을 뵙고도 아무런 공양도 할 수 없구나."

이렇게 슬퍼하면서 온종일 거리를 돌아다니며 겨우 돈 한 푼을 얻었습니다. 그녀는 기름집으로 달려갔습니다. 우선 기름을 사서 등불을 만들어 석가에게 바치려 한 것입니다.

그러나 기름집 주인은,

"아니 겨우 한 푼어치 기름을 사다가 어디에 쓰려고?"

하면서 팔려고 하지 않았습니다.

난타는 사정했습니다.

기름집 주인은 딱한 생각이 들어 한 푼어치의 몇 배나 되는 기름을 주었습니다. 난타는 기뻐 어쩔 줄 몰라 하며 작은 등을 하나 만들었습니다.

때마침 국왕이 석가를 위해 등불을 바치자는 이야기에 많은 사람이 비싼 등을 만들어 갖다 바쳤습니다.

난타는 초라하지만, 정성 어린 작은 등을 무수한 다른 등과 함께 놓아두었습니다. 그런데 이상하게도 난타가 바친 등불만 새벽까지 홀로 밝게 타고 있었습니다.

석가는 남에게 업신여김을 받는 가난한 한 여인이 바친 등불임을 알아차리고 조용히 바라보며 말했습니다.

"진심이 담긴 한 개의 등불이 비싼 만 개의 등불보다 더 소중하다."

뒤에 석가는 난타를 비구니로 받아들였다고 합니다.

『현우경賢愚經』의 '빈녀난타품貧女難陀品'에 나온 이 이야기에서 '빈자일등貧者一燈'이라는 말이 나왔고, '부자의 만 등보다 빈자의 한 등이 낫다'라는 말이 생겼습니다.

慈悲忍辱자비인욕

중생에게 자비하고 온갖 욕됨을 스스로 굳게 참음

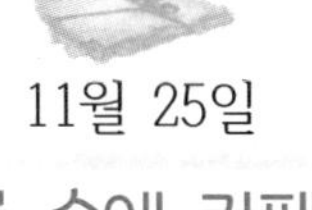

11월 25일
구름 속에 카페를

윤재천 교수의 『구름 카페』라는 수필집에 '구름 카페'라는 제목의 글이 있습니다. 그 일부를 보기로 합니다.

「나에겐 오랜 꿈이 있다. 여행 중에 어느 지방의 골목길에서 본 적이 있거나 추억어린 영화와 책 속에서 언뜻 스치고 지나간 것도 같은 카페 하나 갖는 일이다. 구름을 좇는 몽상가들이 모여들어도 좋고, 구름을 따라 떠도는 역마살 낀 사람들이 잠시 머물다 떠나도 좋다. 구름 낀 가슴으로 찾아들어 차 한 잔에 마음을 씻고, 먹구름뿐인 현실을 잠시 비켜 앉아 머리를 식혀도 좋다.

꿈에 부푼 사람은 옆자리의 모르는 이에게 희망을 품어주기도 하고, 꿈을 잃어버린 사람은 그런 사람을 보며 꿈을 되찾을 수 있는 곳, '구름 카페'는 상상 속에서 늘 나에게 따뜻한 풍경으로 다가오곤 한다.

넓은 창과 촛불, 길게 드리운 커튼, 고갱의 그림이 원시의 향수를 부르고, 무딘 첼로의 음률이 영혼 깊숙이 파고드는 곳에서 나는 인간의 짙은 향기에 취하고 싶다.

(중략)

'구름 카페'는 나의 생전에 존재할 수 없는 곳이어도 괜찮다. 아니면 숱하게 피었다가 스러지는, 사랑하는 사람들이 곁에 있다면 어디서나 만날 수 있고 느낄 수 있는 행복의 장소인지도 모른다. 구름이 작은 물방울의 결집체이듯 현실에 존재하지 않기에 더 아득하고 아름다운지도 모른다.

그러나 나는 꿈으로 산다. 그리움으로 산다. 가능성으로 산다. 오늘도 나는 '구름 카페'를 그리는 것 같은 미숙한 습성으로 문학의 길을, 생활 속을 천천히 걸어가고 있다.」

비행기를 타고 구름 속을 지날 때의 환상적인 장면을 떠올려 보십시오. 구름 속에 카페도 만들고, 궁전도 만들고…, 또 무엇을 만들어 볼까요?

桃源境도원경
복숭아 숲이 펼쳐진 별천지

11월 26일

노인 칸트

철학자 칸트의 아버지가 말을 타고 폴란드의 고향을 찾아가는 도중에 숲길을 지나게 되었습니다. 갑자기 숲속에서 강도들이 나타나더니 가진 것을 다 내놓으라고 다그쳤습니다.

"이게 전부요?"

"전부입니다."

그런데 노인 칸트는 길을 가다가 소매 속에 딱딱한 물건이 있음을 알았습니다. 그것은 만일을 위해서 금덩이를 소매 속에 꿰맨 것이었습니다. 노인은 금이 있다는 사실을 겁에 질려서 잊었던 것입니다. 급히 강도들이 있던 숲으로 되돌아갔습니다.

"일부러 한 것은 아니지만, 아까 거짓말했습니다. 무서워서 생각을 못 했습니다. 여기 옷 속에 있는 금을 가지십시오."

강도들이 오히려 놀랐습니다. 한 강도가 지갑을 돌려주었습니다. 다른 강도가 기도서며 책을 돌려주었습니다. 또 다른 강도가 말을 돌려주더니 올라타기 쉽도록 거들어주었습니다.

세 강도는 자기들에게 축복의 기도를 해 달라고 부탁했습니다. 그리고는 노인 칸트가 멀리 사라지는 뒷모습을 바라보았습니다.

이 일화를 소개한 사람은 끝에 주를 하나 달았습니다.

'정직은 악을 이긴다.'

11월 27일
삶과 죽음은 동전 한 닢 차이

그리스 신화에 타르타로스라는 지옥이 있고 엘리시온이라는 낙원이 있습니다.

지옥 타르타로스의 주변에는 여러 갈래의 강이 흐르고 있는데, 그 중에 아게로 강에는 카론이라는 나룻배 사공이 있었습니다.

이 사공에게 뱃삯으로 동전 한 닢을 치르지 못하면 강을 건널 수 없었습니다. 그래서 죽은 사람의 입에 동전 한 개씩 넣어주게 되었다고 합니다.

객사했거나 가난하게 죽은 영혼들은 동전 한 닢이 없어서 이 강을 건너지 못하여 정처 없이 떠돈다고 합니다.

人生如朝露인생여조로
인생은 아침이슬과 같다.

11월 28일
죽음의 신이 문을 두드릴 때

죽음의 신은 우리의 생의 문을 아무 예고도 없이 두드립니다. 그가 언제 찾아올지 아무도 모릅니다. 죽음의 신이 나를 찾아왔을 때, 내 생명이 가득 찬 광주리를 그 앞에 내놓아야 합니다.

"내 인생의 보람의 열매가 여기에 담겨 있습니다. 내 생애의 결정이 이 광주리 속에 있습니다. 나는 이것을 남겨놓고 갑니다."

우리는 죽음의 신 앞에 무엇인가를 남겨놓아야 합니다. 그를 빈손으로 돌려보낼 수 없기 때문입니다. 우리는 이 세상에 올 때는 빈손으로 왔지만, 이 세상을 떠날 때는 무엇인가 반드시 남겨놓고 가야 합니다. 역사 위에 손톱자국이라도 남겨놓아야 합니다. 육칠십 년을 이 세상에서 살았다면, 무슨 흔적과 업적이 있어야 할 게 아닙니까.

어떤 사람은 돈을 남겨놓기도 합니다. 또 어떤 사람은 사업을 남겨놓습니다. 그런가 하면 뛰어난 인격을 남겨놓거나, 훌륭한 작품을 남기는 사람도 있습니다. 위대한 정신을 유산으로 탁월한 사상을 남기는 이도 있습니다.

우리의 인생은 빈손으로 왔다 빈손으로 가는 허망한 과정이 아닙니다. 가치를 창조하고 유산을 남기고 업적을 쌓아놓고 가는 터전입니다. 그러므로 우리는 자기 존재의 빛과 향기와 보람을 남기고 가야 합니다. 이것을 죽음의 신을 영접하는 최고의 축제로 삼을 때, 보람 있는 인생의 마지막 모습이 됩니다.

11월 29일

십자가를 지고 살아가는 인생

우리는 누구나 자기의 십자가를 지고 살아갑니다. 저마다 자기가 져야 할 십자가가 있습니다. 십자가는 무거운 짐이고 견디기 어려운 고난의 시련이며 피할 수 없는 운명입니다.

어떤 이는 가벼운 십자가를 지고 살아가고, 어떤 이는 무거운 십자가를 지고 살아갑니다. 한 시대에는 한 시대의 십자가가 있고, 한 민족에는 그 민족의 십자가가 있습니다. 우리는 용기와 인내를 가지고 자기 인생의 십자가를 져야 합니다.

어떤 이는 병이라는 십자가를 지고 있습니다. 어떤 이는 가난이라는 십자가를 지고 있습니다. 어떤 이는 그리스도처럼 자기희생의 십자가를 지고 살아갑니다.

박해의 십자가를 지는 이도 있고, 오해의 십자가를 지는 이도 있고, 투쟁의 십자가를 지는 이도 있습니다.

자기의 십자가를 승리와 영광의 십자가로 만드는 이도 있고, 비극과 패배의 십자가로 만드는 이도 있습니다.

꼭 같은 시련을 어떤 이는 용기와 의지로 이겨내고, 어떤 이는 비겁과 나태 때문에 좌절합니다.

그러므로 우리는 저마다 자기 인생의 십자가를 지고 승리와 영광의 골고다를 향해서 용감히 올라가야 삶의 천국에 이를 수 있게 됩니다.

11월 30일

십계十戒

신이 그의 '십계十戒'를 겨우 다 썼을 때, 그는 땅 위의 모든 인간 종족한테로 가서 이 계율을 갖고 싶은지 물어보았습니다.

아라비아 사람들은 조심스럽게,

"그것은 어떤 말을 하고 있습니까?"

하고 물었습니다.

"응!"

신이 말했습니다.

"그 가운데 하나는 '남의 물건을 훔치지 말라'고 말하고 있지."

"그것참 재미가 없군요."

아라비아 사람들이 대답했습니다.

"우리는 도저히 따를 수 없는 무리한 말인데요. 우리는 여행자들을 뜯어먹고 사는 형편이라서요."

신은 그다음에 프랑스인들에게 그 십계를 받지 않겠느냐고 물어보았습니다.

한데 그들도 그것은 어떤 일을 명하는지 알고 싶어 했습니다.

신이 '간음해서는 안 된다.'라고 하는 대목에 이르자 프랑스인들은 신의 말을 가로막으며 슬픈 듯 고개를 저었습니다.

"우리는 이 십계 특히, 그 대목이 우리에게는 전혀 맞지 않는다고 생각합니다."

신은 그의 십계를 다른 많은 이들에게로 가져갔습니다.

그러나 모두 자기들의 남다르게 사는 방식에 맞지 않는다고 하며 거절했습니다.

마지막에 이르러서 될 대로 되라는 마음으로 유대인들을 찾아갔습니다.

모세가 물었습니다.

"그것의 값은 얼마입니까?"

신은 대답했습니다.

"이것은 공짜이다."

"그것참 좋군요."

모세는 또 말했습니다.

"그렇다면 우리는 그것을 모두 받겠습니다. 뭣하면 두 벌이라도 받겠습니다."

12월

인생의 계절

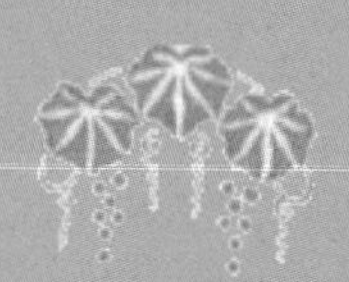

인생의 계절

| 존 키츠 |

한 해가 계절로 채워져 있듯
인생에도 네 계절이 있습니다.

원기 왕성한 사람의 봄은 그의 마음이
모든 것을 분명 아름답게 받아들이는 때입니다
그의 여름은 화사하며
봄의 달콤하고 발랄한 생각을 사랑하여
되새김질하는 때, 그의 꿈이 하늘 높은 곳
높이 날아오르는 부푼 꿈을 꿉니다.

그의 영혼에 가을 오면
그는 꿈의 날개를 접고
올바른 것들을 놓친 잘못과 태만을
울타리 밖 실개천을 무심하게 바라보듯
방관하여 체념하는 때입니다.

그에게도 겨울이 오면 창백하게 일그러진 모습으로
그렇지 않으면 죽음의 길을 찾아 먼저 가 있을 것입니다.

12월 1일
인생은 한 권의 책

인생은 책과 같습니다. 우리는 매일매일 한 페이지씩 인생의 책을 씁니다. 어떤 사람은 잘 쓰고, 어떤 사람은 잘 못 씁니다. 아름답게 쓰는 이도 있고, 낙서하듯 분별없이 쓰는 이도 있습니다.

맑은 노래를 담아 쓰는 이도 있고, 잡담으로 가득 채우는 이도 있습니다. 희망의 노래를 부르는 이도 있고, 절망의 노래를 읊조리는 이도 있습니다. 고운 글씨로 쓰는 이도 있고, 알아볼 수 없게 쓰는 이도 있습니다. 정성스럽게 자기 인생의 책을 써나가는 이도 있고, 무책임하게 자기 인생을 기록하는 이도 있습니다. 푸른색으로 쓰는 이도 있고 회색으로 쓰는 이도 있습니다.

인생의 책이 세상의 책과 다른 점은 두 번 쓰거나 다시 고쳐 쓸 수 없다는 점입니다. 세상의 책은 잘못 쓰면 지우고 다시 쓸 수 있습니다. 마음에 들지 않으면 찢어버리거나 절판 내지 해판解版할 수 있습니다. 그러나 인생의 책은 두 번, 다시 고쳐 쓸 수 없습니다.

또 남이 써 줄 수도 없습니다. 잘 쓰건 못 쓰건 나의 판단과 책임과 노력으로 써나가야 합니다. 하루 한 페이지씩 쌓이고 쌓여 일생이라는 한 권의 책이 됩니다. 그러므로 우리는 하루하루 정성껏 써야 합니다.

책임과 능력과 지혜를 다해서 그날그날의 페이지를 충실하게 써가야 합니다. 누구든 자기만의 인생 명저를 쓰는 아름다운 삶을 보내야 합니다.

12월 2일

노년은 인생의 빛

우리의 인생은 나이에 따라 지배적인 정열의 대상이 다릅니다.

무엇에 따라 행동하는가를 보고 그 사람됨을 알 수 있습니다.

이익에 따라 움직이는 사람, 권력에 따라 움직이는 사람, 쾌락에 따라 움직이는 사람, 의리에 따라 움직이는 사람, 명예에 따라 움직이는 사람 등 천차만별입니다.

10대는 과자와 먹을 것에 따라서 움직이는 때입니다.

20대는 정열과 이성에 대한 사랑으로 연애가 중요한 관심사이며 행동의 중심이 됩니다.

30대는 정력이 왕성하여 일도 많이 하지만, 쾌락의 추구가 남다릅니다.

40대는 인생에 대한 야심이 강하여 지위와 권력과 성공과 돈과 명예에 대한 욕망이 가장 강렬합니다.

50대는 탐욕의 시기로 햇 늙은이의 욕심에 집착하면서 인생의 장년기를 거쳐 노년기로 접어들면서 표현하지 못했던 여러 가지 욕망을 마지막으로 분출할 때입니다.

그렇다면, 언제 인간은 밝은 예지와 총명한 이성만 추구하게 될까요. 철학자 루소는 이렇게 말했습니다.

'인생의 나무에 진정한 지혜의 열매가 열리는 시기는 소년 시절이나 청년 시절이 아니다. 인생의 열정이 다 가라앉은 노년이다.'

12월 3일

나의 미래에 쓰는 편지

리처드 바크의 소설, 주인공 갈매기의 이름이 조나단 리빙스톤인 『갈매기의 꿈』이 베스트셀러가 된 후, 사람들이 서점에 와서 그 책을 찾는데, 이름이 제각각이었습니다.

"리빙스톤 주세요."

"갈매기에 관한 리빙스톤 책 주세요"

"조나단 리빙스톤이 쓴 갈매기 주세요"

"조나단 리빙스톤이 쓴 독수리 주세요"

"조나단 리빙스톤이 쓴 펭귄 주세요"

"조나단 리빙스톤이 쓴 비둘기 주세요."

"…."

『갈매기의 꿈』에 나오는 향상심 많은 조나단 리빙스톤이란 갈매기는 어릴 때부터 남들과 달랐습니다. 남들은 먹고사는 데에만 신경을 쓸 때, 조나단은 '먹기 위해 사는 것이 아니다, 날기 위해 사는 것이다.' 하는 생각을 한 것입니다.

초고속 비행, 초저공 비행, 급강하 비행 등 밥 먹는 것도 잊고 수련을 합니다. 드디어는 '순간이동'이라고 하는 경지에까지 이르고, 뜻한 대로 나는 데는 도사가 됩니다. 그러나 가족이나 주위의 갈매기들이 그를 추방하여 제자들과 함께 떠나게 됩니다….

리처드 바크가 쓴 수필에 이런 것도 있다고 합니다.

"나는 지난날 미래의 나 자신에게 편지를 쓴 일이 있다. 당시 나는 책을 출판하는 것을 목표로 하고 있었기 때문에 그 편지에서 '책을 출판했느냐?'라고 묻는 그런 내용이었다. 그리고 지금 나는 편지에 쓴 것이 실현했다."

이 글을 소개한 외국의 어떤 경영자는 직장생활을 할 때 그 글을 읽고 자기도 10년 후 미래의 자기에게 편지를 썼다고 합니다. 처음에는 잘 써지지 않았지만, 인생을 생각하고 미래를 생각하며 자기의 목표를 썼다는 것입니다.

그리고 자기가 뜻한 대로 되었다고 했습니다. 그러자 또 다른 많은 사람이 자기의 미래에 편지를 쓰겠다고 다짐했다는 것입니다.

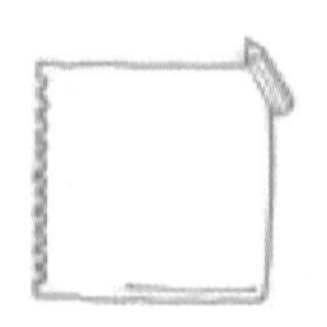

歲月不待人세월부대인
세월은 사람을 기다리지 않는다.

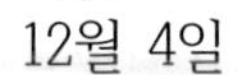

12월 4일

성공한 남자를 지배하는 여성의 지혜

성공한 남편의 뒤에는 반드시 아내의 훌륭한 내조가 있습니다.

남자는 아내의 도움 없이는 인생의 행복을 누리기도 어렵고 사회에서 성공하기도 힘듭니다.

동양의 고전 『대학』은 인생의 중요한 덕목을 말하면서 '제가齊家'를 특히 강조하였습니다.

'제가'는 현대적으로 해석하면 가정관리를 말합니다. 행복한 가정을 건설하는 내용입니다. 가정의 경제 관리, 정신 관리를 잘하고 인간관계를 화목하게 하는 것을 뜻합니다.

제가의 중책은 주로 아내, 주부, 어머니가 담당합니다. 아내는 남편을 돕고 지도해야 하는데, 이것이 중요한 덕목 중 하나입니다.

남자는 세계를 지배합니다. 그 남자를 지배하는 것은 여성이며, 아내입니다. 남편의 성격을 잘 알고 있으므로 사업의 좋은 협력자가 되고, 좋은 일에는 올바른 충고자로서 격려하고, 낙심할 때는 활력소를 불어넣고, 좌절할 때는 용기를 주고, 교만할 때는 겸손하도록 자제시키고, 자기 능력에 비해 지나친 행동을 할 때는 분수를 알게 합니다.

여성은 본래 지성은 부족하지만 남다른 직관력을 가지고 있습니다. 여성의 직관력은 지성보다 통찰력이 예민합니다.

그것은 여성의 본능적 지혜입니다. 여성은 이 지혜로 남편을 훌륭한 성공자로 만드는 힘을 가지고 있습니다.

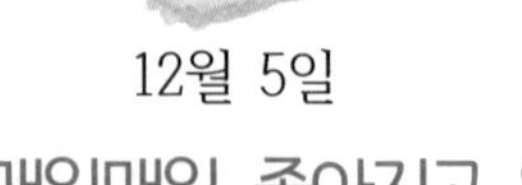

12월 5일

나는 매일매일 좋아지고 있다

프랑스의 한 약국에 어떤 사람이 와서 약 이름을 대며 달라고 했습니다. 그 약은 나온 지 오래되어 약효가 없는 약이었습니다.

약제사는 약효가 없는 약을 팔 수 없다며 거절했으나, 손님은 그 약이면 틀림없이 낫는다며 억지로 약을 사 갔습니다. 며칠 후 그 사람이 그 약을 먹고 병이 나았다고 인사차 왔습니다.

약제사 이름은 에밀 쿠에입니다.

쿠에는 약효가 없는 약을 먹고 환자가 나았다니 그 원인을 생각해 보았습니다. 결론은 환자의 확신이었습니다. 약이라는 물질이 아니라, 약효를 강하게 믿는 환자의 마음이 병을 낫게 한 것이었습니다. 쿠에는 그 강한 믿음이라는 마음을 사람에게 먹일 방법이 없을까 연구하였습니다.

우리의 상상력은 어떤 생각이나 의식보다 강하여 상상력을 가미하여 반복적으로 암시하면 몸과 마음이 변하는 것을 알았습니다. 쿠에는 슐츠의 자기 암시법을 개선하여 '의식적 자기암시에 의한 자기 지배 방법'을 개발했습니다. '의식적 자기암시' 또는 '유도 자기암시'라는 것으로, '쿠에의 방법(Coue method)'이라고 부르기도 합니다. 쿠에는 여러 암시를 시험해 본 결과, 다음의 공식이 가장 효과적이었다고 합니다. 남녀노소 누구나 아침저녁으로 20회씩 외우라고 합니다.

'나는 매일매일 모든 면에서 좋아지고 있다.'

12월 6일

등대

호화 요트가 밤중에 불을 밝히고 전진하는데, 앞에도 불빛이 보였습니다. 요트의 선장이 마이크를 들고 소리쳤습니다.

"앞에 있는 배는 빨리 항로를 바꾸시오."

"우리는 항로를 바꿀 수 없소."

"이 배에는 왕자님이 타고 계신단 말이오."

"나는 이 등대를 지키는 사람입니다."

해변의 절벽 위에 오두막집이 있었습니다. 그 집에 사는 부인은 밤이면 창가에 등불을 걸어 두곤 했습니다. 그 후부터 지나가는 배에 이정표가 되어주었습니다. 기후가 나쁜 날은 난파선에 등대의 역할을 하는 이름 없는 등대였습니다.

등대는 바다의 이정표로서 장작불로 불을 밝히던 시절부터 첨단 장비로 개선된 현대에 이르기까지 수많은 배를 인도하고 재난을 막았습니다. 등대는 해변뿐 아니라 무인도에도 있고, 등대 역할을 하는 등대선燈臺船도 있습니다.

기원전 7세기에 등대가 있었다는 기록이 있고, BC 3세기 이집트 알렉산드리아의 파로스 섬에 세워진 등대는 세계 7대 불가사의의 하나로 알려져 있습니다. 그에 비하면 가로등은 1841년 프랑스 파리의 콩티 강가와 콩코드 광장에 처음 세워졌습니다. 가로등은 도시에 세워진 등대입니다. 그리고 우리도 하나의 인간 등대입니다.

12월 7일
'살아 있다는 것은 즐거운 거야'

열두 살 장애 소녀가 쓴 시에 다음과 같은 것이 있었습니다.

살아 있다는 것은 즐거운 거야./ 왜냐하면 살아 있으면/ 사람과 이야기한다든지/ 논다든지/ 공부한다든지/ 할 수 있으니까./ 백 년이고/ 이백 년이고 살고 싶어/ 살아 있지 않으면 손해야/ 그러니까 열심히 살려고 해/ 그리고 나에게 주어진 길을/ 나아가야 해/ 살아 있는 동안/ 어떻게든 용기를 내야 해…

열두 살 소녀의 시이지만, 장애의 아픔을 이기고 밝고 건강하게 살아가는 성숙한 모습이 보입니다. 소녀는 어둠 속에서 혼자 얼마나 울었을까요?

어느 날 울음을 그치고 남과 이야기하고 놀고 공부하는 것이 사는 즐거움이라는 것을, 용기 내어 자기 길을 가야 함을 깨닫고 맑게 웃는 모습이 보입니다.

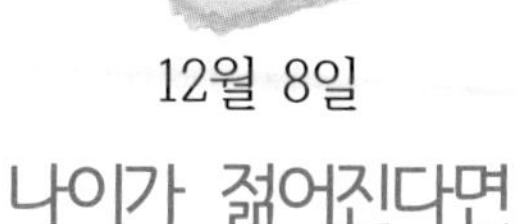

12월 8일

나이가 젊어진다면

미국 버지니아주의 의학잡지에 나이를 먹으며 점점 더 젊어진 어느 부인의 이야기가 실린 적이 있습니다.

그 여인은 정상적으로 자라서 결혼도 하고 세 자녀를 두었습니다. 행복한 생활을 이어갔습니다. 자녀들이 고등학교에 다닐 때 남편과 아버지가 세상을 떠났습니다.

그때부터 그 어머니는 아이들처럼 옷을 입고 자녀들의 파티에 참석하여 즐겁게 놀았습니다. 그런데 자녀들이 보니, 자기들은 나이가 드는데 어머니는 점점 어린 짓을 하는 것이었습니다. 3~4개월에 1년씩 젊어지는 것이었습니다.

그 증상을 의사는 '인격적 퇴행退行'이라고 불렀습니다. 이런 퇴행은 어느 정도 되다가 중단되는 것이 보통인데, 이 부인은 그렇지 않았습니다.

예순한 살에 여섯 살 꼬마의 행동이나 말투를 썼습니다. 요양원에 보내졌습니다. 거기서도 말을 떠듬거리며 짧은 치마와 장난감을 달라고 떼를 썼습니다.

드디어 더욱더 어려져서 밥그릇을 엎고, 방바닥을 기어 다니며 "엄마, 엄마!" 하며 불러대기 시작했습니다. 시간이 지나면서 갓난아기처럼 우유를 마시고, 죽을 때까지 퇴행을 계속했다고 합니다.

12월 9일
천직天職

세계적으로 유명한 제너럴 일렉트릭 사의 중역으로 '전기의 마술사'라고 불리는 스타인메츠에게 어느 날 신문기자가 다음과 같은 질문을 던졌습니다.

"성공할 젊은이와 그렇지 못한 젊은이를 분간하는 기준은 무엇일까요?"

그러자 스타인메츠는 다음과 같이 말했습니다.

"삶의 수단으로 직업을 가진 사람은 늘 정체합니다. 항상 자기 일을 즐거워하고 흥미를 갖고 일하는 젊은이는 자기도 모르는 사이에 발전해 나갑니다."

스타인메츠는 그러므로 누구나 직업은 자신의 천분에 맞는 것을 선택해야 한다고 했습니다.

천직天職은 과연 존재할까요. 흔히 많은 성공한 사람들이 자신의 직업에 만족하고 있으며, 그것을 천직으로 여긴다고 말합니다. 그러나 그것은 어디까지나 그 일에서 성공의 기회를 잡았을 때의 일입니다.

대개 사람들은 그들 스스로 직업을 선택하는 것이 거의 불가능한 것처럼 여깁니다. 직업이란 주어지는 것이며, 그 일에서 성공과 실패를 가르는 것은 운과 노력뿐이라고 말합니다.

그렇지만 하기 싫은 일에 제아무리 노력을 많이 들여도 성과가 없듯, 적성이나 이상에 맞지 않는 직업에 얽매여 인생을 낭비하는 것은 어리석은 일입니다.

천직은 얼마든지 찾을 수 있으며, 선택에 따라 구해질 수도 있습니다. 그렇다고 현실과 타협하여 손쉬운 직업, 무난한 직업을 택한다면 실패자의 길에 들어서는 것이나 다름없습니다.

취업난에 허덕이는 요즘 젊은이들에게는 공허하게 들릴지도 모릅니다. 그러나 성공의 열쇠는 저절로 얻어지지 않습니다. 보물찾기하는 마음으로 끈질기게 이 사회의 감춰진 부분을 들여다보아야 합니다.

天衣無縫천의무봉
선녀의 옷에는 바느질 자국이 없다.

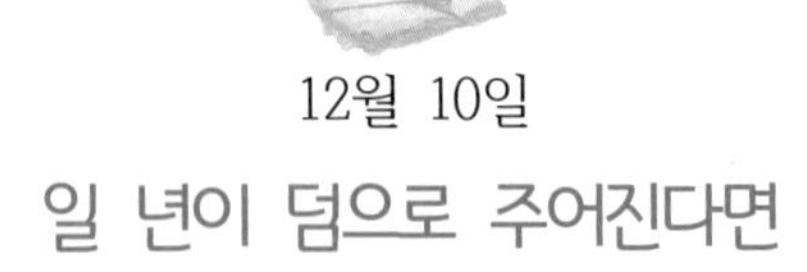

12월 10일
일 년이 덤으로 주어진다면

'인생의 시계'라는 시가 있습니다.

인생이라는 시계는 한 번 밖에 밥을 줄 수 없네
잘 돌다가도 언제 멈출지 모르네
내일을 믿지 말고
오늘, 지금을 열심히 살라.

그런데 그 시계가 언제 멈출지 모르기 때문에, 우리는 오히려 그 시계가 영원히 멈추지 않을 것처럼 삽니다.

노벨문학상을 받은 로맹 롤랑은 인생에는 왕복 차표가 없다고 했습니다. 지금 이 간이역을 지나면, 이 시간이 지나면 되돌아갈 수 없습니다.

오래전 미국의 볼티모어 선이라는 신문사가 '만일 일 년을 더 살게 해준다면, 무슨 일을 하시겠습니까?' 하는 제목으로 현상공모를 한 적이 있습니다.

일 년을 덤으로 준다면 무슨 일에 쓰겠느냐는 질문입니다.

"일 년을 더 살게 해주겠다니!"

젊은 사람은 말도 안 되는 소리라고 코웃음을 칠 것입니다.

"이 한 해는 공짜로 생긴 것이고, 내년에도 또 한 해가 올 거니까,

그냥 이대로 살면 되지 뭐.”

어떤 암 환자는 1년만 생명을 연장해 주면 전 재산을 바치겠다고 의사를 붙잡고 애원했다고 합니다.

특히 사형을 선고받아 최후의 날이 예고된 사람이라면, 만감을 교차시키며 눈시울을 적시는 사람도 있을 것입니다.

철학자 스피노자는 오늘 세계의 종말이 온다고 해도 사과나무를 심겠다고 했습니다. 만일 일 년이 덤으로 주어진다면…, 우리는 무엇을 해야 할까요?

白髮三千丈백발삼천장
흰 머리털이 삼천 장이나 되다.

12월 11일

지름길

'아는 길도 물어가면 시간 낭비다.' '못 오를 나무는 사다리 놓고 올라간다.' '아부는 곧 성공의 지름길이다.'

이런 식으로 한때 우리 젊은이들이 속담을 풍자적, 야유적으로 변형 개작하여 패러디(parody) 화한 적이 있었습니다. 그러나 지름길을 너무 좋아하다가 너무 빨리 종말을 맞는 예도 있습니다.:

흔히들 '학문에는 왕도王道가 없다.'고 합니다. 원래는 '기하학에 왕도는 없다'에서 나온 말입니다. 기하학이 생긴 유래는 고대 이집트의 나일강이 자주 범람하자, 농경지를 측량하여 경계를 정할 필요에서 생겨났고, 이것을 학문적으로 체계를 세운 것이 알렉산드리아의 학자 유클리드(Euclid)였고, 그래서 '평면기하학'을 '유클리드 기하학'이라고 부르기도 하는데, 13권에 달하는 기하학 원서를 남겼답니다.

3세기 후반의 수학자 파포스는 '그는 겸손하고 남을 보살펴주려는 따뜻한 마음을 가졌으며, 남을 앞지르거나 남의 발견을 자기가 발견한 것 같이 가로채는 행동을 절대 하지 않았다.'라고 합니다.

이런 그의 인품 덕분에 유클리드는 당시의 이집트 왕 프톨레마이오스 1세를 가르쳤는데, 어느 날 왕은 기하학이 너무 방대한데 놀라서 유클리드에게, "기하학을 빨리 배우는 방법은 없느뇨?" 물었습니다.

이에 유클리드가 그 유명한 대답을 한 것입니다.

"기하학에 왕도는 없나이다."

12월 12일

위대한 것은 발바닥이다

위대한 것은/ 머리가 아니고/ 손이 아니고/ 발바닥이다./ 일생 남에게 알려지지 않고/ 일생 더러운 곳을 접하면서/ 묵묵히 자기 일을 다 한다./ 발바닥이 가르치는 것/ 발바닥적인 일을 하고/ 발바닥적인 인간이 되라.

머리에서 빛이 나오는 것은/ 아직 안 돼/ 얼굴에서 빛이 나오는 것은/ 아직 안 돼/ 발바닥에서 빛이 나오는/ 그런 사람이야말로/ 정말 위대한 사람이다.

이 시를 쓴 사카무라 신민坂村眞民이란 시인은 참선하다가 발바닥의 아름다움과 고마움을 느꼈고, 매일 저녁 발을 씻으면서 그날 하루에 감사한다고 합니다.

그 시인은 발바닥에 눈이 있고, 발바닥이 호흡한다고 말합니다.

그렇다면 발바닥이 아파 보면 발바닥의 존재를 새삼 깨달을 수 있을 것입니다.

12월 13일

막 올리기

어떤 초등학교에서 학예회를 준비할 때입니다. 선생님이 소질이 있는 아이들에게 음악이며 무용이며 연극이며 발표할 역할을 주었습니다. 좀 모자란 듯한 아이에게는 역할을 주지 않았습니다.

연습 기간이 지나고 드디어 발표일이 다가왔습니다. 그때까지 배역이 없어 묵묵히 있던 아이가 선생께 물었습니다.

"선생님, 저는 무엇을 할까요?"

여태까지 아무 말 없던 아이가 자기의 역할이라는 것에 신경을 쓸 만큼 성장했다는 데에 선생님은 가슴이 벅찼습니다.

"그래, 너도 해야지. 너는 말이야, 막을 여는 일을 해라."

아이는 기쁘게 웃으며 말했습니다.

"막을 여는 일, 말이지요."

그 아이는 집에 돌아가자 방으로 뛰어들며 소리쳤습니다.

"아빠, 엄마. 나 학예회에서 막 여는 일을 맡았어요."

학예회 전날 예행연습을 했습니다.

부모님은 아들이 막 여는 예행연습을 보았습니다. 그다음 날은 학예회 날이니까 물론 보러 갔습니다.

사진을 찍을 때 카메라 렌즈의 뚜껑을 여는 일, 연극에서 막을 여는 일만큼 중요한 일은 없습니다. 인생은 연극이라고 합니다. 오늘은 몇 번째 막을 여는 날일까요?

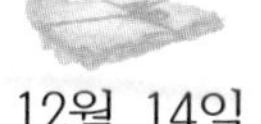

12월 14일

소식장수少食長壽

"적당히 먹으면 탈이 나지 않는다."라는 말이 있습니다.

실제로 기네스북에 오른 장수자들도 소식 습관이 있었습니다.

흰 쥐를 대상으로 한 실험에서 섭취 열량을 70%로 줄인 쥐가 다른 쥐보다 훨씬 오래 사는 사실이 확인되었습니다.

절식하면 ①세포의 노화현상이 늦춰진다. ②병에 대한 저항력이 높아진다. ③적혈구가 늘어나 뇌에 산소 공급이 활발해지는 등 좋은 면이 발표된 바도 있습니다.

더욱이 눈길을 끄는 것은 포식하면 뇌의 노화현상이 빨라진다는 연구 결과도 있습니다.

공복일 때는 혈액 중의 공복 물질(3-DPA)이 증가하여 '배가 고프다'라는 신호를 뇌에 보내고, 식사 후에는 혈액 중에 만복 물질(2-DTA)이 증가하여 '이제 배가 부르다'라고 하는 신호를 뇌에 보내는데, 'A-FGF'라는 물질이 식사 전보다 수만 배 증가하여 노화현상이 만복감과 밀접한 연관이 있다는 연구 결과도 있습니다.

"폭식은 백병전의 칼보다도 더 많은 사람을 죽인다." — 프랑스 속담

"조금 적게 먹으면 의사가 필요 없다." — 영국 속담

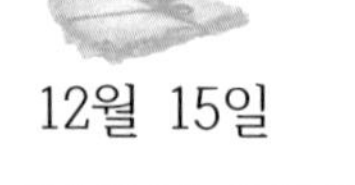

12월 15일

기쁨과 열정의 인생 비결

사고방식에 따라 인생이 좌우된다는 것은 잘 알려진 일입니다. 다음의 사항을 특별히 명심해서 실천합시다.

① 자신을 과소평가하지 말라. 장점이 더 많다. 마음속의 실패와 실수의 기억을 버리고 자기 자신을 유능한 사람이라고 생각하라.

② 자기 연민憐憫을 제거하라. 자신이 가진 것만 생각하고 잃은 것은 생각하지 말라. 자신의 재능과 재산을 적어 보자.

③ 자신만 생각하지 말고 타인도 생각하라. 실제로 나가서 도움이 필요한 사람을 찾아, 대가를 바라지 말고 도움을 주라. 만일, 자기 자신만 생각한다면 당신은 풍성한 인생을 살아갈 수 없다.

④ "강인한 의지가 있는 자는 세계를 정복할 수 있다"라는 괴테의 말을 명심하라. 전지전능한 신은 인간에게 의지라는 막강한 힘을 부여했다. 그것을 활용하라.

⑤ 목표를 가지고 그것을 실천할 계획표를 작성하라. 목표가 있는 인생은 열성적으로 살 의미도 있는 것이다.

⑥ 과거 일 때문에 심적 에너지를 낭비하는 것은 잘못이다. 지금 해야 할 것이 무엇인지를 생각하라. 건설적으로 생각한다면 놀라운 것들이 생길 것이다.

⑦ 매일 기쁨을 생각하고 실행하라.

⑧ 열의를 가져라. 열심히 생각하라. 열심히 살아라!

12월 16일

돈키호테

영원한 청춘 기사騎士는
50세가 된 후
가슴 속의 꺼지지 않는 꿈을 실행에 옮겼다
7월의 어느 아름다운 날 아침, 여행을 떠났다
가는 곳마다 다른 세계가 있었다
저속하고 추잡한 거인들이 사는 세계였다
그리고 그에게는 로시난테가 있었다
슬프게도 씩씩한 로시난테가.

나는 알고 있다
어느 한때 정열에 사로잡히면
어느 한때 고귀한 정신이 내리누르면
어쩔 수 없는 것이다
나의 돈키호테여!
풍차조차도 싸움을 걸어야 하는 것이다.

그대가 말한 대로 둘시네아는
이 세상에서 제일가는 미인이다
별 볼 일 없는 사람을 만나서도

이 점만은 강조하지 않을 수 없다.

그러면 녀석들은 너를 짓밟고 멋대로 두들겨 패겠지
그러나 그대는 목마른 기사이다
불꽃처럼 그대는 그렇게 살아갈 것이다
쇠로 만든 껍질에 쌓인 채 살아갈 것이다
그리하여 둘시네아는 매일매일 아름답게 될 것이다.

天空海濶천공해활
하늘은 텅 비고 바다는 넓다.

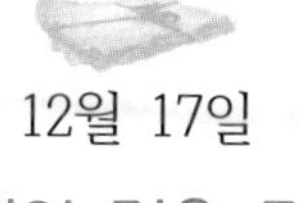

12월 17일
인생의 적은 권태

이 세상에는 너무나 무서운 것이 많습니다. 가난도, 질병도, 전쟁도, 도둑도, 부패도 무섭습니다.

그러나 가장 무서운 것은 생의 권태라고 어느 철학자는 말했습니다.

자기의 삶에 권태를 느낀다는 것은 참 무서운 일입니다. 우리가 생의 권태를 느낄 때, 모든 일에 의욕을 잃게 됩니다. 어떤 일을 적극적으로 관심과 흥미를 갖고 해보려는 마음이 사라져버립니다.

앞날에 대한 계획도 없고 일에 대한 열정도 없어집니다. 그저 마지못해 일하게 되고 아무렇게나 적당히 하는 무방비 상태의 인생 노숙자로 전락합니다.

인생에서 가장 중요한 것은 모든 일에 당당한 의욕을 느끼고 열심과 흥미를 갖는 일입니다. 이것이 행복의 원천이며, 자기 발전과 성공의 원동력입니다.

인생의 권태를 느끼는 사람과 의욕을 가진 사람을 비교해 보면, 한쪽은 맥이 풀려있고, 다른 쪽은 건강하게 살아있는 생동감이 있습니다. 전자는 눈동자가 흐리고, 후자는 눈동자에 광채와 생기와 정기가 있습니다.

르네상스 시대의 천재 레오나르도 다빈치는 이렇게 말했습니다.

"권태보다는 죽음을!"

권태롭게 사는 것보다는 차라리 죽음을 택하겠다고 하였습니다.

우리는 먼저 인생을 열애해야 합니다. 내 인생을 열렬하게 사랑해야 합니다. 적극적인 의욕과 진취적 이상을 가져야 합니다. 그것이 알찬 인생을 우리에게 약속합니다.

그러므로 인생에 제일 무서운 것은 권태입니다. 왜냐하면 권태의 삶은 죽은 삶이나 다름없기 때문입니다.

권태에 사로잡혀 있을 때, 우리의 인생은 밤하늘의 별을 잃은 어둠입니다.

生奇死歸생기사귀
삶은 붙이고 죽음은 돌아가는 것

12월 18일

목숨보다 귀한 사랑

그리스의 철학자 플라톤은 『향연饗宴』이라는 책에서 제자에게 이렇게 말합니다.

"사랑이란, 사랑하는 사람을 위하여 목숨을 아끼지 않는 감정을 가리킨다. 사랑을 위하여 죽어도 좋다고 생각하는 것이다. 남자뿐만 아니라 여자도 마찬가지이다. 페리아스의 딸 알케스티스가 그 전형적인 예이다."

알케스티스에 관한 이야기는 다음과 같습니다.

'제우스 신의 미움을 받은 아폴론은 추방되어 1년 동안 아드메토스 왕의 종살이를 한 적이 있습니다. 왕이 아폴론을 우대했기 때문에 아폴론도 정성을 다하여 왕을 섬겼습니다. 우선 축산畜産의 솜씨를 발휘하여 왕의 가축을 잘 길러 많이 번식하게 하고, 각종 해충과 들쥐를 없애고 곡식을 잘 가꾸게 했습니다.

또 아폴론은 왕이 반한 처녀 알케스티스를 왕과 결혼하게 도와주었습니다. 그리고 1년간의 후대에 감사할 겸 앞으로 왕이 죽게 될 경우, 누가 대신 죽어준다면 왕의 목숨이 끊기지 않도록 해주기로 약속했습니다.

그 후 오래지 않아 아드메토스 왕이 급환急患으로 생명이 위태로워졌습니다. 대신 죽어줄 사람을 구했지만, 부모도 외면하고, 한 사람도 찾을 수 없었습니다.

이때 아내 알케스티스가 자진하여 사랑하는 남편 대신 죽어 왕의 목숨을 구했습니다. 때마침 그곳을 찾아온 영웅 헤라클레스가 이런 애틋한 사정을 알고 망령세계亡靈世界로 내려가 왕비를 되찾아왔습니다.'

이 내용이 비극悲劇 시인 에우리피데스 작품 『알케스티스』의 줄거리입니다. 이야기는 해피 엔딩으로 끝났지만, 과연 그런 사랑이 있을까요.

報怨以德보원이덕
심한 괄시를 받았더라도 은혜로 보답하려는 정신

12월 19일

삶을 완성하는 밤

죽음보다 더 요란했던 그 날이
침묵처럼 고요해지고
벙어리가 된 거리의 벽 위에
밤의 어둠이 그물을 내리는 시간
하루의 보상이 찾아오는 꿈을 맞이하기 위해
나는 정적 속에서
혼자 눈을 뜨고 고민의 장막을 깁는다
할 일도 없는 무던한 밤
뉘우침의 그림자가 뱀처럼 꿈틀거리고
그 영혼의 빈집에서 쓸쓸하고 무겁게 짓누르는
부질없는 공상이 아우성친다
한편에서는 빛을 잃은 추억이
내 앞에 두꺼운 화첩을 펴고
지난 세월을 덧칠하며 비탄에 잠겨 눈물을 머금는다
그러나 한번 사로잡은 내 슬픔은 가실 줄을 모른다.

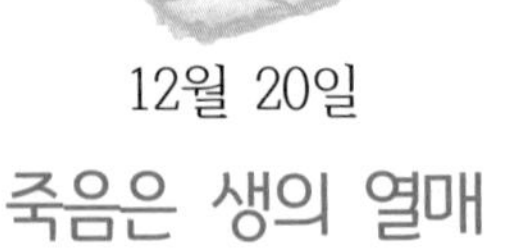

12월 20일

죽음은 생의 열매

인간은 불행하게도 서서히 조금씩 죽어가는 존재입니다. 이제 삶을 이루고 있는 모든 것들이 순간순간 작별을 고합니다. 이것이 바로 죽음의 모습이며 형체입니다.

우리가 사랑하는 사람을 잃었을 때 최초의 자연스러운 대답은 슬픔과 고통의 눈물입니다. 죽은 사람에 대한 비애나 고통은 살아 있는 우리에게 오히려 위안을 줄 뿐 죽은 사람과는 같을 수 없습니다.

그러므로 우리가 죽은 이에게 드릴 수 있는 마지막 기회란 어떠한 제물이 아니라, 우리의 마음속에 그에 대한 올바른 기억과 회상을 지니고 사랑했던 그 존재를 재건하는 그것이 정말 아름다운 보상입니다.

우리가 이와 같은 추모와 마음의 안식을 갖는다면 죽은 사람은 늘 우리 곁에서 새로운 삶을 계속하고 있는 것이나 다름없으며, 그에 대한 슬픔이나 고통은 승화되어 생의 열매가 됩니다.

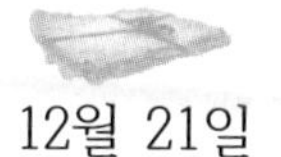

12월 21일

고통으로 불을 켤 때 기쁨의 문이 열립니다

괴로움 속에 자기 자신만이 홀로 빠져 있다고 생각해서는 안 됩니다. 괴로움은 당신의 이름, 당신의 얼굴, 당신의 상처를 지니고 있습니다. 그러함에도 우리에게 그것은 하나의 신비입니다.

침대에 누워있는 자, 병원에서 죽어가는 자, 도덕적으로 회복할 수 없는 자, 희망없이 십자가에 매달려 있는 자, 이들 영혼이 메마른 사람들을 생각해보시기 바랍니다.

슈베르트는 한 친구에게 다음과 같은 글을 썼습니다.

'나의 고통으로부터 탄생한 음악은 다른 사람들에게 가장 큰 기쁨을 줍니다.'

바흐는 열세 명의 아이를 잃고 장님이 되어 홀로 어두운 방에서 긴 시간을 보내면서 세계 평화를 기원하는 성가聖歌를 구두로 썼습니다. 또 베토벤은 청각 장애로 친구도 애인도 없이 심포니 제9번에 의한 송가를 썼습니다.

고독한 철학자 쇼펜하우어는 우리에게 '고통은 성스러운 것, 정화淨化와 해방의 수단'임을 가르칩니다. 이렇듯 우리는 고통 앞에 하나의 불을 켜지 않으면 안 되는 선택된 자입니다.

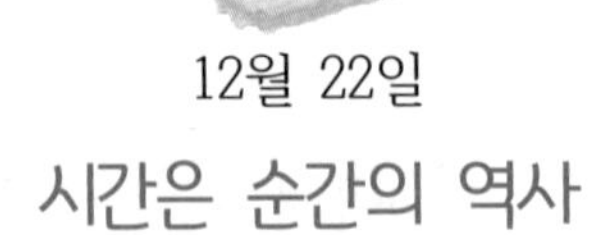

12월 22일
시간은 순간의 역사

시간이란 지나가면 돌이킬 수 없는 특이한 순간의 역사입니다. 지금, 이 순간이 지나가면 영원히 돌아오지 않습니다.

그러므로 우리는 이 평범한 진리를 깊이 깨닫고 오늘을 소중하게 여기며 살아야 합니다.

한 청년이 학업을 마치고 사회에 진출하기 위해 그 당시 유명 작가 스콧을 찾아갔습니다. 그리고 자신의 장래에 도움이 될 교훈의 말을 청했습니다.

그러자 스콧은 그 자리에서 다음과 같은 글을 써 주었습니다.

'시간을 낭비하지 말라. 무엇인가 해야 할 일이 생기면 지체하지 말고 해결하라. 일을 끝낸 뒤에는 여가를 즐겨라. 일이 끝나기 전에 놀이에 빠져서는 안 된다. 왜냐하면 일이란 군대의 행진과 같아서 전방부대가 공격을 받으면, 그 뒤를 따르는 후방부대마저 혼란에 빠지게 될 것은 당연하다. 일도 이와 같아서 처음 손에 잡은 일을 신속하게 처리하지 않으면 밀려 쌓이게 되어, 결국에는 조급한 마음에 맡은 일을 제대로 처리할 수 없다.'

이를 명심하여 자신을 게을리하지 않은 청년은 훗날 크게 성공하였습니다.

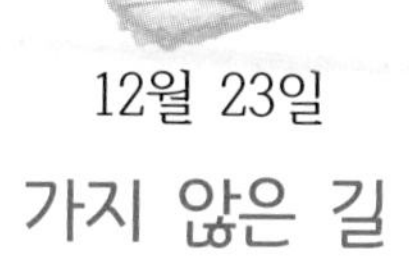

12월 23일

가지 않은 길

갈색 숲속에 두 갈래 길이 있었습니다
안타깝게도 나는 두 길을 다 갈 수는 없는
한 나그네로 오랫동안 서서
한쪽 길이 덤불 속으로 이어져 내려간 데까지
바라다볼 수 있는 곳까지 멀리 보았습니다.

그리고 똑같이 아름다운 다른 길을 택했습니다
그럴 만한 이유가 있었습니다
거기에는 풀이 더 우거지고 사람이 걸어간 자취가 적었습니다
하지만, 그 길을 걸어감으로
그 길도 거의 줄어들 것입니다만.

그날 아침 두 길에는 낙엽을 밟은 자취가 적어
아무에게도 더럽혀지지 않은 채 묻혀 있었습니다
아, 나는 뒷날을 위해 한 길은 남겨두었습니다
길은 다른 길에 이어져 끝이 없었으므로
내가 다시 여기 돌아올 것을 의심하면서.

훗날에 나는 어디에선가

한숨을 쉬며 이야기를 할 것입니다
숲속에 두 갈래 길이 있었다고
나는 사람이 적게 간 길을 택하였고
그것으로 해서 모든 것이 달라졌다고.

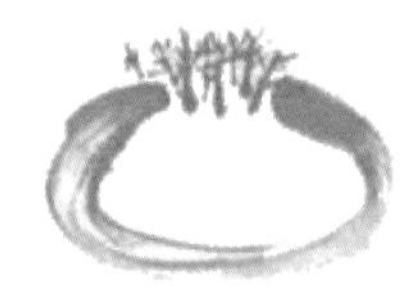

首鼠兩端수서양단
쥐구멍에서 망설이는 쥐의 모습

12월 24일

숲속의 휴전

1944년 성탄 이브, 독일 국경 근처 산마을 작은 오두막집의 문을 두드리는 소리가 들렸습니다. 문을 열자, 젊은이들 몇 명이 무언의 눈으로 간청했습니다. 부인이 낮은 음성으로 "들어오세요." 했습니다.

그들이 철모와 점퍼를 벗자 앳된 모습이 드러났습니다. 부인은 아들을 보는 것 같은 마음으로 닭을 잡아 식사 준비를 했습니다.

닭고기 냄새가 집 안에 가득할 때 또 노크 소리가 들렸습니다.

또 길 잃은 미국인인 줄 알고 문을 열자, 독일군 병사 넷이 보였습니다. 공포가 밀려왔습니다. 적을 보호하면 총살을 당합니다.

부인이 하얗게 질려있다가 곧 침착하게 말했습니다.

"프릴리에 바이나하텐!(메리 크리스마스)"

그러자 하사 계급장을 단 병사가 말했습니다.

"아주머니! 길을 잃었는데, 하룻밤 쉬어가도 될까요?"

부인이 침착하게 말했습니다.

"물론 되는데, 지금은 다른 손님 셋이 있어요. 친하지 않아도 성탄 이브인 오늘만큼은 이곳에서 총을 쏘면 안 돼요."

하사가 물었습니다.

"집 안에 누가 있나요?"

"길 잃은 미군들인데, 오늘만은 죽이는 일은 잊어주세요."

독일군 하사 일행은 순간 멍해졌습니다. 짧은 침묵 후에 부인이 또 말했습니다.

"자, 무기를 내려놓으세요."

그들은 홀린 것처럼 무기를 놓았고, 미군도 따라 했습니다.

좁은 오두막에 9명이 끼어 앉았습니다. 그때 의학 공부를 했다는 독일군 하나가 미군 부상병의 상처를 살핀 후, 꽤 유창하게 영어로 말했습니다.

"추위로 상처가 곪지 않았어요. 출혈이 있지만, 조금 쉬면 곧 좋아질 것입니다."

그 일로 적의와 의심이 가셨습니다. 모두 식탁에 앉자, 부인이 기도했습니다.

"주님! 이곳에 오셔서 우리의 손님이 되어주세요!"

부인의 눈에 눈물이 맺혔고, 군인들도 어린 소년처럼 연신 눈물을 훔쳤습니다. 그들은 손짓 발 짓을 해가며 대화를 나눴습니다.

그때 누군가 캐럴을 불렀습니다.

"고요한 밤, 거룩한 밤, 어둠에 묻힌 밤…."

그 노래를 미군은 영어로, 독일군은 독일어로 부르며 그들은 하나가 되었습니다. 모두 밖으로 나가 주인아주머니 옆에서 숲속의 밤하늘을 올려다보며 가장 밝은 별을 찾던 그때, 전쟁의 아픔은 멀리 사라져갔습니다. 다음날, 그들은 서로 평안을 빌며 악수하고 헤어졌습니다.

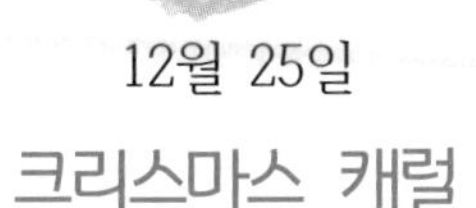

12월 25일
크리스마스 캐럴

제1차 세계대전 때의 일입니다. 프랑스군과 독일군은 불과 500미터쯤의 간격을 두고, 깊은 참호 속에 갇혀 맹렬한 싸움을 몇 달째 계속해 오고 있었습니다.

춥고 쓸쓸한 겨울이 닥쳐왔습니다.

어느 날 프랑스 병사 하나가 손가락을 꼽으며 무언가 열심히 셈하더니 소리쳤습니다.

"오늘이 크리스마스다!"

오래전부터 그들은 날짜와 요일을 잊고 있었습니다. 잠시 후 한 병사의 제안으로 조용히 합창을 시작하였습니다.

"고요한 밤, 거룩한 밤…."

한 병사가 여러 사람의 노래를 중지시켰습니다. 노래를 그쳤는데도 합창 소리는 계속 들려왔습니다.

독일군 참호로부터 흘러나오는 합창 소리였습니다.

"아기 잘도 잔다. 아기 잘도 잔다…."

독일군 참호와 프랑스군 참호의 병사들은 번갈아 가며 노래를 불렀습니다.

찬 겨울 하늘에는 수많은 별이 반짝이고 병사들은 하나둘 노래하다 지쳐 깊은 잠에 빠져들었습니다.

12월 26일
'행복의 비결은 섬기는 일입니다'

브라더 로렌스(Brother Lawrence)로 알려진 니콜라스 헤르만(Nicholas Herman)은 1611년 프랑스에서 태어나 10대 때 전쟁에서 부상해 다리를 절었습니다.그 후 여러 일을 전전하다 55세 때, 영혼의 목마름을 채우려고 파리의 카르멜 수도원에 평신도 수도사로 들어가 부엌일을 하게 되었습니다. 그는 수도사들의 식사 준비를 하면서 부엌을 천국으로 만들었습니다. 그는 자신이 만든 식사를 수도사들이 먹는 것을 바라보면서 늘 감사했습니다.

"하느님! 이 귀한 천사들을 섬기게 해주셔서 감사합니다."

그에게 부엌일은 비천하지만 가장 즐거운 일이었고, 아무리 하찮은 일이라도 사명감을 가지면 소중한 일이 된다고 여겼습니다.

수도사들을 섬기면서 행복은 갈수록 커졌습니다. 그는 작은 일도 큰일로 생각하고, 접시 하나 닦는 것을 수많은 군중에게 설교하는 것처럼 여겼습니다.

그렇게 20년을 변함없이 살자, 수도사들은 점차 그를 존경하게 되었고, 나중에 수도원 원장을 뽑을 때 원장 후보에도 오를 수 없었던 평신도 수도사인 그가 원장에 뽑혔습니다.

그에게 인간적인 행복의 조건은 없었습니다. 그는 교육도 못 받고 절름발이로 가정도 이루지 못했지만, 날마다 산더미처럼 쌓인 힘든 부엌일을 하면서도 항상 기쁜 얼굴로 "나는 참 행복하다!"라고 말했습니다.

어느 날, 국왕 루이 12세가 수도원을 방문해 그에게 행복의 비결을 묻자, 그는 대답했습니다.

"행복의 비결은 섬기는 일입니다."

행복은 특별한 곳에 있는 게 아닙니다. 행복은 사랑과 섬김에 있습니다. 환경이 필요한 것이 아니라 사랑이 필요합니다. 참된 사랑이 참된 사람을 만듭니다.

그는 고백합니다. 내 생의 최대 발견은 초라한 오두막도 최고의 궁전으로 만들 수 있다는 것이었습니다. 메마른 환경은 아무 문제 될 것이 없고 아무 영향도 주지 못합니다.

그는 수도원에 가게 된 이유에 대해 말했습니다.

"나는 많은 죄와 허물과 잘못을 저질렀습니다. 그래서 수도원으로 들어가 내 모든 잘못에 대한 벌을 받고 인생의 즐거움을 희생하기로 했습니다. 그러나 내 결심은 완전히 실패했습니다. 왜냐하면 내가 희생으로 얻은 것은 만족밖에 없었기 때문입니다."

희생하면 더 많은 것을 얻습니다. 큰 희생은 큰 인생을 만듭니다. 절대 사랑은 절대 행복을 불러옵니다. 행복은 좋은 자리보다 섬기는 자리에서 생깁니다. 진짜 좋은 자리는 영광의 자리가 아니라 섬김의 자리입니다.

12월 27일

죽음에 대한 세 가지 징조

1. 죽음에 관한 생각

   나이 든 사람이라면 누구나 갖는 생각이지만, 요즘은 젊은 사람들조차 인생에 대한 긍정적인 사고보다는 죽음을 생각하는 경우가 많습니다. 가끔 죽음에 관한 생각은 목적이 결여되거나 무기력, 무능력 상태에서 비롯됩니다. 이런 생각을 제일 효과적으로 제거하는 방법은 성공한 사람들이 소유했던 불타는 욕망을 갖는 일입니다. 바쁘게 활동하는 사람은 결코 죽음에 대해 생각할 겨를이 없습니다.

2. 가난에 대한 두려움

   사람들 대부분은 가난해질까 두려워합니다. 그런데 어떤 사람은 자기의 죽음이 사랑하는 가족에게 가난을 가져올까 봐 더 두려워합니다.

3. 신체적인 병

   신체적으로 병을 앓고 있는 경우에는 정신적으로 침체하는 경향을 보이기도 합니다. 그리고 사랑에 대한 실망과 종교적 광신, 정신 이상과 신경과민은 죽음에 대한 두려움을 드러내는 또 다른 징조라 할 수 있습니다.

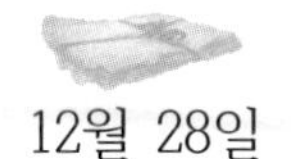

12월 28일

삶과 죽음의 미학

한평생을 침묵으로 지낸 선승 도조가 있었습니다. 그는 평생 말을 한마디도 하지 않았습니다.

그가 어렸을 때 갑자기 자신은 어떤 말도 할 수 없다고 생각한 것입니다. 사람들은 소년이 말을 하지 않을 뿐, 바보가 아님을 눈치로 알았습니다.

그는 농아聾啞가 아니었습니다. 소년의 눈은 매우 빛나고 지적으로 보였습니다. 그의 행동은 현명하고 총명했기에 사람들은 단순한 침묵으로 알았을 뿐입니다. 사람들은 그 소년이 어느 날 갑자기 침묵하기로 결심하고는 그것을 지키는 중이라고 추측했습니다.

소년은 80년간 침묵으로 일관했습니다.

그는 죽는 날, 처음이자 마지막으로 말을 했습니다. 막 동이 트려는 아침, 그는 자신을 따르던 많은 친구와 제자들을 불러 모았습니다. 그는 침묵 속에 한평생을 보냈지만, 누구보다도 귀중한 삶을 살아왔습니다. 그가 살아온 삶을 이해할 수 있는 사람에게는 아주 중요한 의미였습니다. 그래서 많은 사람이 그를 따랐습니다. 그의 제자들도 모였습니다.

그들은 스승 도조를 둘러싸고 말없이 앉아 있었습니다. 그들은 도조의 침묵에 잠겨 함께 앉아 있었습니다.

그는 자신을 따르는 사람들을 둘러보며 마침내 입을 열었습니다.

"오늘 저녁 해가 질 무렵 나는 죽게 될 것이다. 이는 나의 처음이자 마지막 말이다."

그러자 한 사람이 말했습니다.

"지금처럼 말할 수 있으면서 어째서 한평생을 침묵으로 보냈습니까?"

이 물음에 그가 대답했습니다.

"모든 것은 불확실하다. 오직, 죽음만이 확실할 뿐이다. 그래서 나는 확실한 것만 말하길 원했던 것이다."

改過不吝개과불린
허물을 고치는 데 주저하지 말라.

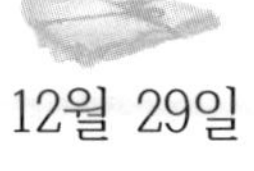

12월 29일

윤회

'멀지 않아 모든 것은 하나씩 사라져 갈 것이다. 어리석고 천재적인 전쟁도, 적을 향해 악마처럼 퍼져나가는 독가스도, 콘크리트의 견고한 광야도, 그리고 덤불의 가시보다 더 날카로운 철조망도, 수많은 인간이 괴로움에 떨며 쓰러지는 죽음의 요람도, 무분별하게 지능을 쏟고, 무한한 노고로 비열한 계교를 써서 쌓은 성공의 탑도, 땅과 하늘과 바다에 쳐놓은 죽음의 그물도 멀지 않아 사라져 갈 것이다.

그때 세계의 역사는 끝난다. 피와 경련과 허위의 홍수와 함께 과장된 역사는 쓰레기가 떠가는 강물처럼 세계의 수많은 표정은 사라지고 끝없는 탐욕도 가라앉고 인간들은 잊혀 갈 것이다.

하지만 인간의 역사가 사라져간 뒷자리에 산은 어김없이 푸른 하늘에 머리를 묻고 밤마다 별은 빛날 것이다. 쌍둥이자리, 카시오페이아, 대웅좌, 이것들은 스스럼없이 운행을 반복하고 나뭇잎, 풀잎은 은색의 아침 이슬에 빛나고 밝은 날을 향하여 푸르름을 더할 것이다.

그리고 끝없이 불어오는 바람 속에서 파도는 바위와 모래 언덕으로 물결칠 것이다.'

12월 30일

종교는 인간에 대한 해답

우리 인간은 종교를 갈망하고 있습니다. 그렇지 않다면 자기 자신의 관념, 자기의 사고방식, 자기 인생의 경험과 반대되는 신념을 믿으려 하지 않을 것입니다. 또 마술을 만드는 성직자들이 인간의 정신을 모욕하는 따위의 말이나 교리를 만들려고 하지 않았을 것입니다. 한편으로는 우리 인간에게 아무런 의미가 없는 종교라는 형식과 환상을 여러 세기 동안 계속해서 반복해 왔을 리가 없었을 것입니다.

우리가 살아오면서 느끼고 행하는 형식과 관념은 현대의 역사와 환경과는 아주 멀리 떨어진 옛날 사람들이 관념을 표시한 것들입니다.

이 진리는 인생의 불안정과 고독의 비극에 대한 최후의 대답이었습니다. 하지만 그 대답의 성질은 그리 중요한 것이 아니었습니다. 우리는 그것을 이해하지 못할지 모르지만, 그것은 종교의 근본에 있는 신비입니다.

求仁得仁구인득인
인을 구하여 인을 얻다.

12월 31일

선달그믐날의 각오

연말연시가 되면 막연히 '새해에는 더 좋은 일이 있겠지.' 하는 기대를 하게 됩니다. 하지만 에리히 케스너의 『인생 처방』 시집에 나오는 '섣달그믐날을 위한 격언'이란 시를 보면, 우리의 삶을 세월에 맡겨서는 안 된다고 경고하고 있습니다.

병든 말 같은 세월에 꿈을 맡겨서는 안 된다
세월에 너무 무거운 짐을 지게 하면
끝내는 녹초가 되어버린다.

계획이 화려하게 꽃필 때일수록
곤란한 일에 몰린다
그럴수록 인간은 노력하려고 결심한다
하지만 끝내는 진퇴유곡에 빠진다.

수치심 때문에 발버둥 쳐도 도움이 되지 않는다
이것저것에 손을 대도
전혀 도움은 되지 않고 손해만 볼 뿐.

세월에 맡긴 남루한 꿈을 버리고

마음가짐을 새로이 할 일이다.

수치심 때문에 발버둥 쳐도 도움이 되지 않는다
이것저것에 손을 대도
전혀 도움은 되지 않고 손해만 볼 뿐.

세월에 맡긴 남루한 꿈을 버리고
마음가짐을 새로이 할 일이다.

一刻千金일각천금
짧은 시간도 천금의 가치가 있다.

인생은
삶의 예술가